DRESSLER

Auf den ersten Blick verzaubert

Sonja Kaiblinger

Dressler Verlag · Hamburg

MIX
Papier
FSC FSC® C014496

Originalausgabe
1. Auflage

Titelbild und Vignetten: Daniela Kohl
Typografie und Satz: Dörlemann Satz, Lemförde
Druck und Bindung: GGP Media GmbH, Karl-Marx-Straße 24,
07381 Pößneck, Deutschland
Printed 2018
ISBN 978-3-7915-0071-3

www.dressler-verlag.de

Sei du selbst.
Außer wenn du ein Einhorn sein kannst.
Dann sei ein Einhorn.

Unbekannt

Eins

Der Tag, an dem ich merkte, dass etwas mit mir nicht stimmte, war ein Freitag. Ein stinknormaler Freitag, mit stinknormalem Tagesplan (Schule, dann Aushelfen in Tante Roses Tierhandlung), stinknormalem Wetter (nasskalt, wie immer in Schottland) und stinknormalen frühmorgendlichen Gerüchen (heiße Pfefferminzschokolade, igitt!) aus der Küche meiner drei Tanten.

Es wäre auch ein stinknormaler Tag geblieben, wäre nicht diese Sache in der Jungsumkleide passiert. Diese eine Angelegenheit, die niemals geschehen wäre, wenn mich Lora nicht dazu gedrängt hätte. Aber da Lora meine Schwester ist, meine ältere, eineiige Zwillingsschwester, um genau zu sein, machte ich an manchen Tagen immer den gleichen Fehler. Ich hörte auf sie.

Jetzt steckte ich allerdings bereits mittendrin und konnte die Sache genauso gut durchziehen. Immerhin trug ich Adrians Einladung zu meiner Geburtstagsparty schon ziemlich lange mit mir herum. Jemand wie Lora hätte Adrian das dumme Stück Papier einfach mit einem Lächeln während der Theaterproben in die Hand gedrückt. Eigentlich sollte das auch keine schwere Aufgabe sein, wenn man wie Adrian und ich ein Liebespaar spielte, ständig an seiner Seite probte und ihn am Ende des Stücks sogar küssen würde. Trotzdem hatte ich beschlossen, ihm die Einladung lieber während des Fußballtrainings in die Sporttasche zu stecken. Die Feige-Hühnchen-Variante. Natürlich.

Dank Lora wusste ich zumindest, dass Adrians Tasche dunkelblau war. Und was der Junge aus dem Schauspielklub, den kaum jemand genauer kannte und der für die ganze Schule ein Buch mit sieben Siegeln war, alles so mitnahm. Eigentlich waren es ganz normale Sachen: frische Unterwäsche in der Farbe Grün, Duschgel, Zahnpasta, einige zerlesene Bücher vom Flohmarkt und der Text des Theaterstücks, in dem wir die Hauptrollen spielten. Kurz hatte ich fragen wollen, woher Lora solche Insider-Informationen hatte, aber vielleicht war es besser, das nicht so genau zu wissen. Wer behauptete, Zwillingsschwestern wären aus einem Holz geschnitzt, verstünden sich blind und wären automatisch die besten Freundinnen, kannte mich und Lora nicht. Meine ältere (und hübschere, nebenbei bemerkt) Schwester war nämlich die meiste Zeit ziemlich anstrengend.

Doch manchmal hatte sie Mitleid und half mir, so wie heute. Und so zog ich die Tür zur Umkleide auf und betrachtete eilig die Garderobenhaken. Da hingen mindestens ein Dutzend dunkelblauer Sporttaschen, allesamt mit dem Maskottchen unserer Schule bedruckt: Ziggy Stardust, dem glitzernden Einhorn mit regenbogenfarbiger Mähne, der sein Horn zum Vollmond emporstreckte. Das Einhorn ist übrigens das schottische Nationaltier, aber das war für unsere Jungs auch kein großer Trost. Umso erstaunlicher, dass so viele von den Taschen tatsächlich verwendet wurden. Fragte sich nur, welche Adrian gehörte. Weil die Zeit drängte, das Fußballtraining in der Halle nebenan bald zu Ende ging und Lora wieder im Unterricht saß, blieb mir nichts anderes übrig, als in jede einzelne hineinzuschauen.

Ich war gerade halb durch (nirgendwo auch nur ein Hinweis auf eine dunkelgrüne Unterhose, Bücher, Duschgel, Theaterstück oder Zahnpasta, dafür haufenweise anderer Jungskram, den ich lieber nicht gefühlt hätte), da ließ mich das schrille Kreischen einer Trillerpfeife herumfahren, die das Ende der Trainingseinheit verkündete. Meine Hand verharrte in einer Tasche mit einem halb gegessenen, klebrigen Snickers. Die Tür flog auf und Teamkapitän Clifford MacAllister brach in die Garderobe. Ihm folgte ein ganzes Rudel Jungs, die Cliff, ihren Anführer, abklatschten und ihn beglückwünschten, gefolgt vom Versprechen, dass sie nächste Woche den Erzfeinden aus Aberdeen ordentlich in den Hintern treten würden. Und dann ... Adrian! Ein kurzer Blick auf seine dunklen Haare, die verträumten Augen, und schon schlug mein Herz doppelt so schnell wie zuvor. Er hastete etwas abseits zu seiner Tasche, als könnte er es nicht erwarten, vom Sportunterricht zu verschwinden.

Verdammter Mist. Eilig riss ich mich vom Anblick Adrians los, versteckte mich in einer dunklen Ecke zwischen zwei Spindreihen und hörte, wie Cliff MacAllister voller Inbrunst die letzten Worte seiner flammenden Motivationsrede zum Besten gab. Dabei rollte ich mit den Augen. Der Kerl war wirklich kaum auszuhalten. Allein sein blendendes Aussehen hätte wahrscheinlich schon ausgereicht, um ihn zur absoluten Nummer eins unter den Oberstufenschülern zu machen, aber was ihn letztendlich in den Olymp der Superstars beförderte, war, dass er immer nett und freundlich war. Tag für Tag. Cliff war selbst den ganzen April über gut gelaunt gewesen, als es wie aus Eimern geschüttet hatte und alle anderen schon wie lichthungrige Zombies herumgelaufen waren. Womöglich war er einfach ein programmierter Gute-Laune-Roboter.

Trotzdem wollte ich mein Glück nicht unnötig herausfordern. Was würde Adrian von mir denken, wenn er mich entdecken würde? Oder die anderen Spieler? Nervös drängte ich mich an die Wand und lauschte, wie Klamotten zu Boden flogen und jemand mit einem nassen Handtuch geflitscht wurde und dabei grölte.

Als sich die Jungs in Richtung Dusche aufmachten, war es höchste Zeit, zu flüchten. Nicht mal der unverrichtete Auftrag mit der Einladung konnte mich jetzt noch hier halten. Ich steuerte auf die nächste Tür zu und schlüpfte hindurch. Keuchend lehnte ich mich gegen die Fliesenwand und presste die Augen zu. Das war knapp gewesen. Ich atmete tief durch, blinzelte und sah mich um.

Leider war das hier nicht etwa der Ausgang, sondern ein fensterloser, viel kleinerer Raum, in dem ich noch nie zuvor gewesen war. Neonröhren flackerten an der Decke und in der Ecke lag ein Stapel Klamotten. Von hier aus führten zwei Türen weg, die, aus der ich gekommen war, und eine andere, die den Geräuschen nach zu urteilen zur Dusche führen musste.

Mist. Wie es aussah, saß ich in der Falle.

Zu allem Übel glitt jetzt auch noch die Tür zur Dusche auf und Mr Cartman stand plötzlich vor mir. Bis auf die Sportshorts war der Trainer der Jungs splitterfasernackt. Mir fiel siedend heiß ein, dass jedes Mädchen auf der Schule total verschossen in ihn war, obwohl er einen dieser perfekt getrimmten Vollbärte hatte, von denen man bestimmt Pickel bekam, wenn man mit dem Träger knutschte. Allein schon deshalb hatte ich nie für Mr Cartman geschwärmt.

»Entschuldigen Sie, ich ...«, stammelte ich und versuchte, ihn nicht zu sehr anzustarren, was nicht einfach war, da er genau im Licht der Neonlampe stand. Okay, vielleicht konnte ich jetzt ein klitzekleines bisschen nachvollziehen, was alle hatten. Mit diesen fast schon unmenschlichen Muskeln, den breiten Schultern und den blonden, langen Haaren gab er die Idealbesetzung für jedes Heldenepos ab. Mir wurde plötzlich klar, warum sich Lora neulich drei Mal hintereinander »Thor« reingezogen hatte.

»Hast du dich verlaufen?«, knurrte Thor.

Ich schluckte. Die Situation erinnerte mich an neulich, als dieser rothaarige Junge aus dem Fußballteam namens Roger mit seinem Balance Board in den Cafeteriawagen gekracht und im Wackelpudding gelandet war. Aus Anstand hatte man da weggucken wollen, aber absichtlich woanders hinzusehen hätte noch blöder gewirkt, also blieb einem in solchen Momenten nichts anderes übrig, als dort hinzustarren, wo die Musik spielte. Direkt auf den durchtrainierten Mr Cartman.

»Die Mädchenumkleide ist am anderen Ende der Schule«, erklärte der jetzt nüchtern. Der Lehrer duldete natürlich keine Mädchen in den Umkleidekabinen. Und schon gar nicht beim Fußballtraining. Er war der Ansicht, die Anwesenheit von Mädchen schrumpfe das Gehirn der Spieler auf die Größe einer Rosine und ließe sie über ihre eigenen Schnürsenkel stolpern. Ich erwartete schon, dass er mir die letzten zehn Niederlagen gegen Aberdeen zur Last legen würde (nicht dass ich tatsächlich je eine solche Ablenkung hätte sein können!), doch stattdessen unterzog er mich einer Musterung.

»Moment. Bist du nicht dieses Mädchen aus der Zehnten, das mir einen Liebesbrief hinter die Windschutzscheibe geklemmt hat? Und das nach einer Locke von mir gefragt hat? Wie heißt du noch mal? Lorelei?«

»Lora ist meine Zwillingsschwester«, korrigierte ich, weil eigentlich niemand Lora wirklich Lorelei nannte. Dabei glitt mein Blick weg von seinen Muskeln hoch zu seinem Bart. »Ich bin allerdings nicht Lora, sondern Ophelia. Ohne Spitznamen. Nur Ophelia.«

Thor legte die Stirn in Falten und sah aus, als glaube er mir kein Wort. »Das war mein böser Zwilling« klang ja auch wie die schlechteste Ausrede der Welt.

»Nein, wirklich, wir *sind* Zwillinge, sogar eineiig, nur dass Lora lange Haare hat und ich kurze. Ich bin nicht verrückt, ehrlich nicht! Okay, aber eher drei-Eisbecher-an-einem-Tag-verrückt und nicht ich-denke-mir-eine-Zwillingsschwester-aus-verrückt.«

Da Mr Cartman nicht sprach, riet mir eine kleine, durchgeknallte Stimme, einfach weiterzuschwafeln. »Nicht dass ich nicht ein klitzekleines bisschen verstehen könnte, warum die halbe Schule für Sie schwärmt, also auch wenn …« Man bei Ihrem Bart bestimmt Pickel bekommt. »Wenn Sie ein Lehrer sind. Aber …«

»Aber jetzt ist es höchste Zeit für dich zu gehen«, vervollständigte Mr Cartman meinen Satz und klang ein bisschen wie der echte Thor. Als wollte er einen Blitz beschwören und auf mich niedersausen lassen.

»Ja. Bevor Sie denken, dass Geisteskrankheit in der Familie liegt.« Wenn er das nicht ohnehin schon dachte. »Außerdem wollen Sie sich bestimmt anziehen.«

»Wiedersehen, Ophelia.«

»Wiedersehen Mr Bartma…, äh … Cartman.« Und dann, endlich, kam mein Fluchtinstinkt zurück, ich machte kehrt und flog beinahe durch die Tür, durch die ich gekommen war.

Weil die Jungs duschen waren, schaffte ich es tatsächlich, unbemerkt durch die Garderobe zurück zum Ausgang zu flitzen, aber auch dieser winzige Erfolg konnte nichts daran ändern, dass ich den Mr Cartman-Umkleiden-Überraschungsbesuch als einen der drei peinlichsten Momente meines Lebens verbuchen musste – nur übertroffen von dem Tag, als ich mir mitten in der überfüllten Innenstadt von Edinburgh meinen Sweater über den Kopf zog und alle Shirts darunter unabsichtlich mit aus, und dem Tag in der Grundschule, an dem ich mich an Röhrennudeln mit Pilzsoße überfressen hatte und im Anschluss auf die Schuhe meiner Lehrerin reihern musste.

Ich konnte nur hoffen, dass Mr Cartman niemandem von heute erzählen würde und die Sache auf ewig geheim blieb. Meine Hand fuhr über meine linke Wange. Irgendetwas juckte bestialisch in meinem Gesicht. Hoffentlich hatte ich mir bei meinem kleinen Ausflug nicht Läuse geholt. Oder angriffslustige Flöhe. Oder eine biblische Plage, die mich heimsuchte, weil ich mich nicht an die Schulregeln gehalten hatte. Was auch immer mich da im Gesicht kribbelte, es hatte erst begonnen, nachdem ich aus Mr Cartmans Lehrerumkleide gestürmt war. Eine Allergie vielleicht? Eine unentdeckte, medizinisch nicht begründbare … Sportlehrer-die-aussahen-wie-Götter-Allergie? Inzwischen scharrte meine Hand schon so fest über meine Wange, dass ich sicher war, die Spuren meiner Nägel würden zu sehen sein. Das war gar nicht gut. Irgendetwas stimmte hier nicht.

Ich warf einen Blick auf die große Schuluhr am Ende der Eingangshalle. Fünf Minuten meiner Freistunde waren noch übrig, dann gab es Mittagessen in der Cafeteria. Genügend Zeit, auf die Toilette zu huschen und nachzusehen, was zur Hölle da in meinem Gesicht los war. Doch weil unsere Schule nun mal keine gewöhnliche Schule war, sondern eins dieser historischen Backsteingebäude, die gern von Touristen fotografiert wurden und in denen es Tausende Ecken, Winkel und knarzende Treppen gab, sodass man einen Lageplan brauchte, um sich zurechtzufinden, dauerte es eine ganze Weile, bis ich die Mädchentoilette erreicht hatte. Als ich um die letzte Ecke bog, ertastete ich an meiner Wange plötzlich etwas, das vorher noch nicht da gewesen war. Stoppeliges, borstiges Haar, das knisterte, als meine Finger darüberstrichen. Einen Augenblick später stand ich vorm Spiegel. Und schluckte.

Was mich da aus dem Spiegel anblickte, war zwar mein Gesicht. Ich, dieselbe Ophelia mit den dunkelbraunen, störrischen Haaren, den grünen Augen, dem Muttermal an der Wange und der Einhorn-Schuluniform, die einen glatt drei Jahre jünger aussehen ließ. Und doch war etwas anders. Das stoppelige Borstenhaar, das ich eben erst ertastet hatte, war nun zu einem goldblonden Vollbart angewachsen, der die gesamte Unterseite meines Gesichts bedeckte.

Vor Schreck wäre ich fast umgekippt. Das konnte unmöglich wirklich passieren. Eine plötzliche Veränderung meines Körpers war genau das, wovor ich mich seit Ewigkeiten gefürchtet hatte.

Denn mir wuchs ein Bart. Mitten im Gesicht. Auf dem Mädchenklo. Wo in exakt ... zwei Minuten und dreißig Sekunden, wenn die letzte Stunde vorüber war, eine Horde Schülerinnen hineinstürmen, mich angaffen und denken würde, ich sei ... ja, was eigentlich? Eine bärtige Lady aus dem Zirkus? Ein Werwolf? Oder das Biest aus dem Disneyfilm? Das durfte nicht wahr sein!

Mit zitternden Knien trat ich näher an den Spiegel, bis ich die Poren sehen konnte, aus denen die Haare wuchsen. Mein Kopf suchte fieberhaft nach Erklärungen. Befand ich mich in einem gruseligen Traum? Oder hatte ich heute früh statt Vitaminpillen Testosterontabletten geschluckt und verwandelte mich nun in eine Kopie ... unseres Sportlehrers Mr Cartman?

Doch es war nicht zu bestreiten. Der Bart, der in meinem Gesicht prangte, war dem Exemplar, das Mr Cartman trug, gar nicht mal so unähnlich. Die Bartkopie in meinem Gesicht war ebenso perfekt getrimmt wie das Original, das ich gerade eben in der Lehrerumkleide vor lauter Verlegenheit niedergestarrt hatte. Und das bedeutete ...

Meine Gedanken stoppten mitten im Satz, weil draußen die Schulglocke läutete und eine Sekunde später die Toilettentür zum Gang aufglitt. Vor Schreck zog ich mir meinen Pulli übers Kinn, bis ich sah, wem die dunkelbraune lange Mähne gehörte, die sich von hinten auf mich zubewegte. Es war Lora.

»Hey, da bist du ja.« Lora warf einen schnellen Blick auf mich und starrte dann wieder auf das Display ihres Handys. »Ich wollte dich eben suchen und fragen, ob du die Sache mit der Einladung endlich erfolgreich ...«

»Die Einladung ist gerade mein geringstes Problem«, unterbrach ich sie und drehte mich langsam zu ihr um.

Endlich hob sie ihren Kopf und lächelte. Doch ich konnte sehen, wie ihr Lächeln Stück für Stück gefror, bis ihr das Handy aus der Hand fiel und das Gehäuse sich am Fliesenboden zweiteilte. »Ach du Schande. Du hast es auch.«

»Was habe ich auch?«, fragte ich, doch ich wusste leider ganz genau, wovon sie sprach. Ich wollte es nur nicht wahrhaben. Dabei rieb ich mir über die Wange, als könnte ich den Bart einfach wegrubbeln wie eine Schicht Dreck.

»Na, die Sache!« Sie nahm mich genauer unter die Lupe. »Du hast sie. Genau wie ich. Ich wusste es!«

In der Schule nannten wir es einfach nur »die Sache«, weil uns unsere Tante Mildred leider diesbezüglich einen unumstößlichen Maulkorb verpasst hatte. Selbst hier, unter uns und weit entfernt von Lauschangriffen, durften wir unter keinen Umständen auf die Heimlichtuerei verzichten, was ziemlich nervte.

»Sollten wir nicht vorher andere Ursachen für diesen Bart in Betracht ziehen?«, schlug ich vor. Mir ging alles viel zu schnell. Und dass auch Lora gleich an die Sache dachte, verunsicherte mich noch mehr.

»Was denn für andere Ursachen?«, brummte Lora. »Etwa eine biologische Spontangeschlechtsumwandlung?«

»Zum Beispiel.«

»Ophelia! Es gibt keine biologische Spontangeschlechtsumwandlung!«

»Doch, die gibt es! Bei Fröschen!«, erwiderte ich. »Ausgelöst durch Medikamentenrückstände im Wasser. Ist das nicht erschreckend? Das haben wir neulich in Bio ...«

»Mag sein, dass es das schon mal gab«, unterbrach mich Lora genervt. »Aber doch nicht bei Menschen!«

»Das kannst du doch gar nicht wissen. Was, wenn das Grundwasser verseucht ist?«

»Wir wohnen aber nicht in der Nähe von verseuchtem Grundwasser, sondern in Schottland. In unserem Wasser gibt's höchstens Spuren von Schafskacke und Whisky.« Lora grinste, als wäre das alles hier was Gutes! »Jetzt sieh es endlich ein. Du bist genau wie ich. Auch wenn Tante Mildred nicht zufrieden sein wird mit diesem ... unfertigen Ergebnis. Aber lass dir deswegen keinen Bart wachsen.«

»Haha, sehr witzig. Außerdem, was würde Tante Mildred denn besser gefallen? Wenn ich als ausgewachsener Kerl in die sechste Stunde Chemie spazieren würde, als wäre alles normal?«, rief ich und konnte nicht aufhören, auf mein jämmerliches Ich im Spiegel zu starren. Selbst ohne Spontanbehaarung an den Wangen war ich ganz sicher niemand, der sich stundenlang selbstverliebt betrachtete, aber an guten Tagen, oder wenn ich etwas Besonderes vorhatte (wie den tollsten Jungen der Welt auf meine Party einzuladen), legte ich doch ganz gerne etwas Make-up auf. Absolute Zeitverschwendung, wenn man sich dann zwischen fünfter und sechster Stunde in einen Waldschrat verwandelte.

Lora zuckte mit den Schultern. »Und was willst du jetzt machen?«

Ich griff nach ihrer Hand. »Ich? Was soll ich denn machen? *Du* musst etwas machen. Du weißt genau, dass ich damit nichts zu tun haben will. Mach, dass es aufhört.«

»Flossen weg, Gandalf.« Lora zog ihre Finger weg. »Wenn du jetzt ausflippst, wird es nur schlimmer. Dann hast du den Bart noch länger am Hals.« Sie betrachtete mich. »Wer soll das eigentlich sein, in den du dich verwandelst?«

»Mr Cartman«, wisperte ich und merkte, wie meine Wangen alleine schon beim Gedanken an die peinliche Situation in der engen Umkleidekabine wieder heiß wurden. Wenigstens konnte man bei der Gesichtsbehaarung nicht erkennen, dass ich rot wie eine Tomate war.

Lora schlug sich mit der flachen Hand auf die Stirn. »Ach du Schande! Ja klar, der Bart.« Plötzlich trat ein verschmitzter Ausdruck in Loras Augen. Sie musterte mich von oben bis unten. »Sag schon, hast du sonst noch was von ihm übernommen? Seine Kleidung? Seinen Sixpack? Oder das Tattoo? Er hat eins mit dem Geburtsdatum seines Hundes am linken Oberarm ...«

»Er hat *was?*« Ich schüttelte den Kopf. »Ich meine, nein. Es ist nur der Bart, glaube ich.«

»Keine weiteren Auffälligkeiten? Sicher?« Bevor ich darüber nachdenken konnte (oder wollte!), was Lora damit genau meinte, sprach sie auch schon weiter. »Wenn du willst, kann ich dich ja mal genauer unter die Lupe nehmen. Denn je mehr du geschafft hast, von ihm zu übernehmen, desto ...«

»Hände weg von mir! Es ist wirklich nur der Bart«, knurrte ich, bevor Lora auf die Idee kam, mich zu filzen wie einen Drogenschmuggler am Flughafen und jeden Zentimeter meiner Haut auf plötzlich hinzugekommene Muttermale, Narben ... oder *sonstige Auffälligkeiten* zu überprüfen. Am liebsten hätte ich sie einfach rausgeschmissen, doch ich wusste, dass Lora meine einzige Rettung war. »Sag mir, was ich tun muss, damit das Ding verschwindet. Gibt es irgendeine magische Formel? Einen Zauberspruch?«

Lora schnalzte mit der Zunge. »Erst mal brauchst du einen Zauberstab. Dann musst du nur noch drei Mal *Expelliarmus* rufen und sofort löst sich das Ding in einer Rauchwolke auf. Ist ganz easy!«

»Echt?«

»Natürlich nicht.« Sie bückte sich. »Und jetzt hilf mir, das Handy zu reparieren. Ich muss unsere Tanten anrufen, bevor dich jemand so sieht. Wir haben einen Plan für solche Situationen.«

»Das wirst du nicht tun!« Panisch riss ich ihr das Handy aus der Hand. »Hör mal, die drei dürfen auf keinen Fall wissen, was passiert ist. Sonst … werde ich am Ende noch so wie du!«

Ohne große Mühe angelte sich Lora ihr Handy zurück und steckte die SIM-Karte ins Gerät. »Jetzt mach mal halblang, Chuck Norris! Du bist doch schon eine Kopie von mir. Außerdem wollen alle so sein wie ich.«

»Als ob!«, knurrte ich, so gefährlich und bedrohlich, wie mein Bart es zuließ. »Jetzt bring mich hier raus, ich rasiere mir das Ding einfach ab, und wir vergessen, dass das jemals passiert ist.«

»Und was dann, hm? Es wird wieder geschehen.«

»Wird es nicht.«

»Natürlich wird es das«, sagte sie, viel sanfter, als ich es von ihr gewohnt war. »Ich weiß, dass du gehofft hast, es würde dich verschonen. Aber du bist meine Zwillingsschwester. Die Chancen standen immer schon gut, dass es dich auch erwischt.« Sie stupste mich an. »Sieh es positiv. Der Bart ist der Beginn von etwas Großartigem. Etwas, das dich für immer verändern wird.«

»Ach ja? Filtert das Ding Schadstoffe?«, witzelte ich, auch wenn mir eher nach Heulen zumute war. »Ist es ein natürliches Abwehrmittel gegen Krokodile, Bären und sonstiges Kleintier? Oder erhöht es drastisch meine Holzhack-Fähigkeiten?«

»Denk doch mal in größeren Dimensionen.«

»Einen Job im Einkaufscenter als Weihnachtsmann? Oder, noch besser, als Mrs Santa! Trägt die Frau des Weihnachtsmanns eigentlich auch Bart? Obwohl, nein. Das wäre seltsam.«

»Vergiss doch mal den Bart«, rief Lora und prüfte dabei ihr Make-up im Spiegel, als gäbe es gerade nichts Wichtigeres zu tun. »Wenn du das alles unter Kontrolle hast, kannst du damit total angesagt werden. Und musst nicht mehr mit diesen nichtsnutzigen Idioten rumhängen, mit denen du dich immer triffst. Diesem Drogenjunkie Stan und seiner gemeingefährlichen Schwester Mae.«

»Drogenjunkie? Stan trinkt noch nicht mal Kaffee.«

Lora hob die Augenbraue. »Ach ja? Neulich im Speisesaal hat er behauptet, er braucht dringend neuen Stoff.«

»Weil er fürs Theater Kostüme schneidert!«

»Dafür hat seine Schwester ein Rad ab. Die sieht aus, als würde sie am liebsten jemanden verprügeln.«

»Okay, damit hast du recht. Mae verprügelt wirklich Leute ...«

»Sag ich doch!«

»Aber nur im Ring«, knurrte ich. »Sie ist Boxerin.«

Lora zögerte einen Moment. »Und wenn schon. Die beiden sind trotzdem Freaks! Wenn du dich einmal mit der Sache arrangiert hast, willst du nicht mehr ohne leben und kannst dir neue Freunde suchen. Tante Mildred sagt, es bietet uns ungeahnte Möglichkeiten. Was uns zurück zum Thema bringt.« Sie zückte ihr Handy und tippte hastig darauf herum, und bevor ich auch nur ausholen konnte, um es zu schnappen, war sie auch schon fertig. Bestimmt hatte sie mit unseren drei Tanten irgendeinen geheimen Kurz-Code vereinbart für genau diese Situation. Mit mir hatte mal wieder niemand gesprochen.

»So, erledigt. Sie müssten in wenigen Minuten da sein«, erklärte Lora und lehnte sich schützend gegen die Klotür. »Und jetzt entspann dich und versteck dich am besten in der Klokabine da, bevor jemand anders versucht, hier hinein...«

»Wieso hast du das getan?«, schimpfte ich und sank vor Verzweiflung in mich zusammen. Loras SMS war raus und ich war meiner verrückten Familie ausgeliefert.

»Ich sagte, entspann dich, Dumbledore! Sonst verschwindet der Bart nicht ... Oh Mann, das war ja klar, dass ausgerechnet jetzt jemand hier reinwill.« Sie seufzte, denn von der anderen Seite der Tür wurde an der Klinke gerüttelt. Meine Schwester streckte ihren Kopf durch den Türspalt und zischte: »Jemand hat einen Feuerwerkskörper in die Kloschüsseln geworfen und jetzt ist alles eine riesige Pfütze. Ihr nehmt besser die anderen Klos, wenn ihr euch nicht auf der Stelle übergeben wollt.« Dann lehnte sie sich erneut gegen die Tür und sah mich an. »Entschuldigung. Was wolltest du sagen?«

Einen Moment war ich irritiert, doch dann richtete ich mich auf. »Vergiss es. Ich mache da nicht mit! Ich habe keine Lust, euren Geheimsitzungen beizuwohnen. Oder darauf, Tante Mildred aufs Wort zu gehorchen, nur weil ich ab jetzt Teil eures magischen Grüppchens bin. Schreib ihr sofort, dass das mit dem Bart ein Fehlalarm war!« Ich zog die Tür zum Flur einen Spalt auf und spähte hinaus. »Und ich schleiche inzwischen ... Oje.«

Jetzt die Toilette zu verlassen, war keine gute Idee. Anscheinend war die halbe Stadt draußen auf dem Flur unterwegs. So voll war das Gebäude nur, wenn man partout niemandem über den Weg laufen wollte. Oder in Träumen, in denen man nackt zur Schule ging.

»Seit der sechsten Stunde leitet Direktor MacScott die Einschreibung fürs neue Schuljahr. Das dauert noch bis abends«, erklärte Lora und spähte an mir vorbei durch die Tür. Gerade als ich mich fragte, wie zum Teufel es Tante Mildred wohl anstellen wollte, mich bei diesem Tumult unerkannt aus der Schule zu schmuggeln, schob sie hinterher: »Oh, da sind sie ja! Pünktlich auf die Sekunde.«

Ich blinzelte zweimal, um sicherzugehen, dass ich nicht träumte. »Bitte sag mir, dass das gerade nicht wirklich geschieht.«

»Szenario zwei also«, murmelte Lora vor sich hin. »Schade, ich hatte mich schon auf den Hubschrauber gefreut.«

Szenario zwei, wie Lora es nannte, war offenbar, als Notfallsanitäter verkleidet und mit einem Krankenbett auf Rollen durch die Flügeltür der Schule zu preschen, dabei drei Schüler fast über den Haufen zu fahren und wild »Notfall« und »Aus dem Weg« zu schreien. Es waren zwei Krankenschwestern: Tante Rose und Tante Helly sahen aus wie immer, nur dass sie in Schwesternklamotten steckten und einen Mundschutz trugen. Doch die dritte Person sah nicht aus wie Tante Mildred, sondern wie ein attraktiver, dunkelhaariger Oberarzt, der mir entfernt bekannt vorkam.

»Ophelia, da bist du ja.« Tante Helly drückte sich durch die Tür und nahm mich in den Arm. »Hab keine Angst. Wir haben alles unter Kontrolle und holen dich hier raus. Und daheim sorgen wir dafür, dass du wieder ganz die Alte wirst, okay?«

Es tat gut, meine Lieblingstante zu sehen, und ich entspannte mich, wenn auch nur ein kleines bisschen. »Aber wie wollt ihr mich denn unbemerkt hier rausbekommen?«

Bevor Tante Helly antworten konnte, flog erneut die Tür auf, und der gut aussehende Arzt kam herein, riss sich den Mundschutz vom Gesicht und starrte mich an wie ein Ausstellungsstück im Museum. Kein besonders schönes Ausstellungsstück. Eher wie ein konserviertes Stück Dinosaurierkot.

»Es ist also jetzt auch bei dir so weit«, knurrte er und begann dann, meinen Kopf mit Bandagen zu umwickeln. »Immerhin bist du noch ein Mensch. Besser als ein haariger Orang-Utan. Das hätte uns ziemlich in Schwierigkeiten ...«

»Tante Mildred? Du siehst haargenau so aus wie McDreamy aus ›Grey's Anatomy‹! Wie ist das denn möglich?«, rief Lora begeistert, bevor ich fragen konnte, warum der Oberarzt alias Tante Mildred froh war, dass ich kein Orang-Utan war. Ging mir übrigens ähnlich.

»Nun, du wirst es kaum glauben, aber ich besitze im Pfandladen eine Zigarettendose von Patrick Dempsey«, antwortete Tante Mildred mit tiefer Stimme, als hätte sie nur auf Loras Frage gewartet. Dabei hörte sie nicht auf, unzählige Laufmeter weißer Bandagen um meinen Bart, meinen Hals und meine Schultern zu wickeln, bis ich aussah wie eine halb konservierte Mumie. »Er hat sie bei einem Dreh zu einem Film in den Highlands vergessen. Ich wollte sie schon zur Auktion geben, aber ich hatte das Gefühl, ich würde sie irgendwann noch mal brauch...«

»Halt!«, schrie ich und wand mich aus ihrem Griff. »Jetzt wartet doch mal einen Moment! Ihr wollt mich doch nicht wie ein Unfallopfer auf einem Krankenbett aus der Schule schieben? Das ist total pein...« Ich verstummte unfreiwillig, weil Tante Mildred mir jetzt Bandagen über den Mund wickelte. Das war die reinste Folter.

»Jetzt beruhige dich, Zauselbart. In der Aufmachung wird dich keiner erkennen!«, zischte Lora. Bevor ich auch nur ein geknebeltes Murmeln von mir geben konnte, packte mich Tante Mildred-McDreamy auch schon unter den Achseln, zog mich durch die Tür in den Flur, hievte mich mit Tante Hellys und Loras Hilfe auf das Krankenbett und zog eine dunkelblaue Decke bis über mein Kinn. Wie nicht anders zu erwarten, hatten sich inzwischen Dutzende Schaulustige vor dem Mädchenklo versammelt. Auch etliche Lehrer waren darunter und ich wollte am liebsten auf der Stelle im Erdboden versinken.

»Macht Platz, das ist ein Notfall«, verkündete McDreamy und setzte sich und das Bett in Bewegung, sodass die Menschenmenge sich vor uns teilte. Dann beugte er sich hinab und wisperte in mein Ohr: »Und du, Ophelia, schau möglichst leidend drein. Die müssen uns die Show abkaufen, verstanden?«

Leidend war kein Problem. Ich litt. Und wie ich litt. Immerhin starrte die gesamte Schülerschaft auf das Krankenbett, auf dem ich lag. Dabei erhaschte ich einige Blicke auf die anderen. Chelsea aus Loras Biologiekurs sah aus, als müsste sie gleich kotzen, einige Mädchen aus der Unterstufe begannen zu heulen, und selbst die Jungs aus der Fußballmannschaft, vorhin noch bester Laune, sahen aus, als wäre ihnen plötzlich schlecht geworden. Rechts von mir entdeckte ich die schockierte Miene von Teamkapitän Cliff MacAllister, was ziemlich ungewöhnlich war, weil er ja immer nur grinste, sowie einige andere aus dem Team und schließlich auch Adrians dunklen Lockenkopf. Er starrte mich an und biss sich dabei auf die Lippen. Bitte, mach, dass er mich nicht erkennt, flehte ich in Gedanken. Doch da hörte ich, wie in der Menge wieder und wieder jemand meinen Namen wisperte, bis schließlich Mrs Goddard, Erdkundelehrerin und kurzsichtig wie ein Maulwurf, Tante Rose am Fußende des Bettes eingeholt hatte und lauthals fragte, was um Himmels willen denn Ophelia Sedgewick zugestoßen sei.

Prima.

Zwei

Okay, jetzt noch mal langsam zum Mitschreiben:

Ich hatte einen Bart. Er war einfach in meinem Gesicht gewachsen und war die exakte Kopie des Bartes von Mr Cartman. Meine drei Tanten waren felsenfest davon überzeugt, dass er nicht durch verseuchtes Grundwasser entstanden war, sondern eine andere Ursache hatte. Die Sache. Das, was eine gemeine kleine Stimme in mir von Anfang an befürchtet hatte. Etwas, was seit Ewigkeiten in unserer Familie passierte, wenn man das Pech hatte, als Zwilling (oder, wie bei meinen drei Tanten, als Drilling) zur Welt gekommen zu sein. Das kam bei uns ziemlich oft vor.

Man verwandelte sich. In Menschen, so wie Tante Mildred. Oder in Tiere, wie Tante Rose. Oder in bärtige Sportlehrer. So wie ich.

Wenn man Glück hatte und talentiert genug war, konnte man es vielleicht irgendwann kontrollieren. Und es wieder rückgängig machen. Die Betonung lag auf *vielleicht* und auf *irgendwann*. Zwei Wörter, die meine Tanten gerade ständig verwendeten, während wir am runden Tisch im Wohnzimmer der Villa saßen, und an der heißen Pfefferminzschokolade nippten, die Tante Helly vorhin gemacht hatte, um die Situation zu entspannen. Leider schmeckte das Zeug nicht nur nach flüssiger Zahnpasta, sondern half nicht mal annähernd, mich zu beruhigen. Tante Mildred, Tante Rose und Tante Helly redeten seit der Autofahrt wild aufeinander ein, während Lora am laufenden Band Bartwitze riss. Ich hatte große Mühe, aus alldem Gebrabbel schlau zu werden. Und meinen Bart nicht in den Kakao zu tunken.

»Vielleicht ist es das übliche Muster«, murmelte Tante Mildred. Sie war wieder in ihrer eigenen Haut angelangt, obwohl mir das Gesicht des attraktiven Schauspielers deutlich lieber gewesen war als die spitze Nase, der strenge Kurzhaarschnitt und die pulsierende Ader auf ihrer Stirn. »Zweitgeborene Zwillinge haben es immer schwer. Vielleicht lernt sie, die Verwandlungen zu kontrollieren ... irgendwann. Aber sicher sein kann man sich nicht. Es wäre denkbar, dass Ophelia das alles nun jeden Tag passiert.«

»Was meint ihr mit *jeden Tag?*«, fragte ich, während sich in meinem Kopf schlimme Bilder abspielten, in denen mich meine drei Tanten tagtäglich in immer peinlicheren Rettungsaktionen aus der Schule schaffen mussten. Doch keiner am Tisch machte sich die Mühe, meinen Horrorvisionen den Wind aus den Segeln zu nehmen. Noch nicht mal Tante Helly, die sonst immer auf meiner Seite war. Stattdessen fuhr sie sich immer wieder mit der Hand durch die roten Locken und nippte an der Schokolade, als wäre sie ein abstruser Gedächtnistrunk, der ihr helfen würde, eine Lösung für meinen Zustand zu finden. Einzig Tante Roses Hausschwein Mr Darcy schien es zu kümmern, dass mit mir etwas ganz und gar nicht in Ordnung war, denn er schmiegte seine Rüsselnase an meine Beine.

»Jetzt malt mal nicht den Teufel an die Wand«, erwiderte Tante

Helly dann doch. »Vielleicht ist es eine einmalige Sache. Was ist, wenn wir weitermachen wie bisher? Am besten geht Ophelia noch heute Nachmittag ganz normal wieder zur Schule, ungeachtet dieser klitzekleinen, unerfreulichen Veränderung.«

»Klitzeklein? Ein eingewachsener Fußnagel ist eine klitzekleine, unerfreuliche Veränderung!« Tante Mildred funkelte Helly an. »Wie soll sie so zur Schule gehen, hm? Sie wickelt sich einfach einen Schal von der Nase abwärts bis zum Dekolleté und behauptet, sie hätte einen monströsen Knutschfleck? Als ob das jemand glauben würde.«

»Na, vielen Dank auch.« Jetzt musste ich von Tante Mildred auch noch Kritik zu meinem Liebesleben einstecken. Wer war denn hier die engagierte Frauenrechtlerin?

»Eine Verwandlung, klitzeklein oder nicht, ist niemals ein Zufall«, fauchte Tante Mildred weiter und ignorierte meinen Protest. Und ich war einmal mehr froh drüber, dass sie sich mithilfe der richtigen Gegenstände zwar in jedes beliebige Menschen- und Tierwesen verwandeln, aber keine Gedanken lesen konnte. »Junge Mädchen bekommen nicht in der Mittagspause einen Vollbart. Oder ist dir das schon mal passiert? Nein! Bei dir gab es schließlich auch keine *einmalige* Verwandlung, Helly. Sondern eben gar keine.«

Tante Helly schmollte. Als drittgeborener Drilling hatte sie die Fähigkeit, sich zu verwandeln, als Einzige gar nicht geerbt. Die meiste Zeit war sie froh darüber, aber an Tagen wie heute war dieser Umstand für meine anderen Tanten ein Grund, sie einfach zu übergehen.

»Ich sehe das genauso wie du, Mildred. Außerdem müssen wir die Sache melden«, mischte sich Tante Rose ein und nahm eins der Karamellbonbons, die in Glasschüsseln überall im Haus herumstanden. »Es führt kein Weg daran vorbei.«

Ich fragte mich still, wem man denn plötzliche Bartwüchse bei fünfzehnjährigen Mädchen in Edinburgh so meldete. Gab es ein Amt für so was? So richtig mit Sprechzeiten, Nummernziehen, unfreundlichen Beamten mit Formular und so? Ich hatte jedoch keine Zeit, diese oder eine der anderen tausend Fragen zu stellen, die mir auf der Zunge brannten, denn schon kreischte Tante Helly lauthals: »Melden?«

»Natürlich melden.« Tante Rose wich meinem fragenden Blick aus, und obwohl wir uns die meiste Zeit über gut verstanden – was auch an dem unersättlichen Schokoladenvorrat lag, den sie in ihrem Stockwerk hortete –, beschlich mich das Gefühl, dass sie ein schlechtes Gewissen hatte wegen dem, was sie sagte. »Er wird ganz schön sauer sein, wenn wir es ihm nicht erzählen, nicht wahr, Mildred?«

Tante Mildred starrte in ihre Schokolade, während Tante Helly sich nun über den Tisch beugte und so aussah, als würde sie Tante Rose die Brühe am liebsten ins Gesicht kippen. »Aber dann wird er sie zu sich holen. Du weißt genau, was man sich über ihn so erzählt. Denk nur mal an das, was Tante Bertha dort zugestoßen ist.«

»Großtante Bertha?«, mischte ich mich ein. Auch wenn ich keine Ahnung hatte, wer »er« war, der aus heiterem Himmel in diesem Gespräch aufgetaucht war, über Großtante Bertha wusste ich Bescheid, und ich war froh, zumindest ein wenig mitreden zu können. »Ihr meint die durchgeknallte alte Schachtel, die einsam hoch oben auf den Shetlandinseln wohnt und nur mit Schafen spricht?«

»Genau die.« Tante Helly sah mich an, als müsste ich plötzlich Angst davor haben, in absehbarer Zeit ein ähnliches Schicksal zu erleiden. Was im Moment keinen großen Unterschied gemacht hätte, immerhin unterhielt ich mich heute eh nur mit dem Hausschwein.

»Ach, komm schon, Helly«, raunte Tante Rose und aß noch ein Bonbon. »Du kannst da doch gar nicht mitreden.«

Das ließ Tante Helly nicht gelten. »Trotzdem lebe ich schon lange genug in dieser Familie, um zu wissen, dass ich Ophelia nicht an irgendeinen Irren in den schottischen Highlands ausliefere.«

Ich schluckte. Einen Irren? Zugegeben, seit ich in die große viktorianische Villa meiner Tanten gezogen war, hatte ich mich immer über die Eigenheiten der drei Schwestern lustig gemacht. Zum Beispiel darüber, dass sie getrennte Etagen bewohnten und jede ihr Stockwerk in ihrem eigenen, unverkennbaren Stil eingerichtet hatte. Oder darüber, dass sie in der Innenstadt drei Läden nebeneinander führten – ein Pfandleihgeschäft, eine Tierhandlung und einen Blumenladen. Und nicht zuletzt über ihre ganze Geheimnistuerei mit den Verwandlungen und das viele Um-den-heißen-Brei-Herumreden.

Aber jetzt bekam ich es mit der Angst zu tun. Wer zur Hölle war *er*?

Offenbar wusste Lora ganz genau, von wem hier die Rede war. Denn anstatt ein schockiertes Gesicht zu machen, lehnte sie an der Tür und knabberte an einem Stück Sellerie. »Beim Barte des Propheten! Jetzt kriegt euch doch mal ein.« Sie rollte mit den Augen. »Bei meiner ersten Verwandlung hat er doch auch nicht verlangt, dass ich persönlich inspiziert werde.«

Tante Mildred schnalzte mit der Zunge. »Lora, du bist ja auch ein Naturtalent. Dein Verwandlungsgrad liegt bei über achtzig Prozent und du hast als eine der Jüngsten in unserer Familie die Freigabe für öffentliche Verwandlungen bekommen. Deine erste Verwandlung war beinahe komplett und nach nur sechs Tagen hast du dich in eine exakte Kopie der Küchenhilfe Blanka aus der Schulkantine verwandelt.«

Tante Rose nickte. »Das war ausgezeichnete Arbeit.«

»Ungeachtet von Loras Verwandlungsgrad war es ja auch nicht besonders knifflig für sie, herauszufinden, wie Blanka so tickt«, widersprach Tante Helly.

Tante Rose brummte. »Trotzdem. Ein Verwandlungsgrad von achtzig Prozent ist beeindruckend. Davon kann ich nur träumen. Ich dümpele immer noch bei unter fünfzig Prozent herum. Und da klappen nun mal nur tierische Verwandlungen.«

Lora warf ihr Haar über die Schulter. »Und doch war bei dir, Tante Rose, auch keine Inspektion notwendig.«

»Aber doch bloß, weil sich Rose vor dreißig Jahren auf dem Schulball in eine echte Königskobra verwandelt hat«, setzte Tante Helly entgegen. »Auch wenn es nur ein Tier war, es war doch eindrucksvoll. *Ihm* muss es wohl genügt haben.«

»Schlangenleder war damals groß in Mode und irgendwie muss mich das inspiriert haben.« Tante Rose zwirbelte eins ihrer blonden Löckchen. »Ich weiß noch, wie ich mich auf der Tanzfläche zu *Moon River* über das Bein meines Dates bis zu seinem Hals hinaufgeschlängelt habe. Das war richtig romantisch, außerdem hatte er so muskulöse Waden, müsst ihr wissen.«

Lora hob die Augenbrauen. »Hast du nicht erzählt, er hätte wie am Spieß geschrien und sich vor Angst fast angepinkelt?«

Tante Rose hob die Schultern. »Möglich. Ich hätte ihm natürlich nie etwas angetan. Das wollte ich ihm auch sagen, aber das Zischen, das aus meinem Mund kam, nahm er wohl eher als Zeichen, dass ich ihm jeden Moment meine Fangzähne in die Halsschlagader rammen wollte.«

»Wie auch immer. Wir müssen uns an die Regeln halten«, erklärte Lora. »Wir liefern Ophelia ja nicht aus, wenn wir ihm von ihrem Bartwuchs erzählen. Und selbst wenn er sie persönlich unter die Lupe nehmen will, was wäre denn so schlimm daran? Ophelia lässt ihren Verwandlungsgrad messen, bekommt womöglich ihre Freigabe für öffentliche Verwandlungen und schon lässt er sie und ihren hübschen Suppenfänger in null Komma nichts wieder ...«

»Genug jetzt.« Ich war aufgesprungen und hatte dabei gar nicht mitbekommen, dass ich dem armen Mr Darcy, der gerade im Schweinsgalopp über die Treppen in Tante Roses Stockwerk flüchtete, einen Riesenschreck eingejagt hatte. Wenn ich etwas noch mehr hasste als Pfefferminzschokolade, dann war es, wenn über mich gesprochen wurde, als sei ich entweder gar nicht da oder irgendein unbedeutendes Ding. Ach, und natürlich Bartwitze. Ich hatte für den Rest meines Lebens genug Bartwitze gehört. »Ich schnappe mir jetzt einen Rasierer und fahre danach zurück zu meinem Vater und dem normalen Teil meiner Familie. Dem ohne verrückten Verwandlungsschnickschnack.«

»Ophelia, du bleibst. Du bist nicht gesellschaftsfähig«, bestimmte Tante Mildred. Dafür, dass sie eigentlich das Familienoberhaupt war, verhielt sie sich die ganze Zeit schon ruhig und nachdenklich, doch jetzt klang sie wieder so wie immer. Unumstößlich und knallhart.

Doch ich hatte nicht vor, mich einschüchtern zu lassen. »Na und? Was soll schon passieren? Dass der Bart wiederkommt, wenn ich ihn erst mal abrasiert habe?« Und wenn schon. Das war mir im Moment vollkommen egal. Ich hatte nur noch das Bedürfnis, zu meinem Vater zu fahren. Dorthin, wo mein richtiges Zuhause gewesen war, bevor er mich und Lora hierhergeschickt hatte, offiziell, weil die Schule so gut war. Inoffiziell, weil wir Zwillinge waren und Mildred, Rose und Helly MacBiggs, die Schwestern meiner verstorbenen Mutter, besser damit umgehen konnten, wenn zum ersten Mal Verwandlungen auftraten. Ob mein Vater ahnte, dass Mildred und Rose jetzt über mein Schicksal feilschten, als wäre ich ein mutiertes Monster, das es zu verstecken galt? Und was um alles in der Welt war eigentlich der Verwandlungsgrad, über den die drei die ganze Zeit sprachen?

»Der Bart ist erst der Anfang, Schätzchen«, erklärte nun Tante Rose. »Stell dir nur mal vor, dir begegnet im Zug zurück nach London … sagen wir mal, ein Schäferhund, eine grauhaarige Dame und ein Zirkusäffchen, und im nächsten Moment stehst du mitten in Kings Cross als … bellende alte Schachtel mit Hundeschnauze und einem roten Samthütchen am Kopf.«

Ich unterdrückte ein Kichern, doch offenbar war ich die Einzige, die die Vorstellung witzig fand. Tante Mildred, Helly und sogar Lora pressten betroffen die Lippen aufeinander.

Mein Lächeln erstarrte. »Wartet mal, ihr meint das ernst?«

»Wir würden niemals Scherze darüber machen.« Tante Rose lief in die Küche und kam mit dem Telefon zurück. Dann beugte sie sich zu Tante Mildreds Ohr hinunter. »Und jetzt ruf ihn an, um diese Uhrzeit ist er in seinem Büro immer erreichbar. Je länger wir warten, desto verdächtiger macht es uns.«

Gegen meinen Willen musste ich grinsen. Bei all dem Wahnsinn, der meine Tanten umgab, hatte ich vermutet, dass der Mann, um den es ging, mindestens ein mystisches Zauberwesen war. Ein Dämon, der die Verwandlungen in unserer Familie überwachte und den Zorn der Unterwelt auf uns niedersausen ließ, wenn wir uns ihm widersetzten.

Aber er besaß offenbar einen Festnetzanschluss.

»Auf keinen Fall«, rief Tante Helly und riss ihr das Telefon aus der Hand, und trotz meiner misslichen Lage war ich ihr sehr dankbar.

»Wir müssen es aber tun«, beharrte Lora.

Tante Rose nickte. »Solange Ophelia die Sache nicht unter Kontrolle hat, ist sie eine Bedrohung. Unsere Verwandlungen könnten auffliegen. Er wird ihr helfen.«

Jetzt packte Helly Rose am Oberarm, worauf die laut zu quietschen begann. »Hast du dir schon mal darüber Gedanken gemacht, wie er es anstellt, Ophelias Verwandlungen zu kontrollieren? Man sagt, er habe ein geheimes Labor im Keller, wo er Menschenexperimente durchführt.«

Vor Schreck verschüttete ich meine Schokolade. Das wurde ja immer schlimmer. Ein Irrer aus den Highlands, der im Keller Experimente durchführte, das klang nach ... einem schlechten schottischen Low-Budget-Horrorfilm.

Tante Rose schnaubte. »Hör nicht auf Helly, Ophelia. Das sind nur üble Gerüchte von Tante Bertha. Wenn man der glaubt, dann hält er sich auch Nessie an der Leine und füttert sie zweimal täglich mit Marzipantörtchen.«

»Und wenn schon. Ich sage, wir verschweigen es«, befand Tante Helly.

»Melden«, beschloss Tante Rose. »Eins zu eins. Mildred entscheidet!«

Ich stöhnte auf und ließ die Schultern sinken. Wenn Tante Helly und Tante Rose tatsächlich ihre älteste Schwester entscheiden ließen, war ich geliefert. Tante Mildred war der Inbegriff der Gesetzestreue, außerdem Frühaufsteherin, Pedantin, humorloser als die Queen und ein solcher Reinlichkeitsfreak, dass sie Wäscheklammern nach Farbe sortierte und regelmäßig die Fransen der Teppiche kämmte. Sie würde mich ohne mit der Wimper zu zucken zu einem Irren in die schottische Einöde schicken, wenn ich dann bloß kein Chaos anrichten konnte.

»Wir warten ab«, verkündete Tante Mildred. »Wir sagen ihm nichts. Vorerst.«

Ich riss überrascht die Augen auf. Hatte ich mich verhört?

»Ist das dein Ernst?« Tante Rose wirkte nicht weniger verblüfft als ich selbst. »Aber ...«

»Nichts aber.« Tante Mildred zog die Vorhänge zu. »Wir warten, bis sich Ophelias Zustand bessert. Und sobald es wieder auftritt, werden wir sie unterstützen, bis sie kein Aufsehen mehr erregt. Wir bekommen das hin. Ohne die Methoden unseres Onkels. Verstanden?« Alle nickten, Lora und Tante Rose immer noch ein wenig verdattert, Tante Helly mit einem Lächeln im Gesicht.

Da klingelte es an der Tür.

Aus Gewohnheit stand ich auf, doch Tante Mildred griff nach meinem Handgelenk. »Du bleibst schön hier, Ophelia.«

»Ach ja, der Bart ...«, sagte ich und blickte mich um. Meine Tanten standen stocksteif da und sahen aus, als hätte der leibhaftige Sensenmann angeklopft. Was war denn plötzlich los?

»Ist das etwa ...« Tante Helly spähte durch die Vorhänge.

»Verdammter Mist«, sagte Tante Mildred, und es war das erste Mal, dass ich sie fluchen hörte. »Wie um alles in der Welt hat er das so schnell mitbekommen?«

Mein Magen rutschte mir in die Kniekehlen.

»Er ist da?« Lora löste sich vom Türrahmen. »Ihr meint, bei uns, vor der Haustür?«

Es klingelte erneut, diesmal länger.

»Nicht er persönlich, aber das macht es auch nicht besser.« Dann streckte Tante Mildred den Rücken durch, setzte ein Strahlelächeln auf, das man normalerweise nur an Weihnachten sah, wenn man ihr irgendetwas Merkwürdiges wie einen Handfeger oder einen Fusselroller schenkte, und ging hinaus in den Hausflur.

Dort öffnete sie die Eingangstür und rief: »Rufus! Wie schön, Sie zu sehen! Was führt Sie denn in unsere Gegend?«

Unser Besucher entpuppte sich als groß gewachsener, rothaariger Hüne mit Schottenrock, der nichts von Eigentum, Privatsphäre oder Manieren verstand, denn er spazierte ins Haus, ohne sich die Schuhe auszuziehen. Ich konnte selbst von meinem Platz aus sehen, wie Tante Mildred sich innerlich krümmte! Noch dazu war Rufus kein Mann der großen Worte, denn alles, was er zur Begrüßung hervorbrachte, war: »Wo ist sie?«

»Sie ist hier«, presste Tante Mildred hervor und deutete am Kleiderständer vorbei zu mir ins Wohnzimmer. Dann heftete sie sich an seine Fersen. »Aber ich bitte Sie, seien Sie nachsichtig. Für Ophelia ist alles noch ganz neu. Weil Helly sich ja nicht verwandelt, dachten wir, bei ihr würde es auch gar nicht passieren, darum haben wir ihr kaum etwas erzählt über …«

»Sie hat sich mitten in der Öffentlichkeit verwandelt?« Rufus stand breitbeinig zwischen Garderobe und Wohnzimmer und starrte mich an wie der Juror einer Castingshow, der vorhatte, kurzen Prozess zu machen. »In Gimli, den Zwerg?«

»In einen Lehrer«, antwortete Lora schnell. »So klein war sie immer schon.«

»Na, vielen Dank auch!«, beschwerte ich mich, was Rufus zumindest veranlasste, endlich den Blick von mir zu nehmen.

»Und Sie fanden es nicht nötig, Dr. MacBiggs zu melden, dass Ophelias Erstverwandlung fehlerhaft war?«

Na wunderbar. Ich war also fehlerhaft, wie eine defekte Festplatte. Jetzt musste ich mich also beschimpfen lassen von einem … Kerl, der aussah, als würde er jeden Nachmittag in der Innenstadt für ein paar Pfund »Auld lang syne« auf dem Dudelsack spielen. Ich fühlte die Wut in mir hochbrodeln. Dieser Rufus war der sprichwörtliche Tropfen, der das Fass zum Überlaufen brachte.

»Na klar!«, schnauzte ich ihn an und stemmte die Arme in die Hüften. »Entschuldigen Sie, dass mein erster Gedanke war, aus der Schule zu flüchten, bevor die ganze Welt mitbekommt, was da gerade passiert ist! Außerdem, warum sollte ich denn diesem Big Mac überhaupt davon erzählen? Bis vor zwei Minuten wusste ich noch nicht mal, dass ich einen Großonkel habe!«

Rufus begann, mit den Knöcheln zu knacken, und ich hatte einen Moment lang die Befürchtung, er würde mir wegen des dummen Wortspiels eine Ohrfeige verpassen, aber dann entspannte er sich und antwortete: »Dann wird es Zeit, dass sie ihn kennenlernt.«

Drei

Rufus, oder der Highlander, wie ich ihn nannte, war nicht etwa auf irgendetwas Filmmäßigem wie einem gesattelten, kräftigen Schlachtross zu uns geritten, sondern fuhr einen stinknormalen Minivan. Tante Mildred nahm vorne Platz, der Rest von uns quetschte sich auf die Rückbank und schon bahnte sich Rufus den Weg durch den Nachmittagsverkehr der schottischen Hauptstadt.

Keiner sprach und das machte mir Angst. Ich hatte mindestens tausend Fragen. Wann würde ich meinen Bart loswerden? Wohin fuhren wir eigentlich? Warum hatte mir noch keiner von einem Großonkel namens Dr. MacBiggs erzählt, obwohl er offenbar so wichtig war, dass alle Bammel vor ihm hatten?

Doch Tante Helly, die neben mir saß, hielt einfach nur meine Hand, um mir die Aufregung zu nehmen, und lieferte keine Erklärungen.

Nach einiger Zeit wichen die Häuser Feldern und Hügeln, wir umrundeten einen Nationalpark, fuhren am Ufer eines Lochs entlang, immer weiter ins Nirgendwo, bis uns keine Ausflügler und Touristen mehr, sondern nur noch haarige Hochlandrinder und einsame Schafe begegneten. Irgendwann nahm Rufus eine schmale Ausfahrt und lenkte den Minivan in ein schattiges Tal. Der Wagen rumpelte über die unebene Fahrbahn, bis wir vor einer grauen, verfallenen Festung anhielten. Die mittelalterlichen Mauerreste waren mit Efeu umrankt und ließen erahnen, wie groß diese Burg einst gewesen sein musste. Das einzige intakte Gebäude befand sich etwa in der Mitte des Areals und war ein Anbau an einen der Türme. Alles hier war erdrückend düster, kalt und unheimlich, und ich sehnte mich zurück in die voll geräumte Villa meiner Tanten. Ich vermisste sogar den Geruch nach altem Holz gemischt mit Pfefferminzschokolade. Und natürlich Mr Darcy. Wie gern hätte ich ihn jetzt in den Arm genommen.

»Hier wohnt er also«, murmelte Tante Helly und setzte sich eine viel zu große Sonnenbrille auf. »Ein Haufen Steinreste. Interessant. Bei dem Theater, das meine Schwestern um unseren Onkel machen, hätte ich mir sein Zuhause irgendwie ... mächtiger vorgestellt.«

Der Highlander lief einmal um den Van, um Tante Mildred die Tür zu öffnen, und ich nutzte die Gelegenheit, um Tante Helly auf den Zahn zu fühlen. »Heißt das, ihr wart noch nie hier?«

»Nicht nur das! Wir haben diesen Kerl auch noch nie zu Gesicht bekommen. Ich meine, den echten Dr. MacBiggs.« Tante Helly deutete mit dem Kinn auf meine anderen beiden Tanten. »Rose und Mildred behaupten, er sei ziemlich gut mit diesem ... Verwandlungskram.«

»Und wenn deine Tante Helly gut sagt, meint sie, der Beste«, mischte sich Tante Rose ein, doch ich kam nicht dazu, weiter nachzufragen, weil Rufus an meiner Seite aufgetaucht war und mir den Weg wies. Ich stieg aus dem Auto aus, hinter mir Tante

Rose und Tante Helly. Wie die Schafe trotteten wir hinter Rufus her, bis er ein hölzernes Tor aufsperrte und wir in einen Rittersaal gelangten. Die vertäfelten Wände waren mit Porträts und Gobelins geschmückt, in der Mitte befand sich ein eindrucksvoller Eichentisch mit gepolsterten Stühlen, und am Kopfende des Saals, zwischen zwei Ritterrüstungen, erhob sich ein Kamin, in dem die Glut vor sich hin schwelte. Hier drin war es noch düsterer als draußen. »Man erwartet Sie schon im Kellerlabor«, sagte Rufus und verschwand im nächsten Moment.

»Eindrucksvolle Wohnung«, scherzte Tante Helly und machte einige Schritte über den Samtteppich. »Zumindest für Graf Dracula.«

»Schschscht«, machte Tante Mildred. »Ist dir nicht klar, dass er uns hören kann?«

Tante Mildreds Worte ließen mich zusammenfahren. Soweit ich das beurteilen konnte, waren wir die Einzigen hier. Abgesehen von den Gemälden bleichgesichtiger Clanfürsten in Schottenröcken, die den Eindruck machten, als würden sie uns mit Blicken verfolgen, und dem ausgestopften Geier, der auf einem Ast saß und irgendwie komisch roch.

Tante Helly nahm eins der Porträts unter die Lupe. »Denkst du, er hat zwei Löcher in die Augen von William Wallace reingebohrt?«

»Helly, musst du dich über alles lustig machen?«, fuhr Tante Mildred sie an. »Nur weil du dich nicht verwandeln kannst, gibt dir das nicht das Recht, zu lästern.«

»Entschuldige mal. Diese ganze Heimlichtuerei ist lächerlich. Wir schleppen Ophelia ans Ende der zivilisierten Welt, damit der Oberguru des altehrwürdigen MacBiggs-Clans einen Blick auf

Ophelias Bart werfen kann. Warum tun wir ihr das an?«, giftete Tante Helly zurück. Ich feuerte sie stumm an.

»Weil wir keine andere Wahl haben.« Tante Mildred warf trotzdem einen prüfenden Blick auf das Gemälde an der Wand, was bewies, dass Tante Hellys Überwachungsvorwurf nicht ganz aus der Luft gegriffen war. »Ich hätte Ophelia die Hintergründe lieber in aller Ruhe erklärt, anstatt sie hierher ... Ophelia, was tust du denn da?«

»Rufus sagte, wir werden im Keller erwartet, also suche ich nach der Geheimtür«, erklärte ich und tastete das Bücherregal ab. Ich war inzwischen so hibbelig, dass ich irgendetwas tun musste, um mich abzulenken. Sonst würde ich vor lauter Aufregung noch Zöpfe in meinen Bart flechten und irgendwann aussehen wie Jack Sparrow.

»Ich helfe dir.« Tante Helly eilte an meine Seite. »Also, wenn ich ein megalomanisches Familienoberhaupt wäre, wo würde ich hier einen Geheimmechanismus zu meinem Kellerlabor installieren? Hinter dem Bücherregal wäre zu offensichtlich. Vielleicht hinter einem Schrank? Allerdings gibt es nur Kommoden mit hässlichen Geiern drauf. Vielleicht muss man einer Ritterrüstung etwas ins Ohr flüstern. Bestimmt das Familienmotto. Mildred, sag mal, haben wir so etwas wie ein Familienmotto?«

»Nehmt eure Hände da weg!«, rief Tante Mildred.

»Bescheuertes Motto«, murmelte Tante Helly.

Dann schien ihr ein anderer Gedanke zu kommen. »Ophelia, womöglich ist das ja schon deine erste Prüfung.« Sie sah sich um. »Ich hab's! Schau mal unter dem Wandteppich nach.«

Vielleicht hatte Tante Helly recht. Vielleicht konnte ich diesen Großonkel ja doch noch beeindrucken und das hier würde alles nicht so schlimm werden. Ich hob einen der Gobelins von der Wand und musste niesen. »Fehlanzeige. Aber was ist mit der Marmorverkleidung des Kamins? Da sind zwei komplett gleiche griechische Statuen. Zwillinge! Das muss ein Zeichen sein!«

»Drück ihr auf die Nase«, riet Tante Helly.

Ich versuchte es. »Klappt nicht.«

Tante Helly schien ratlos. »Hast du sonst noch eine Idee?«

»Was ist mit dem Geier?«, fiel mir ein.

»Das ist es.« Tante Helly lief auf den ausgestopften Geier zu und packte den Schnabel zwischen Daumen und Zeigefinger. »Vielleicht lässt der Schnabel sich bewegen und dann … Autsch!! Mistvieh!«

»Was ist passiert?« Selbst Tante Mildred, Tante Rose und Lora wollten nun sehen, was vorgefallen war.

Tante Helly hielt sich den Finger. »Das Tier lebt. Und es hat mich gebissen.«

Tante Mildreds Ader auf der Stirn schwoll an. »Herrgott, zum letzten Mal, ich sagte doch, ihr sollt nichts …«

»Was um alles in der Welt macht ihr da?« Eine Stimme unterbrach Tante Mildred mitten im Satz. Sie gehörte einem Jungen, der wie durch Zauberei neben uns aufgetaucht war. »Wir warten schon seit über zehn Minuten auf dich, Ophelia.«

Wie zum Teufel war er in diesen Raum gekommen? »Ich … ähm … Wir suchen den Eingang zum Kellerlabor«, stotterte ich.

»Der Eingang ist hier.« Der Junge deutete auf eine Tür neben dem Kamin, die weit offen stand. Ich wollte mich am liebsten ohrfeigen, weil ich so blind gewesen war. Andererseits hatte sogar die superschlaue Tante Mildred sie übersehen.

»Ach, dieser Eingang hier!« Verlegen sah ich von der Tür (auf der sogar »Zugang zum Keller« stand, na toll!) zu dem Jungen. Er war dünn und groß gewachsen, ungefähr in meinem Alter und wirkte mit seinem weißblonden, gelockten Haar und der hellen Haut so farblos und blass, dass er locker als Mensch gewordenes Laborkaninchen durchgehen konnte. Das einzig Besondere an ihm war eine unübersehbar große Narbe auf der Stirn.

»Schon gut. So ein Geheimmechanismus wäre deutlich cooler, da habt ihr recht. War wohl zu teuer.« Er lachte, klopfte sich den Staub von der Jeans und vergrub die Arme in den Taschen seines Sweaters.

Keiner von uns sprach.

»Ups, wie unhöflich von mir. Ich bin Paul«, stellte er sich vor. »Der Praktikant und das Mädchen für alles hier unten. Schließt übrigens auch Tee kochen, Müll vor die Tür bringen und schlechte Bezahlung mit ein. Aber es kommt gut im Lebenslauf.«

Ah ja. Alles klar. Ich stellte mir gerade Pauls Lebenslauf vor: *Sommer 2018: Ferienpraktikum im Keller, bei irrem, möglicherweise aus Marvel-Comic entsprungenem Schurken-Verwandlungstyp, der in der schottischen Einöde geheime Menschenexperimente durchführt.*

Nun ja. Weckte zumindest Interesse.

»Mildred MacBiggs.« Tante Mildred musterte Paul mit zusammengekniffenen Lippen. »Rufus hat uns und meine Nichten hierherschleppen lassen, ohne uns zu verraten, was das hier eigentlich soll. Das ist unerhört!«

Paul sog Luft durch die Zähne. »Uh, tja, Rufus. Den kann keiner leiden, der ist so was wie der Außenseiter. Außer freitags, da geht er mit uns aus und tanzt, als gäbe es kein Morgen. Im Pub, immer zu den *Village People.*« Während Lora lauthals lachte, hatte ich ein Bild vom Highlander in meinem Kopf, der im Schottenrock einen spontanen YMCA-Tanz-Flashmob startete. »Aber wenn ihr es eilig habt, können wir die Sache auch beschleunigen. Ophelia, wenn du bitte mitkommst?«

Tante Mildred wirkte entrüstet. »Soll das heißen, wir müssen hier warten?«

Paul sah uns unglücklich an. »Ich fürchte, ja. Ich könnte euch Tee kochen, dann vergeht die Zeit schneller.«

»Aber ich komme mit. Ich bin immerhin ihre Zwillingsschwester«, meldete sich Lora. Ich hätte sie gerne dabeigehabt, denn Lora behielt selbst in Krisenzeiten die Nerven, doch Paul blieb knallhart. »Leider nein.«

»Na wunderbar.« Tante Mildred schnaubte. Doch dann seufzte sie und nahm mich an den Schultern. »Du musst keine Angst haben, Ophelia. Bleib immer freundlich, fass nichts an, und wenn dich jemand etwas fragt, sagst du einfach: Solange ich noch nicht volljährig bin, muss das Tante Mildred entscheiden.«

Ich nickte nur. Auch wenn Tante Mildred sich das erste Mal seit Menschengedenken ernsthaft Sorgen um mich machte, ich war nicht geneigt, sie deswegen auch nur einen Deut mehr zu mögen. Wenn sie nicht aus dem allen hier ein riesiges Geheimnis gemacht hätte, wäre ich jetzt wenigstens gewappnet gewesen ... für ... diesen dreckigen, staubigen Korridor, der hinter der Tür lag und in den ich Paul nun folgte. Ich musste niesen.

»Dauert nicht mehr lang«, verkündete Paul. »Gleich geht's abwärts.«

Offenbar war damit keine stinknormale Kellertreppe gemeint, sondern ein moderner silberner Fahrstuhl, der am Ende des Gangs in die Wand geschlagen war und dessen Türen auseinanderglitten, als wir davorstanden. Bläulich helles Neonlicht blendete meine Augen. Paul hielt einen Chipsensor gegen die Fahrstuhlwand und wir setzten uns in Bewegung.

Ich sah mich um, während dezente Fahrstuhlmusik aus den Lautsprechern dudelte. »Was wird das hier? Die Reise zum Mittelpunkt der Erde?«

»Fast. Dein erster Besuch im landesweit größten Personenarchiv des britischen Geheimdienstes. Das ist zumindest die offizielle Bezeichnung.«

Ich schnappte entgeistert nach Luft, während Pauls Worte durch meinen Kopf tanzen. Personenarchiv? Britischer Geheimdienst? »Du meinst, wie bei James Bond? Bist du etwa ein Geheimagent?« Mir war, als fügte sich nun alles zusammen. Womöglich waren meine Tanten auch Agentinnen. Oder Superheldinnen? War das das große Geheimnis? Sie verwendeten ihre Fähigkeiten, um die Welt zu retten? Das war fast so wie in dem Theaterstück, das unsere Theatergruppe gerade probte. Verdammt, das machte Tante Mildred dann doch ganz cool, dabei hatte ich gehofft, ich könnte sie bis an mein Lebensende hassen, vor allem jetzt, nachdem sie mir das alles hier wissentlich vorenthalten hatte. Ob sie ein Kostüm trug? Wobei, die Tage, in denen ihr ein Catwoman-Anzug gut gestanden hätte, waren wohl gezählt.

»Ich, ein Geheimagent?« Jetzt lachte Paul, als gefiele ihm die Vorstellung. »Ich sagte doch, ich bin Praktikant. Und auch die anderen hier unten sind keine Agenten, sondern nur Archivare. Wir sortieren, ordnen und verwalten.«

»Aber ich verstehe das nicht«, setzte ich an, während ein *Ping* ertönte, die Türen auseinanderglitten und der Fahrstuhl den Blick auf einen hell beleuchteten Flur freigab. »Wenn ihr hier bloß Daten des Geheimdienstes sammelt und speichert ... Was hat das dann alles mit mir, meiner Familie und den Verwandlungen zu tun?«

»Offiziell nichts«, erklärte Paul und lief voran, während die Sohlen seiner Sneakers auf dem Linoleum quietschten. Dabei ließen wir eine Reihe von weißen Türen hinter uns, die mit Nummern beschriftet waren. Nach ein paar Abzweigungen blieben wir stehen. »Inoffiziell allerdings sehr viel. So, hier sind wir.«

Paul hatte vor einer Tür angehalten, auf der keine Nummer stand, sondern ein Name. Die goldenen Buchstaben verkündeten: *Dr. MacBiggs, Archivleiter*. Als Paul Anstalten machte, zu klopfen, hielt ich seine Hand zurück. Ich dachte daran, dass keine meiner Tanten diesen Mann je persönlich getroffen hatte, und wurde noch nervöser. »Werde ich jetzt gleich meinen Großonkel sehen?«

»Unwahrscheinlich«, erklärte er und klopfte mit der anderen Hand. Uns öffnete ein grimmig aussehender, blasser und glatzköpfiger Mann im Laborkittel.

»Du musst Ophelia sein«, sagte er mit ausdrucksloser Miene, und gerade, als ich überlegte, wie es sein konnte, dass mir der Typ schon nach zwei Sekunden unsympathisch war, setzte er auch noch nach: »MacBiggs' Sorgenkind.«

»Sorgenkind?« Ich spürte, wie es in mir brodelte. »Was wollen Sie alle denn eigentlich? Ich habe nicht die besten Noten, aber ich bin keine schlechte Schülerin, außer vielleicht in Französisch. Außerdem komme ich pünktlich nach Hause, habe keine verhaltensauffälligen Freunde, jobbe kostenlos in Tante Roses Tierladen *und* in Tante Hellys Blumenladen, während Lora nur hin und wieder Zeitungen austrägt. Sie sind doch hier diejenigen, die im

Keller Superbösewicht spielen! Und jetzt würde ich gerne wieder nach Hause, anstatt mir hier unter der Erde Ihr geheimes …«

»Erst müssen wir uns diese Sache mit der unvollständigen Verwandlung anschauen und deinen Verwandlungsgrad messen.« Der Kerl, der laut seinem Laborkittel offenbar *Olaf Morovski* hieß und es nicht nötig hatte, sich vorzustellen (kein Wunder, bei dem Namen), bedeutete mir, ihm in den Raum zu folgen. Unsicher sah ich zu Paul, der an der Türschwelle stehen blieb und mir den erhobenen Daumen zeigte.

War das ein Scherz? Ich kam mir vor wie bei einem Vorstellungsgespräch für einen Ferienjob, den ich gar nicht wollte, bei einem Kerl, der aussah, als wäre er Dr. Frankensteins persönlicher Assistent. Wer weiß, vielleicht kam das der Wahrheit näher, als mir lieb war?

»Nimm Platz, Ophelia.« Frankensteins Assistent, dessen Namen ich schon wieder vergessen hatte, deutete auf einen Lederstuhl vor einem hölzernen Schreibtisch. Dieses Zimmer war viel altmodischer eingerichtet als der Gang. Die Wände wurden von Bücherregalen umsäumt, dazwischen hingen Jagdgemälde und Schrotflinten und auf der Kommode reihten sich ausgestopfte Eulen, Bussarde und besonders viele Geier. »Wir werden jetzt eine Reihe von Tests mit dir durchführen. Es ist wichtig, dass du in jeglicher Hinsicht ehrlich bist, verstanden?«

Mein ganzer Körper spannte sich an. Wenn Pauls lockeres Wesen und seine Geschichte über den britischen Geheimdienst auch kurze Zeit den Eindruck erweckt hatten, der Besuch könnte doch interessant werden – jetzt kroch mir kalte Angst in den Nacken.

»Was für Tests?«, wisperte ich und sah mich um. Konnte ich einfach hier verschwinden? Mit etwas Glück konnte ich den Weg zurück zum Aufzug irgendwie rekonstruieren, aber spätestens dort stand ich vor einem Problem, denn ich besaß keinen dieser Chips, um ihn in Betrieb zu setzen. War ich hier gefangen? Warum um alles in der Welt tat mir Tante Mildred so etwas an? Doch dann wurde mir wieder bewusst, dass sie mich eigentlich vor dieser Erfahrung hatte bewahren wollen, hätte nicht der Highlander an der Tür geklingelt.

»Ein paar Untersuchungen.« Die Stimme gehörte einer blonden und ebenfalls blassen Frau, die aus einer fast unsichtbaren Tür getreten war, und ich fragte mich, wieso zur Hölle es in einem ohnehin geheimen Untergrundarchiv noch mal geheimgeheime Türen in der Wand gab. »Ich bin Patricia und für alle medizinischen Belange zuständig. Wir beginnen mit ein paar einfachen Fragen.«

Ich sah, wie Olaf ein Diktiergerät herausholte. Dabei kam ich mir vor, als hätte ich etwas angestellt und wäre in einem Krimi gelandet, mitten in einem Verhör mit zwei Polizisten, die mit mir Guter-Cop-böser-Cop spielten, während hinter Spiegelwänden Zigarren rauchende Oberbosse jedes meiner Worte auf die Waagschale legten. Ich blickte mich noch mal um. Tatsächlich kam ich mir schon die ganze Zeit über merkwürdig beobachtet vor.

»Name, Geburtsdatum und Geburtsort«, begann Olaf.

Okay, das würde ich gerade noch schaffen. »Ophelia Ann Sedgewick, geboren am 9. Mai in London.«

Olaf nickte. Die nächsten Fragen betrafen hauptsächlich Körpereigenschaften wie Gewicht, Größe, die Schule, auf die ich ging, und andere belanglose Informationen, die jeder von mir wusste.

»Kommen wir zum Eingemachten«, sagte Olaf nach einer Weile und bewies dabei, dass er grinsen konnte, wenn auch mit wenig Erfolg. »Bitte rekonstruiere genau und im Detail die Vorgänge des heutigen Tages bis zum Moment deiner ersten Verwandlung. Lass nichts aus. Verstanden?«

Ich schluckte. Die Situation wollte ich eigentlich nicht noch mal durchleben müssen, geschweige denn, sie jemand anderem erzählen! Ich zögerte einen Augenblick. Doch dann kam mir ein Gedanke. Details, hatte er gesagt, oder? Das konnte ich! Also erzählte ich, wie Lora morgens das Bad blockiert hatte, bis sie endlich losgezogen war, um Zeitungen auszuteilen, wie mich Tante Rose gebeten hatte, nachmittags im Tiergeschäft auszuhelfen, wie es zwischen Princes Street und dem Bahnhof gewaltig zu schütten begonnen und mich einer der Doppeldeckerbusse mit Wasser vollgespritzt hatte und ich froh gewesen war, dass ich Tante Mildreds Rat, die Gummistiefel anzuziehen, befolgt hatte, auch wenn sie die Farbe von Erbrochenem hatten, kleine grüne Krokodile daraufgedruckt waren und sie überhaupt nicht zur Schuluniform passten (Olaf seufzte gelangweilt. Haha!). Nach weiteren fünf Minuten und zahlreichen Ausführungen über Farbe, Geschmack und Konsistenz der zu mir genommenen Nahrung unterbrach er mich. »Spulen wir vor zu dem Teil kurz bevor du dich verwandelt hast.«

Mist. Früher oder später würde ich erzählen müssen, wo ich Adrian die Einladung hatte überbringen wollen und wie mich der halb nackte Mr Cartman überrascht hatte.

Olaf wechselte die Kassette des Diktiergeräts. »Irgendwas Außergewöhnliches muss unmittelbar vor der Verwandlung passiert sein, nicht wahr?«

Ich schluckte heftig. In meiner »offiziellen« Version war ich in der Freistunde einfach aufs Mädchenklo spaziert und hatte dabei voller Schreck den Bart entdeckt. Aber Olafs Andeutung mit den außergewöhnlichen Vorkommnissen machte mir klar, dass sie mir diese Version wohl nicht abkaufen würden.

»Außergewöhnliches?«, fragte ich, um Zeit zu gewinnen.

»Ja.« Patricia klang mitfühlend. »Hast du dich vielleicht unmittelbar vor der Verwandlung verletzt? Oder hattest du einen schlimmen Streit? Oder bist ... vielleicht sogar in Lebensgefahr geraten?«

Jetzt aber schnell. Ich brauchte eine Geschichte, die mich nicht aussehen ließ wie ein Mädchen, das in Jungsumkleiden schlich, um seinem Schwarm eine Einladung zuzustecken, bevor es dabei von muskelbepackten Lehrern ertappt wurde.

»Lebensgefahr! Oh, ja, natürlich. Freitags gehen wir vormittags immer zum Schwimmen«, log ich. »Und plötzlich hatte ich diesen ... ähm ... fiesen Krampf im Bein. Der Sportlehrer der Jungs hat mich an den Beckenrand gezogen. Tja, und dann ...« Ich deutete mit beiden Zeigefingern auf meinen Bart. »Tadaaa!«

Olaf und Patricia starrten mich an. Dann nickten sie und Olaf machte sich Notizen. Die beiden glaubten mir jedes Wort! Patricias Stimme war voller Mitgefühl, als sie antwortete: »Das war bestimmt schlimm für dich. Aber so etwas ist ziemlich typisch. Lebensgefährliche, brenzlige Situationen lösen gerade in jungen Jahren sehr häufig missglückte Verwandlungen aus. Wir sind hier, um dir zu helfen, diese Angelegenheit in den Griff zu bekommen.«

In diesem Augenblick flüsterte ihr Olaf etwas ins Ohr, worauf Patricia zu strahlen begann. »Ausgezeichnete Idee, Olaf!«

»W…was?« Eben hatte ich Hoffnung geschöpft. *Mir helfen, die Angelegenheit in den Griff zu bekommen*, das klang nicht übel. Aber nun … Was auch immer die beiden gerade ausheckten, es war nicht gut. Gar nicht gut.

»Unser Wassertank«, erklärte mir Patricia freudestrahlend. »Wir werden versuchen, die Situation, die zu der Verwandlung geführt hat, nachzuspielen, indem wir dein Beinahe-Ertrinken einfach simulieren.« Auf meinen entsetzten Gesichtsausdruck hin hielt sie inne. »Aber keine Angst. Sieh es als aufregendes Abenteuer. Du bist in ständiger medizinischer …«

AUF KEINEN FALL! Ich würde mich ganz sicher nicht in einen Wassertank stecken lassen, medizinisch überwacht von … ja, von wem denn eigentlich? Wenn ich mich nicht täuschte, stand da kein Doktortitel auf Patricias Laborkittel. »Nur über meine Leiche.«

Patricia sah überrascht aus. »Aber …«

»Okay, die Sache mit dem Fußkrampf im Swimmingpool war gelogen«, rief ich verärgert. »In Wirklichkeit bin ich von einem Rudel Jungs aus unserer Fußballmannschaft in deren Umkleide überrascht worden und bin danach auch noch unabsichtlich in die Umkleide des Sportlehrers Mr Cartman gestolpert.«

Olaf und Patricia schienen auf die Pointe zu warten. »Und dann? Was hat dieser Mr Cartman dann gemacht? Hatte er eine Waffe?«

»Nein, aber einen Sixpack. Was denken Sie denn, auf was für einer Schule ich bin? Die Sache war einfach nur peinlich.«

Olaf und Patricia wirkten ratlos. Doch dann schaltete Olaf das Diktiergerät aus und stand auf. »Okay, das war's vorerst. Nun kommen wir zum angenehmen Teil.«

Angenehmer Teil. Ich wusste nicht ganz, ob ich das glauben konnte, bei zwei Möchtegern-Wissenschaftlern, die künstlich herbeigeführtes Ertrinken ein aufregendes Abenteuer nannten.

»Und wie sieht der aus?«, fragte ich unsicher.

»Wir sorgen dafür, dass du deinen Bart loswirst«, erklärte Patricia und öffnete die Tür zurück in den Flur.

Ich nickte erleichtert, stand auf und mein Blick schweifte ein letztes Mal durch das Büro. Dabei nahm ich aus den Augenwinkeln eine Bewegung wahr. Es erschien mir, als recke der ausgestopfte Geier seinen krummen Hals in meine Richtung.

Vier

»Wir nennen ihn den Entspannungsraum.« Patricia führte mich in ein achteckiges, schummrig beleuchtetes Zimmer mit aufgemalten Sonnenblumen an den Wänden, in dem es Hängematten, gepolsterte Sonnenliegen und zwei Sofas gab. Aus den Lautsprechern in der Ecke ertönte dezentes Meeresrauschen und Vogelgezwitscher und an der Decke gaukelten kleine Lichter einen falschen Sternenhimmel vor. »Mach es dir bequem und lausche der Stimme. Wenn du hungrig bist, nimm dir warme Karamellbrownies und Kräutertee. Wir sehen uns in fünfzehn Minuten.«

Warme Karamellbrownies! Vor lauter Aufregung hatte ich gar nicht bemerkt, wie hungrig ich geworden war, aber das war ja auch kein Wunder, immerhin hatten wir bereits späten Nachmittag, und wegen der, ähm, haarigen Angelegenheit hatte ich die Mittagspause ausfallen lassen. Ohne zu zögern, machte ich mich über die duftenden Brownies her, und bevor mir wieder einfiel, dass ich Patricia noch einige Fragen stellen wollte, war sie schon durch die Tür verschwunden.

Egal. Fünfzehn Minuten in dem mit Abstand gemütlichsten Zimmer der Welt würden mich schon nicht umbringen. Ich nahm mir also noch zwei Brownies vom Tablett, dazu eine Tasse Tee und suchte mir ein Sofa aus. Dann machte ich zwei Bissen, fegte mir die Krümel aus dem Bart, trank ein wenig Tee, und als ich meinen Kopf auf eins der Kissen legte, merkte ich, wie erschöpft ich war. Langsam fielen mir die Augen zu. Da ließ mich eine laute, mechanische Computerstimme hochfahren.

»Dein Name ist Ophelia Ann Sedgewick, du bist fünfzehn Jahre, elf Monate und sechzehn Tage alt und wurdest als jüngere Zwillingstochter von Louise MacBiggs und Carl Sedgewick in London geboren.«

Aufrecht saß ich da, mein Herz klopfte wie wild. Nicht nur die dröhnende Stimme hatte mir einen halben Herzinfarkt beschert, nein, im selben Augenblick wurde die weiße Wand auf der Längsseite des Raums mit Licht geflutet und eine Fotoprojektion erschien. Vor meinen Augen tauchte ein Bild auf, das ich schon mal gesehen hatte. Es zeigte meine Eltern kurz nach unserer Geburt. Meine Mutter hielt Lora, auf deren Stirn sich eine perfekte schwarze Locke kräuselte, und Vater hielt mich, ein Baby mit verzerrtem Gesicht, knallrot und faltig.

Mit halb offenem Mund saß ich da, unfähig, zu begreifen, was da gerade geschah. War ich im Kino und es lief eine Fotoshow über ... über mich? Offenbar hatten diese Menschen hier nicht nur Informationen, sondern auch Bilder aus meinem Leben.

Doch die Computerstimme hatte noch mehr auf Lager. *»Die ersten Jahre deines Lebens verbrachtest du im Süden des Landes, bis deine Mutter plötzlich verstarb.«*

Meine Verblüffung wich Bestürzung, und es fühlte sich an, als hätte ich einen riesengroßen Stein verschluckt. Eigentlich hatte ich den Tod meiner Mutter vor zehn Jahren ganz gut bewältigt, auch wenn ich oft an sie dachte. Aber jetzt, wo mir diese emotionslose Tonbandstimme erneut davon erzählte, spürte ich, wie meine Augen feucht wurden.

Auch diesmal folgten zur Untermalung einige Fotos. Und zwar von der Trauerfeier. Eine Aufnahme des Blumenmeers vor ihrem Grab. Der Regen, der an diesem Tag auf die schwarzen Schirme der Trauergäste geprasselt war. Lora und ich, die uns an die Beine unseres Vaters klammerten.

»*Danach hast du deine Leidenschaft fürs Theaterspielen entdeckt*«, fuhr die Stimme fort, und ich war froh, dass wieder fröhlichere Bilder erschienen. »*Als du älter wurdest, schickte dich dein Vater schließlich gemeinsam mit deiner Zwillingsschwester Lora zu deinen Tanten nach Schottland. Die nächsten Jahre machten dich zu der Ophelia, die wir heute kennen. Du bist tollpatschig, dein Lieblingskleidungsstück ist ein Eulenpyjama und manchmal wechselst du deine Socken zwei Tage lang nicht. Du heulst nicht nur bei traurigen Filmen, sondern auch bei Dokumentationen oder den Nachrichten. Bis vor Kurzem hast du Drachen für real existierende Wesen gehalten und außerdem einen Jungen namens Luigi erfunden, mit dem du in Italien angeblich deinen ersten Kuss erlebt hast.*«

Ach du Schande. Ich hatte keine, ich wiederhole, überhaupt keine Ahnung, wo die Ophelia-Show *das* herhatte.

Hinter mir kicherte jemand leise. Paul, Patricia und Olaf standen in der Tür und hörten zu, während meine Ohren vor lauter Peinlichkeit wild zu kribbeln begannen. Wer hatte den dreien erlaubt, zuzuhören? Oder war das Teil dieses bescheuerten Experiments?

»Das mit den Drachen kann ich erklären! Lora hat mir früher erzählt, Drachen wären wie die Dinosaurier ausgestorben, und ich habe ihr geglaubt«, startete ich einen jämmerlichen Versuch, meinen Ruf wiederherzustellen. Ich holte Luft. »Das mit den Socken passiert doch jedem, und für die Sache mit den Heulattacken schäme ich mich nicht, besonders nicht bei den Nachrichten im Moment.«

»Luigi?« Natürlich hatte Paul sich genau die eine Sache herausgepickt, die ich nicht ganz entkräften konnte. Damit hatte er die Sympathiepunkte von vorhin auch schon wieder verspielt. »Trug er einen Schnauzbart und grüne Latzhosen?«

»Das hab ich bloß ein einziges Mal erzählt«, knurrte ich. »Luigi gibt's wirklich, er hat eine total schöne, kleine Trattoria in Florenz. Nur hätte ich ihn niemals geküsst, weil er schon zweiundachtzig ist und nur noch zwei Zähne ...«

»In Wirklichkeit schwärmst du jedoch nicht für Luigi, sondern für Adrian Huxley, sechzehn Jahre, zwei Monate und fünf Tage alt, geboren in Edinburgh«, machte die Stimme plötzlich weiter.

Auch das noch! Das wurde ja immer schlimmer. Dass diese Leute hier über meine Mutter und meine peinlichen Marotten Bescheid wussten, war eine Sache, aber wie zum Teufel konnten sie von Adrian wissen?

Und als ob das noch nicht fürchterlich genug gewesen wäre, kamen jetzt auch noch Fotos von der letztjährigen Shakespeare-Aufführung. Ein äußerst unvorteilhaftes Bild von mir erschien an der Wand, auf dem ich Adrian, der gerade auf der Bühne Hamlet mimte, schmachtende Blicke zuwarf.

»Adrian Huxley stammt aus einer angesehenen Familie von Theaterschauspielern, ist sehr talentiert und du hast dich auf den ersten Blick in ihn verliebt. Über achtzig Prozent deiner Kurznachrichten-Konversationen mit deiner besten Freundin Mae handeln ausschließlich von ihm, mit Vorliebe schickst du dabei Herz-Emoticons in allen Farben mit, und

du hast ihm einen eigenen Klingelton zugewiesen, obwohl er dich noch nie angerufen hat. Endless love.«

»Ich hasse diesen Song«, murmelte Paul jetzt, und ich wollte auf der Stelle aufspringen und ihm eine Ohrfeige verpassen. Ich hätte nie für möglich gehalten, dass es für die Jungsumkleiden-Story noch eine Steigerung gab. Aber hier war sie.

»Ihr kennt also meine Nachrichten«, zischte ich und bemühte mich, zu verbergen, dass ich kurz davor war, vor Scham im Boden zu versinken. Auf das kleine, bleichgesichtige Laborkaninchen Paul war ich am wütendsten, immerhin kicherte er schon die ganze Zeit dämlich vor sich hin. »Ich dachte, ihr bringt mich hierher, damit ich meinen Bart loswerde?«

»Der Bart ist längst weg, Ophelia«, antwortete Patricia. »Schon zu Beginn unseres kleinen Experiments warst du so entspannt, dass der Bart sich in den ersten paar Minuten verzogen hat. Außerdem schmeckt der Beruhigungstee gar nicht mal so übel, oder?«

»Wartet mal.« Mir wurde ganz schummrig, und ich fühlte mich plötzlich, als müsste ich mich auf Patricias Schuhe übergeben. Ganz ohne Röhrennudeln mit Pilzsoße. »Ihr habt mich … manipuliert? Und unter Drogen gesetzt?«

Olaf verdrehte die Augen. »Es waren Kräuter, Ophelia. Ziel war es, dich in einen entspannten Zustand zu versetzen und dir dann möglichst viele Informationen über dein Ich zu präsentieren, damit du dich zurückverwandelst.«

Unsicher betastete ich mein nun wieder glattes Kinn. Die Haut war sogar weicher als vorher. »Woher habt ihr all diese Informationen? Spioniert mein Großonkel mich heimlich aus? Ist das der Zweck des Datenarchivs? Es ist randvoll mit geheimen …«

»Das ist nebensächlich«, schnitt mir Olaf das Wort ab. Dann begann er zu grinsen, noch viel breiter als vorhin in Big Macs Büro. Fast schon wie der Joker aus Batman. »Fest steht, dass wir zwei Fliegen mit einer Klappe schlagen konnten. Wir haben dich zurückverwandelt und wissen außerdem, was deine missglückten Verwandlungen auslöst. Und zwar Scham und peinliche Situationen.«

»Wie bitte?« Ich stand mehr denn je auf dem Schlauch, doch Patricia und Olaf grinsten, als hätten sie gerade ein Allheilmittel gegen Pickel entdeckt.

Patricia reichte mir einen Handspiegel. »Sieh dich doch mal an.«

Verdutzt nahm ich den Spiegel entgegen, klappte ihn auseinander und betrachtete mich, doch ich konnte keine Veränderung erkennen. Ich war dieselbe Ophelia wie immer, die mit den kurzen, dunklen Haaren und den grünen Augen. Ohne Bart, dafür mit ziemlich dicken Ringen unter den Augen.

Ratlos sah ich zu Paul, der auf seine Narbe deutete.

Und dann bemerkte ich es. Auf meiner Stirn saß exakt dieselbe Narbe.

»Warte, soll das heißen, das war alles geplant?«, wisperte ich und rieb über die vernarbte Haut. »Ihr habt zugehört, um mich absichtlich in Verlegenheit zu bringen, damit ich mich verwandle?«

»Tut mir leid, dass ich dich ausgelacht habe, Ophelia«, gab Paul zerknirscht zu. »Ich musste dich ein wenig provozieren, um das alles möglichst peinlich für dich zu machen. Das verstehst du doch, oder?«

Statt einer Antwort starrte ich ihn mit aller Wut an, zu der ich fähig war. Und ob ich verstand! Entschuldigung nicht angenommen. Blödes, hinterlistiges Laborkaninchen.

»Es war immerhin besser als der Wassertank, oder?« Patricia lächelte zufrieden und nahm den Spiegel aus meinen Händen, dabei hätte ich ihn ihr liebend gerne entgegengeschleudert.

»Na, vielen Dank auch. Meine Verwandlungen werden also ausgelöst, wenn ich etwas peinlich finde. Voll interessant. Ich werde ab jetzt jede unangenehme Situation vermeiden, versprochen«, erklärte ich. Auch wenn das vermutlich bedeutete, dass ich nicht mehr zur Schule gehen konnte. Denn dort passierte leider sehr oft Peinliches. Ich versuchte, mich an den dreien vorbeizuschieben. »Kann ich jetzt endlich wieder nach Hause?«

»Noch nicht.« Olaf trat vor mich. »Willst du denn deinen Verwandlungsgrad nicht wissen?«

Ich runzelte die Stirn. »Meinen was?«

»Na, deinen Verwandlungsgrad. Das System misst ihn gerade.« Patricia deutete auf die Leinwand, auf der sich eine Sanduhr drehte. »Und zwar in Prozent!«, sagte sie stolz.

Olaf nickte. »Dahinter steckt ein komplizierter Algorithmus, der sich aus dem Alter der Erstverwandlung, der Genauigkeit und der Dauer der Rückverwandlung zusammensetzt. Erfunden von deinen Vorfahren. Weiterentwickelt von deinem Großonkel. Und perfektioniert von mir.«

Patricia guckte ihn böse an. »Uns!«, korrigierte sie.

Na toll. Prozentrechnen. Gerade wenn man dachte, dass der Tag unmöglich schlimmer werden konnte, kamen die beiden auch noch mit Mathe daher.

Paul lächelte. »Wenn er gut genug ist, erteilt dir Olaf heute gleich eine Freigabe für öffentliche Verwandlungen …«

Olaf tat, als müsste er niesen, und murmelte dabei: »Äußerst unwahrscheinlich.«

Verärgert ballte ich die Fäuste.

»Jetzt warte doch mal ab, Olaf«, knurrte Patricia. »Vielleicht ist ihr Verwandlungsgrad trotz des Bart-Debakels gar nicht so …«

»Seht mal!«, unterbrach Paul die beiden. »Was hat das zu bedeuten?«

Stille. Patricia und Olaf hatten aufgehört, sich anzufauchen, und starrten nun auf die Leinwand. Die Sanduhr war verschwunden, stattdessen verkündete das System in dicken, fetten Buchstaben:

UNBEKANNTER VERWANDLUNGSGRAD.

Stille breitete sich im Raum aus. Mir schwante Übles.

»Unbekannter Verwandlungsgrad? Das ist nicht gut, oder? Habe ich unter fünfzig Prozent erreicht?«, brachte ich hervor. Ich musste plötzlich an Tante Rose und ihre tierischen Verwandlungen denken, was irgendwie mit ihrem Ergebnis unter fünfzig Prozent zu tun hatte. Dann kam mir ein gruseliger Gedanke. »Oder bin ich noch schlechter? Verwandle ich mich ab jetzt nur noch … in Bakterien?«

»Niemand kann sich in Mikroben verwandeln«, antwortete Patricia. Schade eigentlich. Als Bakterium konnte man sich bestimmt gut an diesen Spinnern rächen. In einem Anflug von Galgenhumor stellte ich mir vor, wie ich Olaf üblen Durchfall, Halsweh und juckende Ekzeme verpassen könnte. Ich hätte in die Geschichtsbücher eingehen können als die unbesiegbare Ophelia-Grippe.

»Gab es so ein Ergebnis schon mal?«, fragte Paul mitten in meine verzweifelten Rachepläne.

»Noch nie«, antwortete Patricia.

Olaf räusperte sich. »Doch, ein Mal. Bei Bertha MacBiggs.«

Ich schluckte fest. Da war sie wieder, die verrückte Großtante Bertha. Wie schön, dass mein Leben und meine Verwandlungen so viele Parallelen mit dem ihren aufwiesen. Vielleicht war ja auf den Shetlandinseln noch ein Häuschen für mich frei?

»Das ist kein gutes Zeichen«, bestätigte Olaf meine Befürchtungen. Der Spott von vorhin hatte sich verflüchtigt, stattdessen sah er besorgt aus. »Bei Bertha hat es bedeutet, dass ihr Verwandlungsgrad zu gering war, um gemessen zu werden. Tut mir leid, Ophelia.«

Mir drehte sich der Magen um. Es war nicht so, dass ich bei diesem Spielchen beweisen wollte, dass ich mit Lora mithalten konnte – doch das, was da auf der Leinwand stand, hieß bestimmt Ärger. Und reihenweise ungewollte Verwandlungen. Selbst wenn ich Mr Cartmans Bart aus dem Weg ging, würden es andere Merkmale und Gliedmaßen sein, die sich an mir veränderten – immer dann, wenn etwas peinlich wurde. Beim bloßen Gedanken, Adrian könnte etwas davon merken, wollte ich auf der Stelle sterben.

Patricia räusperte sich. »Nun, jetzt, wo wir deinen Verwandlungsgrad kennen ...«

»Oder nicht kennen«, korrigierte Olaf streng.

Patricia seufzte. »... na gut, *nicht* kennen, versteht es sich hoffentlich von selbst, dass du hierbleiben musst.«

Stopp. Stopp. Stooooppp. Ich hätte nie gedacht, dass jemals der Tag käme, an dem ich voller Freude Tante Mildreds Ratschläge befolgte, aber ich hatte ja auch keine Ahnung gehabt, dass mir heute ein Bart wachsen, man mich in ein geheimes Regierungsarchiv in Schottlands Untergründe schleppen und dort abgedrehten Psychokram mit mir anstellen würde. Ich räusperte mich. »Das kann ich nicht entscheiden, immerhin bin ich noch minderjährig und muss Tante Mildred fragen.«

Das schien Patricia und Olaf tatsächlich einzuleuchten. Also wurde Paul geschickt, um meine Tante zu holen, während ich Patricia und Olaf zurück in Dr. MacBiggs' Büro folgte, wo mir auffiel, dass der ausgestopfte Geier nun wieder stur geradeaus blickte.

Nach wenigen Minuten trafen nicht nur Tante Mildred, sondern auch Tante Rose und Lora ein. Zu meinem Bedauern war Tante Helly nicht dabei, und ich ahnte schon, dass das wohl damit zu tun hatte, dass sie nicht dazugehörte.

»Ophelia hat sich unseren Tests zu unserer vollsten Zufriedenheit gestellt und war äußerst kooperativ«, begann Patricia. »Doch es gab ein Problem. Ihr Verwandlungsgrad konnte nicht bestimmt werden.«

»Sie hat einen unbestimmten Verwandlungsgrad?«, fragte Tante Mildred entsetzt. Auch Tante Rose und Lora runzelten die Stirn. »Was hat das denn zu bedeuten?«

»Wir wissen es nicht«, gab Patricia zu. »Aber eins steht fest: Ophelia muss hierbleiben. Und zwar die nächsten vier Wochen.«

»Vier Wochen?«, wiederholte Tante Mildred, und ich hoffte, dass sie dasselbe dachte wie ich. Dass Großtante Bertha ebenfalls einen unbestimmten Verwandlungsgrad gehabt hatte und hierbleiben musste, bevor sie verrückt wurde. Letzteres war absolut verständlich, wenn man daran dachte, welche perfiden Spielchen sich Olaf und Patricia ausdenken konnten. Bestimmt waren die beiden wegen des mangelnden Sonnenlichts schon ganz gaga. »Aber wie soll Ophelia denn das Versäumte in der Schule nachholen?«

»Ja! Wir schreiben nächste Woche eine Französischarbeit«, erklärte Lora. »Und Ophelia ist grottenschlecht in Französisch.«

»Grazias«, antwortete ich missmutig.

»Sehen Sie? Ohne mich ist sie verloren.«

»Trotzdem.« Olafs Miene blieb hart. »Solange Ophelia kein eindeutiges Ergebnis hat, sich nur zum Teil verwandelt und mit ihrem Talent nicht umgehen kann, ist sie eine wandelnde Gefahr. Was, wenn jemand auf ihre Fähigkeiten aufmerksam wird? Ihr wisst, dass das Geheimnis eurer Familie unter allen Umständen gewahrt werden muss.«

»Dann verstecke ich mich eben«, versicherte ich. »Ehrlich, ich bin die meiste Zeit in der Schule ohnehin ziemlich unsichtbar.«

»Wir üben mit ihr«, bot Tante Rose an.

»Wunderbare Idee«, stimmte Tante Mildred zu. Dass sie meine verzweifelten Blicke bemerkt hatte und jetzt auf meiner Seite war, machte mir Hoffnung, dass unter ihrer knallharten Schale doch so etwas wie ein Herz schlug. »Und wir werden es euch beweisen. Ophelia wird es in vier Wochen schaffen, sich von Kopf bis Fuß zu verwandeln. In jemanden, den mein Onkel persönlich aussuchen kann. Was sagt ihr dazu?«

Patricia und Olaf machten ein irritiertes Gesicht.

»Willst du wirklich nicht hierbleiben, Ophelia? Es gibt täglich Brownies!«, säuselte Patricia.

»Nein, danke«, grummelte ich.

»Na gut«, verkündete Olaf nach einer Weile. »Wir sind mit dem Vorschlag einverstanden. Aber nur, wenn ihr es statt der vorgeschlagenen vier Wochen in zwei schafft. Die Frist endet an Ophelias und Loras sechzehntem Geburtstag.«

»Fein.« Tante Mildred zuckte mit den Schultern. »Dann eben zwei Wochen. Ophelia wird euch beweisen, dass sie mehr draufhat als nur dieses unbestimmte Ergebnis. Und zwar auf ihrer Geburtstagsfeier. Ihr seid alle eingeladen.«

Ich erstarrte. Zwei Wochen waren ziemlich kurz. Waren meine Tanten wirklich so gut, dass sie mir in dieser knappen Zeit beibringen konnten, wie man sich richtig verwandelte? Und dann war ja auch noch die Schule, um die ich mich kümmern musste, und die Geburtstagsparty, die vorbereitet werden sollte – auf die Tante Mildred gerade Dr. BigMacs Assistenten eingeladen hatte, die bestimmt die absoluten Partykracher waren. Ich konnte sie ja als meine sonnenallergische Verwandtschaft aus Transsilvanien vorstellen.

Olaf nickte. »Also gut. Zwei Wochen. Wir werden mithilfe des Melderegisters ein geeignetes Verwandlungsobjekt für Ophelia auswählen.«

»Wartet mal«, wandte Tante Mildred ein. »Ihr wollt für Ophelia per Zufall eine Zielperson suchen? Um sich in jemand zu verwandeln, müsste sich Ophelia zwei Wochen an seine Fersen heften und ihn genauestens studieren. Ist euch denn nicht klar, was das bedeutet?«

»Man muss die Person also kennenlernen, in die man sich verwandeln möchte?«, fragte ich nach. So vieles rund um die Verwandlungen in unserer Familie war mir immer noch ein Rätsel. Die Sache kam mir vor wie ein Puzzle, bei dem man nicht wusste, was es nachher zu sehen gab, ehe man das letzte Teilchen legte. »So als würde man im Theater eine neue Rolle erarbeiten?«

»Meistens läuft es so«, erklärte Tante Mildred knapp, und auch Lora nickte, doch dann wandte Tante Mildred sich wieder Olaf und Patricia zu. »Was ist … wenn es der Kerl wird, der dienstags im Park das Ende der Welt prophezeit? Oder der mit den Pockennarben, der denkt, sein Hund wäre ein Außerirdischer vom Planeten Melmac? Oder, noch schlimmer, die Mutter mit den sieben Kindern, die das Internet für das Werk des Teufels hält und Mitglied ist bei … ja, wo eigentlich? Bei einer Sekte?«

»Ruhe jetzt!«, rief Patricia und begann, auf ihrem Telefon herumzutippen. »Wir akzeptieren, dass Ophelia sich nicht zwei Wochen lang an den Rockzipfel eines x-beliebigen Erwachsenen heften kann. Deshalb werden wir Paul ins Archiv schicken, um Ophelias Jahrbuch zu holen.«

»Mein Jahrbuch?«, staunte ich. Na klar hatten sie mein Jahrbuch hier. Gemeinsam mit der amerikanischen Unabhängigkeitserklärung und Beethovens neunter Sinfonie. Was für ein Irrenhaus!

»Ausgezeichnete Idee!« Tante Mildred bis zu den Ohren grinsen zu sehen, war in etwa so üblich wie Tante Mildred in der Schlange bei McDonald's. »Wir nehmen jemanden aus Ophelias Schule für dieses Experiment!«

Als Paul Patricia schließlich mein Jahrbuch reichte und Patricias Daumen auf der Suche nach einem geeigneten Verwandlungsobjekt über die Seiten glitt, stellte ich mir vor, welche Ausmaße das Ergebnis annehmen konnte. Wenn ich Glück hatte, wählte Patricia meine beste Freundin Mae aus, die ich gar nicht mehr großartig studieren musste, weil ich sie in- und auswendig kannte. Wenn ich allerdings Pech hatte, wählte sie jemanden wie Annie aus der Neunten, die ausschließlich von ihrer Katze sprach. Oder Marie, die genau wie Lora in Mr Cartman verknallt war und in langweiligen Unterrichtsstunden immer ihre Hochzeit plante. Die Steigerung wäre Olga, die Lacrosse spielte und jeden vermöbelte, der sie länger als fünf Sekunden ansah.

Oder ... noch schlimmer! Sie wählte einen ...

»Clifford Waldo MacAllister, Oberstufe, elfte Klasse«, verkündete Patricia.

... Jungen.

Tante Rose beugte sich über Patricias Schulter. »Abgesehen von dem üblen Mittelnamen sieht er fabelhaft aus. Gute Zähne, tolle Haut, sportliche Figur und dann noch diese blonden Locken. Wie ungewöhnlich für einen Schotten. Ophelia, bist du sicher, dass er nicht aus Kalifornien stammt?«

»Nö. Der ist aus einem superspießigen Vorort von Edinburgh, Tante Rose«, mischte sich Lora ein. »Durch und durch schottisch also. Würde mich nicht wundern, wenn sie den mit Single-Malt-Whisky aufgezogen hätten.«

Ich spürte, wie Unbehagen in mir aufstieg. Patricia hatte einen Jungen ausgewählt, bestimmt absichtlich, um mir die Aufgabe besonders schwer zu machen. Sie konnten doch nicht ernsthaft erwarten, dass ich ihn gut genug kennenlernte, um mich bis Ende des Monats in ihn zu verwandeln? Wussten die denn nicht, dass es zu gewaltigen Missverständnissen führen konnte, wenn man als Mädchen einen Jungen verfolgte? Und dann auch noch Clifford MacAllister, unseren allseits beliebten Teamkapitän? Missverständnisse konnte ich gerade überhaupt nicht gebrauchen! Erst recht nicht, wenn ich meine Energie eigentlich darauf verwenden sollte, eine Hauptrolle in einem Theaterstück zu spielen, bei dem ich wegen Adrian ständig weiche Knie bekam.

»Tante Mildred, das geht nicht«, erklärte ich entschieden. »Clifford MacAllister ist ein total langweiliger Kerl, so hohl wie ein ausgehöhlter Kürbis und ständig so gut drauf, dass man ihm das Grinsen wahrscheinlich operativ aus dem Gesicht entfernen müsste. Der Junge ist ... wie die Addams Family. Nur andersrum.«

»Du musst ja nicht mit ihm ausgehen, sondern dich nur in ihn verwandeln«, sagte Patricia milde.

Ich weigerte mich, das zu akzeptieren. »Außerdem gehört seinem Vater eine Whisky-Destillerie. Ihr wollt doch nicht, dass ich mich als Minderjährige an einen Jungen hefte, der ein Whisky-Imperium besitzt? Was ist, wenn ich ... Alkoholikerin werde?«, erklärte ich und hoffte, dass Tante Mildred beim Reizwort »Whisky« in Kombination mit »minderjährig« anbeißen und sich irgendein strenger Tanten-Mechanismus einschalten würde – doch die Einzige, die reagierte, war Lora.

»Oh bitte, Ophelia! Weißt du noch, wie wir in dieser noblen Bude mit den ausgefallenen Desserts waren? Du hast doch schon beim Whiskypudding fast gereihert. Bevor du Alkoholikerin wirst, werde ich Nonne.«

»Trotzdem. Ich will das alles gar nicht«, schmollte ich. »Ich will nicht zwei Wochen lang so tun, als wollte ich mich mit Clifford MacAllister anfreunden. Und mir dabei die Pickel in seinem Gesicht merken.«

»Das geht ganz rasch.« Tante Rose klebte immer noch am Jahrbuchfoto. »Er hat keine!«

»Oder ... mittags mitzählen, in wie viele einzelne Stückchen er seinen Hackbraten zerteilt«, setzte ich nach.

Lora sah mich nachdenklich an. »Musst du das denn?«

»Wie meinst du das?«

»Reicht es nicht, wenn du ihn aus der Ferne beobachtest? Mit seinen Freunden über ihn sprichst? Alles andere kannst du auch übers Internet in Erfahrung bringen. Dann erstellst du eine Liste mit allen Eigenschaften über ihn … und voilà! Schon kannst du dich in ihn verwandeln.«

Hm. So könnte es vielleicht klappen. Besser, als dass die gesamte Schule inklusive Adrian dachte, ich hätte mich über Nacht in Clifford *Waldo* MacAllister verknallt und würde ihm auf Schritt und Tritt hinterherhecheln wie ein liebeskrankes Hündchen. Das fehlte mir gerade noch!

»Na, okay!« Keine Ahnung, warum, aber plötzlich war ich mir sicher, dass ich die Sache irgendwie hinbekommen würde. Ich konnte es schaffen. Trotz der vielen Proben für das Theaterstück, die währenddessen liefen. Und trotz der erschwerten Bedingungen mit einem Verwandlungsobjekt wie Cliff. Dann würden mich Patricia, Olaf und hoffentlich auch meine Tanten in Frieden lassen. Und ich müsste nie wieder hierher, in diesen Raum, zu diesem gruseligen Geier, der seine Position schon wieder verändert hatte und mir langsam, aber sicher echt Angst machte.

Ophelias geheimer Steckbrief:

Name: Clifford Waldo (haha!) MacAllister
Spitzname: Cliff
Alter: 16 (bei dem spießigen Stil vielleicht auch ein altersloser Vampir. Muss mir vornehmen, das in 20 Jahren erneut zu überprüfen.)

Positive Eigenschaften:
Ähm ... beliebt?

Negative Eigenschaften:
ZU talentiert
ZU schön
ZU nett
ZU perfekt

Fünf

»Was ist denn heute los mit dir? So eitel kenne ich dich ja gar nicht«, sagte Mae grinsend, als ich mich zum dritten Mal prüfend im Spiegel betrachtete. Es war Montag, übers Wochenende war Pauls Narbe wieder verschwunden, und damit sich die Sache mit dem Bart nicht wiederholte, machte ich um alles einen Bogen, das haariger war als ein Babyhintern. Bisher erfolgreich.

»Ist nur ein Pickel«, sagte ich schnell. Mae selbst hatte heute gleich zwei blaue Flecken auf den Armen, einen Bluterguss an der Schulter und ein Veilchen, was daran lag, dass ihr letztes Boxtraining echt hart gewesen war, aber das kümmerte sie nicht die Bohne. Trotz ihrer rauen Schale war sie der netteste Mensch, den ich kannte, darum hatte ich am Wochenende mehrfach zum Handy gegriffen, um ihr alles zu erzählen, was seit Freitag passiert war. Aber Tante Mildreds Maulkorb und die strengen Regeln meines Großonkels hatten mich davon abgehalten.

»Weißt du zufällig, ob Clifford MacAllister sich für Boxen interessiert? Ich meine, zusätzlich zu Fußball?«, begann ich jetzt vorsichtig. »War er jemals bei einem deiner Kämpfe und hat zugesehen?«

»Ophelia.« Anders als ich war Mae groß, blond, breitschultrig und hätte locker in einem Wikingerfilm mitspielen können. Jetzt sah sie mich an, als würde sie nicht recht schlau aus mir werden. »Ich hab dir doch schon alles erzählt, was ich über Cliff weiß. Er spielt Fußball, geht häufig auf Partys, sitzt in meinem Mathekurs und ist seit knapp einem Jahr mit dieser Nervensäge Amalia Sanders zusammen. Du weißt schon, die Schulsprecherin, die immer diesen gesunden Kuchen am Schulbuffet verkauft, der aus Gemüse besteht. Ekeliges Zeug.«

»Weißt du wirklich nicht mehr?« Maes Informationen halfen mir überhaupt nicht weiter. Das mit den Partys und der Freundin namens Amalia hatte ich schon im Internet rausgefunden. Bis jetzt wusste ich also nur Offensichtliches über Cliff. Er war ein sechzehnjähriger Junge mit überdurchschnittlicher Sportbegeisterung, so wie man ihn an jeder Ecke fand. Er sah vielleicht ein bisschen besser aus als viele, aber insgesamt musste er in etwa so unterhaltsam sein wie Tante Rose, wenn sie sich vier Stunden am Stück die Nägel lackierte.

»Warum interessiert er dich eigentlich so?« Mae hielt mir die Tür in den Flur auf. »Ich dachte, wir machen Fortschritte mit Adrian, weil du jetzt endlich eine Hauptrolle hast in diesem Superhelden-Theaterstück, das Señora Garcia geschrieben hat. Da, wo Stan die Kostüme näht. Ich meine, ihr habt sogar einen echten Bühnenkuss. Habt ihr die Szene eigentlich schon geprobt?«

Alleine beim Gedanken an die letzte Szene des Stücks kribbelte es wild in meiner Magengrube. »Äh, nein. Noch nicht.« Ich zog sie zur Seite. »Außerdem hat der Theaterkurs absolut nichts mit dem zu tun, was ich für Adrian empfinde. Ich finde es toll, in fremde Rollen zu schlüpfen. Ständig ich zu sein, nervt nämlich.

Aber auf der Bühne, da muss ich nicht immer Ophelia sein, weißt du?«

»Außer, wenn sie so wie letztes Jahr Hamlet aufführen«, meinte Mae. »Zu blöd, dass du damals nicht die Rolle der Ophelia, sondern nur einen Baum gespielt hast.«

Okay, Zeit für die Wahrheit. Ich mochte Adrian schon echt lange. Und zwar, seit ich vor zwei Jahren an die Schule gekommen war und er bei Señora Garcia ein gutes Wort für mich eingelegt hatte, damit sie mich in die Theatergruppe aufnahm. Das war eine ziemlich coole Sache gewesen, denn unsere Theaterlehrerin Maria Garcia war nicht nur meine Lieblingslehrerin, sie war vor dreißig Jahren in ihrer Heimat Buenos Aires ein Star gewesen.

Außerdem mochte ich Adrian, weil sonst niemand für ihn schwärmte. Weil er las, anstatt auf Partys rumzuhängen. Weil er kein in Stein gemeißeltes Grinsen im Gesicht trug und sich nicht verbog, damit andere ihn mochten. Und weil er geheimnisvoll war, fast immer nur Schwarz trug und an manchen Tagen schwer einzuschätzen war – was man von mir nicht gerade behaupten konnte. Und so war ich jedes Mal die Erste, die zur Theaterprobe kam, und die Letzte, die wieder ging, und ich fürchtete, langsam wurde es für die anderen echt auffällig. Mae und ihr Bruder Stan hatten mich längst durchschaut.

»Mittagessen?«, schlug ich vor, um vom Thema abzulenken.

»Unbedingt. Ich muss Gewicht aufbauen.« Mae peilte den Speisesaal an. »Wer ist heute dran mit Anstellen? Ich, du oder Stan?«

»Ich fürchte, meine Wenigkeit«, antwortete ich und sah mich im Speisesaal um. Der Raum war zum Bersten voll, laut und hektisch, dabei dudelte Salsamusik aus dem Radio neben der Essensausgabe. Als ich mich in die Schlange einreihte, starrten mich einige Mädchen an und begannen zu kichern. Das hatte ich allerdings erwartet, immerhin machten im Moment gleich drei Gerüchte rund um meinen fulminanten Abgang vor dem Wochenende die Runde: Loras Freundinnen hatten herumerzählt, mich hätte in der Bibliothek ein Regal fast erschlagen und ich läge im Koma, jemand anderes behauptete, die Öffnung im Getränkeautomaten hätte meine Hand auf dem Gewissen (heute befüllten überraschend viele Schüler ihre Flaschen mit Wasser aus der Leitung), und zusätzlich wurde noch gemunkelt, ich hätte mich mit einem Jungen aus der Abschlussklasse duelliert, der jedes Wochenende an Rollenspielen teilnahm und Scheinkämpfe in den Highlands austrug. Den ganzen Tag hatte ich schon Gerüchte entkräften müssen, indem ich dieselbe fade Geschichte erzählte, die mir Tante Mildred eingebläut hatte: Ich hatte mir im Mädchenklo den Kopf gestoßen, kurzzeitig Sternchen gesehen und Lora hatte aus Vorsicht den Rettungswagen gerufen.

»Mir geht es gut, okay?« Ich präsentierte mein unversehrtes Ich von allen Seiten. »Ich bin nicht von Büchern erschlagen worden, hatte keinen Getränkeautomatenunfall und auch keinen mittelalterlichen Zusammenstoß mit Gordons Schwert.«

Die Unterstufenschülerinnen kicherten, drehten sich weg und gaben den Blick auf Lora und ihre Freundinnen von der Schülergemeinschaftshilfe frei, die lächelnd gebackenen Käse mit Preiselbeersoße auf den Tellern verteilten. Auch mit einem Netz im Haar und fleckiger Schürze sah meine Schwester immer noch fabelhaft aus.

»Hey, Ophelia«, begrüßte sie mich. »Nimm auf keinen Fall

den gebackenen Käse, hörst du? Der war heute Morgen schon total unappetitlich und Blanka hat die pelzigen Stellen nur weggekratzt.«

Ich stellte das Tablett vor ihr ab. »Woher weißt du das? Du hast doch nur die Mittagsschicht.«

Lora warf mir einen verschwörerischen Blick zu, der jegliche Fragerei überflüssig machte. Wahrscheinlich hatte sie sich diesmal in Carla, die neue Assistentin an der Fritteuse, verwandelt. Oder in Mrs Miller, die Hauswirtschaftslehrerin, die morgens immer Prüfrundgänge machte.

Weil Loras Verwandlungsgrad bei über achtzig Prozent lag und sie ihre Freigabe bekommen hatte, verwandelte sie sich beinahe täglich. Allerdings nutzte sie ihre Gabe die meiste Zeit nur für Unfug, Klatsch und bessere Noten. In der Cafeteria zu schnüffeln, war wenigstens mal ganz nützlich. Und so nahm ich Käsemakkaroni für mich, ein Sandwich für Maes Bruder Stan und eine große Portion Linseneintopf inklusive halbem Laib Brot zum Gewichtsaufbau für Mae.

»Oh. Und von dem Schokokuchen solltest du auch besser die Finger lassen. Das sind Blankas Haare drin.«

Ich nickte angewidert und nahm stattdessen eine Packung Schokolinsen.

»Die besser auch nicht.«

»Aber die sind abgepackt! Wie kann denn damit etwas nicht in Ordnung sein?«, fragte ich. »In was hast du dich verwandelt, etwa in das rote M&M's-Männchen?«

»Quatsch. Das Zeug ist einfach das pure Gift.«

Ich seufzte und lud stattdessen zwei Portionen Obstsalat auf mein Tablett. Dann bezahlte ich an der Kasse, nahm das Tablett und sah mich im Tumult um. Alle Tische waren besetzt und von Mae fehlte jede Spur. War sie zurück in die Klasse gelaufen, weil sie etwas vergessen hatte? Oder war sie auf der Suche nach Stan?

Ich sah mich nach einem Ersatzplatz um und entdeckte Adrian an einem der Tische am Fenster. Ihn im Speisesaal zu sehen, war so ziemlich das Letzte, was ich erwartet hatte, denn normalerweise aß er alleine im Theaterproberaum und brütete dabei über Señora Garcias Stück. Heute allerdings teilte er sich einen Tisch mit deutlich jüngeren Schülern, mit denen er anscheinend nichts zu tun hatte, und las.

Sollte ich ... Neben ihm war ein einzelner Platz frei, außerdem waren die anderen Tische um ihn herum besetzt. Es wäre nur logisch, dass ich mich zu ihm setzte. Niemand würde es für einen plumpen Anmachversuch halten. Es war viel eher ... eine platztechnische Notwendigkeit. Und außerdem die perfekte Gelegenheit, um endlich die Einladung zu übergeben.

Aber was, wenn er einfach in Ruhe lesen wollte? Was, wenn zuvor schon andere Leute auf dem freien Stuhl sitzen wollten und er sie verscheucht hatte? Da hob sich Adrians Kopf und er blickte geradewegs in meine Richtung. Ich hielt mich mit knapper Not davon ab, ihm zu winken (immerhin brauchte ich beide Hände für mein voll beladenes Tablett), als Adrian die Hand hob und mich anlächelte.

Wie aus Reflex sah ich über meine Schulter, um zu sehen, ob jemand hinter mir stand. Doch da war niemand und ich wollte am liebsten losjubeln. Er winkte also wirklich *mich* zu sich rüber! Ich konnte es kaum glauben. Mit klopfendem Herzen und einem Grinsen, das bis zu den Ohren reichte, machte ich kehrt, drückte mich an einem der Tische vorbei, weiter in seine Richtung. Da verpasste mir jemand von hinten einen Schubs.

Señora Garcia. Mit einem Tablett in den Händen und vor sich hin summend, tänzelte sie im Salsaschritt zwischen den Tischen durch und hatte mir einen gut gelaunten Hüftschwung verpasst. Sie ließ sich auf den Platz neben Adrian fallen. Der Rempler war nicht besonders kräftig gewesen, aber er reichte aus, um mich ins Wanken zu bringen. Mein linker Fuß knickte um, das Tablett geriet gefährlich in Schräglage, das Besteck klirrte und der Eintopf segelte unheilvoll in Richtung meiner Bluse.

Vor meinem inneren Auge sah ich bereits, wie sich Maes eiweißreiches Mittagessen komplett über meine Schuluniform ergießen würde, als mich jemand von hinten an den Schultern packte, aufrichtete und nach meinem Tablett griff. Maes Suppe verlor an Geschwindigkeit und kam am Rand des Tabletts zum Stehen.

»Beim Mittagessen würde ich unserem heißblütigen Showstar lieber nicht den Weg versperren.« Die Stimme war männlich und die dazugehörige Hand deutete auf Adrians Tisch, wo sich Señora Garcia gerade über ihr Essen hermachte.

Mit pochendem Herzen sah ich mich um. Niemand sonst hatte die Beinahe-Katastrophe bemerkt. Nicht mal Adrian. Der warf mir allerdings einen bedauernden Blick zu (passierte das gerade wirklich oder bildete ich es mir nur ein?), weil sich die Garcia meinen Platz gekrallt hatte und inzwischen eine Doppelportion vom gebackenen Käse verschlang. Dass wegen ihr beinahe mein gesamtes Essen in meinem Gesicht gelandet wäre, davon hatte sie nichts bemerkt. Wenn Salsa im Radio lief oder es ums Theater ging, bekam sie um sich herum nun mal nicht viel mit.

»Danke«, brachte ich hervor und schaute über meine Schulter, um zu sehen, wem ich die Rettung vor der Linseneintopf-Dusche zu verdanken hatte. Dicht hinter mir stand Clifford MacAllister in seinem patentierten Sonnyboy-Look, der sich aus aufgekrempeltem Hemd, dunkler Schuluniformhose und ins Haar geschobener Pilotenbrille (es regnete schon den ganzen Tag) zusammensetzte. Seine Hand hielt immer noch mein Tablett und ich bemerkte ein Holzperlenarmband um sein Handgelenk.

»Hallo. Ich bin Cliff MacAllister«, stellte er sich vor, als wäre das notwendig. »Meinen Mittelnamen willst du nicht wissen. Und du bist …«

Fassungslos sah ich zu ihm auf, während ich mich fragte, wie man zwei Mal hintereinander so großes Pech haben konnte. Einmal der Beinahe-Unfall mit dem Tablett und dann die peinliche Rettung durch ausgerechnet den Kerl, den man die nächsten zwei Wochen eigentlich nur aus der Ferne und übers Internet ausspionieren wollte. Stattdessen klebte nun mein Oberkörper in einer Art ungewollten Umarmung direkt an seiner Brust. Ausgezeichnet, Ophelia!

»Leider ziemlich tollpatschig«, antwortete ich und machte mich los.

Cliff lächelte. »Ehrlich gesagt weiß ich eh, wer du bist. Ophelia Sedgewick aus der Zehnten. Die in Señora Garcias Theaterstück die weibliche Hauptrolle bekommen hat. Wenn sie alle ihre Schauspieler so herumschubst, habt ihr hoffentlich eine gute Zweitbesetzung.«

Ich lächelte schwach, während meine Gedanken rasten. Woher kannte mich Clifford MacAllister? Wir hatten weder einen Kurs zusammen noch einen einzigen gemeinsamen Freund. Wir fuhren noch nicht mal mit demselben Bus, weil Cliff jeden Morgen von einem schwarzen Bentley zur Schule gebracht wurde, als sei er der Premierminister.

»Und die letzten Freitag diesen Unfall hatte, nicht wahr?«, setzte er hinterher, als wäre ihm das erst in diesem Moment eingefallen. »Man erzählt sich, du seist im Chemiesaal einer Explosion zu nahe gekommen, hättest Verbrennungen dritten Grades erlitten und dein halbes Gesicht sei entstellt. Irgendwer meinte sogar, du würdest ab jetzt eine Maske tragen.« Er schaute mich prüfend an.

»Ähm ... nö. Ich habe mir den Kopf gestoßen und mir war ganz schwarz vor Augen. Angeblich habe ich vor lauter Schreck wirres Zeug gebrabbelt, und Lora dachte, es sei eine Gehirnerschütterung, und hat einen Krankenwagen gerufen«, flunkerte ich. »War es letztendlich aber nicht.«

Cliffs Augen wurden schmal. »Eine Kopfverletzung? Und warum hatten sie dich dann von der Nase abwärts einbandagiert?«

Oh. Shit. Wie konnte es sein, dass die ganze Schule meine Notlüge problemlos geschluckt hatte und ausgerechnet jemand wie Cliff genauer nachfragte? Ich dachte, er wollte Profifußballer werden und nicht Staatsanwalt.

»Nun ... weil ... ich auch einen ganz fiesen Pickel am Kinn hatte, okay? So groß, dass er operativ entfernt werden musste.«

Cliff schmunzelte, und während ich mich fragte, ob er mir das wohl abkaufen würde, entschied er sich offenbar dafür, nicht länger nachzubohren. »Sollen wir?«, fragte er stattdessen und deutete auf einen Tisch hinter mir, an dem bereits vier breitschultrige Kerle saßen, die alle in Cliffs Mannschaft spielten und mit nicht weniger Appetit als Señora Garcia über den gebackenen Käse herfielen. »Du kannst gerne bei mir und meinen Freunden sitzen.«

Ich seufzte und kam mir plötzlich unglaublich armselig vor, das Mädchen ohne Tisch und ohne Koordinationsfähigkeit. »Das ist total nett, aber ich glaube, ich sollte besser meine Freundin Mae suchen und ... huch.« Bevor ich auch nur ein Wort weitersprechen konnte, hörte ich ein komisches Geräusch von unten. Eins der dünnen Riemchen meiner Sandalen musste gerissen sein.

»Alles in Ordnung?«, fragte Cliff und blieb stehen.

»Ja, ähm ... Ist nur mein Schuh. Einer der Riemen hat sich verabschiedet.«

Er lächelte schwach. »Ist wohl nicht dein Tag heute.«

Ohne zu fragen, nahm mir Cliff das Tablett ab, und ich sah zum ersten Mal seit Beginn meiner Pausenodyssee wieder meine Beine. Nur, dass es nicht mehr meine Beine waren. Unter dem knielangen Rock der Schuluniform schauten jetzt gebräunte, mit Krampfadern durchzogene Beine hervor, die schließlich in breite Füße übergingen. Die Nägel waren mit schrillpinkem Lack bemalt.

Ich erstarrte vor Schreck und blickte hinüber zu Adrians Tisch. Dort saß noch immer Señora Garcia, aß jetzt den Schokoladenkuchen und wippte dabei gut gelaunt mit dem Fuß. Auf ihren Zehen leuchtete mir unverkennbar derselbe schrillpinke Nagellack entgegen. Mir war sofort klar, was hier vor sich ging – zumal meine Beine wie verrückt juckten. Dieses Jucken hatte ich schon mal gespürt!

»Oh nein, nicht schon wieder«, stöhnte ich.

»Nicht schon wieder?« Cliff spähte am Tablett vorbei auf meine Beine, ließ sich aber nichts anmerken, und ich fragte mich dabei, was schlimmer war: dass ich mich gerade in Señora Garcia verwandelte? Oder dass Cliff dachte, das hier wären meine echten Beine?

»Ich meinte ... Das waren ganz neue Schuhe.« Ich sah ihm geradewegs ins Gesicht, sodass ihm nichts anderes übrig blieb, als seinen Blick ebenfalls zu heben. »Offenbar miese Qualität. Und jetzt entschuldige mich. Ich muss ganz dringend ... Schuhe kaufen.«

»Warte!« Entgeistert starrte Cliff auf mein voll beladenes Tablett in seinen Händen. »Was ist mit deinen drei Portionen Mittagessen?«

Unsicher sah ich auf das Tablett, während jetzt auch noch mein Rock zu spannen begann. Wunderbar. Nicht nur, dass ich plötzlich fremde Beine bekommen hatte und mich zu kleinen (oder großen) Teilen in eine argentinische Theaterdiva verwandeln würde – jetzt glaubte Cliff auch noch, ich wollte alles auf dem Tablett alleine essen.

»Na gut. Überredet! Ist das da euer Tisch? Prima!«, sprudelte es aus mir heraus, als jetzt auch noch eine Naht meines Rockes riss und einige von Cliffs Fußballkumpels neugierig zu mir herübersahen. Glücklicherweise kribbelte und juckte es aber nirgendwo oberhalb meines Rockes, also legte ich die Flucht quer durch den Speisesaal auf Eis und entwickelte einen eiligen Notfallplan. Ich würde mich unter Cliffs Tisch verstecken. Oder zumindest den Teil von mir, der vom Nabel abwärts ging.

Sobald wir saßen, verwickelte sein Kumpel Roger Cliff in ein Gespräch über die neuen Trikots der Fußballmannschaft aus Aberdeen, und ich nutzte die Gelegenheit, um einmal tief durchzuatmen. Wenn Olaf und Patricia recht hatten und die Verwandlungen bei mir immer dann eintraten, wenn mir etwas besonders peinlich war, passte die Sache mit dem Tablett vorhin gut ins Muster. Nur, wie wurde ich Señora Garcias Beine wieder los?

Noch bevor ich eine Antwort gefunden hatte, ließ sich jemand auf den letzten freien Stuhl am Tisch fallen. Amalia Sanders, Cliffs Freundin und Schulsprecherin der Oberstufe.

»Heute gibt's für uns beide Auberginen mit Sojagranulat und Kohl, Cliffey«, flötete sie ihm zu und stellte ihm ein dampfend heißes, undefinierbares Etwas vor die Nase. »Sieht richtig lecker aus, nicht wahr?«

Ich hatte plötzlich Mitleid mit ihm. Nicht nur wegen des üblen Spitznamens, sondern auch wegen des Auberginen-Albtraums auf seinem Teller, der große Ähnlichkeit mit der verdorbenen Bratwurst hatte, die unser Hausschwein Mr Darcy neulich nicht vertragen hatte und die ihm mitten auf dem Wohnzimmerteppich wieder hochgekommen war. Aber das wollte ich den beiden lieber nicht sagen. Manchmal täuschte ja auch der Anblick, immerhin schloss Amalia bei jedem Bissen genüsslich die Augen.

»Das ist übrigens Ophelia. Ich dachte, sie könnte heute bei uns sitzen«, erklärte Cliff und stocherte in seiner Portion. Bildete ich mir das ein, oder schaute er neidisch auf mein Mittagessen, als wolle er jeden Moment über den Tisch springen und über die Käsemakkaroni herfallen? Sicherheitshalber zog ich den Teller etwas näher an mich. Ich war ziemlich hungrig.

»Oh.« Amalia musterte mich argwöhnisch. Wie es aussah,

war sie von mir als neuem Gast am Tisch nicht gerade begeistert. Ich hätte ihr zu gerne den Gefallen getan und wäre einfach verschwunden, hätte ich aufstehen können.

»Ophelia ist übrigens im Schauspielkurs«, setzte Cliff hinterher. »Sie spielt die diesjährige Hauptrolle.«

Erstaunlicherweise glättete sich Amalias Stirn. Und nicht nur das, ihre Gesichtszüge hellten sich plötzlich auf, als hätte sie eine brillante Idee. »Im Schauspielkurs, na, sieh mal einer an. Ich bin übrigens Amalia.« Sie deutete mit der Gabel in den Auberginen-Albtraum. »Weißt du, Cliffey und ich leben schon seit einem Jahr gänzlich vegan, laktose- und zuckerfrei!«

»Oh.« Was sagte man denn da drauf? »Ähm ... Glückwunsch?«

»Danke.« Sie nahm einen weiteren Bissen und kaute langsam drauf herum. Dann musterte sie mich. »Wenn du die Hauptrolle spielst, musst du ziemlich gut sein, oder?«

Ich schwieg und betrachtete sie von der Seite. Amalia hatte eine große Zahnlücke, blonde, störrische Haare und eine sehr selbstsichere Art. Ob Cliff das beeindruckte?

»Wenn das so ist, habe ich eine Aufgabe für dich. Du musst mir helfen, den ›Zirkus der Tiere‹ zu boykottieren. Ich bin nämlich Vorsitzende der Amalia Sanders Stiftung, kurz A. S. S., und hatte die Idee, dass sich ein freiwilliges Grüppchen von uns demnächst in die Einkaufsstraße stellen und dort selbst gebackene Muffins mit Einhorn-Zuckerplättchen verkaufen sollte. Vielleicht könnte sich auch noch jemand als unser Schulmaskottchen verkleiden, dann würden wir total auffallen. Außerdem wird jemand Poster drucken, die von dem traurigen Schicksal der Tiere erzählen und ...«

»Einfach nur lächerlich«, fiel Roger auf der anderen Seite des

Tisches Amalia ins Wort, und ich dachte einen Moment, er würde die Zirkusboykott-Einhorn-Muffin-Idee meinen oder die misslungene Abkürzung für Amalias Stiftung. »In blau-roten Trikots sieht Teamkapitän Jensen Miller von Aberdeen aus wie Spider-Man. Glaubt der etwa, er ist ein Superheld? So furchtbar, wie der aussieht? Kein Wunder, dass ihn die ganze Schülerliga Hackfresse-Jensen nennt.«

»Hawkeye würde tausendmal besser passen«, hörte ich Cliff vor sich hin murmeln.

»Was?« Roger hob eine Augenbraue.

Cliff sah aus, als sei er sich nicht sicher, ob er weitersprechen wollte. »Na ja, der Superheld Hawkeye trägt Pink und Lila und hat gar keine richtigen Superheldenfähigkeiten, was viel besser zur Leistung dieser Schwächlinge passen würde, nicht wahr?«

Ich sah, wie Roger die Augen verdrehte. »Woher um alles in Welt weißt du das?«

»Das weiß doch jeder!« Unsicher sah Cliff in unsere Richtung. »Nicht wahr, Amalia?«

Ich jedenfalls wusste es nicht, und auch Amalia hob die Hände vor die Brust, als hätte sie keine Ahnung, wovon er sprach.

Cliff seufzte. »Hab ich neulich bei einem Gespräch der Unterstufenschüler aufgeschnappt. Scheint eine neue Verfilmung zu geben.« Dann legte er einen Arm um Roger. »Vergiss es Kumpel. Du hast natürlich recht. Lä-cher-lich.«

Amalia warf mir einen Blick zu, der wohl soviel sagen sollte wie »Pff ... Jungs«, und holte noch mal Luft. »Nun, was ich sagen wollte, weil du ja im Theaterverein bist, dachte ich, du könntest uns helfen. DU könntest dich doch als unser Schul-Einhorn verkleiden und die Leute überreden, zu spenden. Aber vergiss nicht, auf die Tränendrüse zu drücken. Wer kein Mitleid hat, lässt nichts springen.«

Dieses Gespräch fühlte sich an wie eine Wiederholung des Nachmittags im schottischen Untergrund bei Olaf und Patricia. Wieder mal hatte ich absolut keinen Plan, was hier eigentlich Sache war. »Ähm, entschuldige. Könntest du mir noch mal erklären, wovon du genau sprichst?«

Amalia sah mich an, als hätte ich die letzten Wochen unter einem Stein gelebt. »Na, vom ›Zirkus der Tiere‹. Von diesen riesigen Plakaten mit den Löwen, Bären und Affen drauf, die überall in der Stadt hängen.« Sie kramte in ihrer Tasche und reichte mir ein zerfleddertes Poster. »Ich habe ganz viele davon runtergerissen, aber sie hängen immer wieder neue nach.«

»Der ›Zirkus der Tiere‹.« Jetzt, wo ich das Plakat sah, fiel mir ein, dass Tante Rose die Show besuchen wollte. Tante Mildred hatte versucht, ihr auszureden, dahin zu gehen, aus Angst, Tante Rose könnte sich dabei ungeplant verwandeln und sich zum Affen machen (wörtlich gemeint!).

»Jeder weiß, dass Zirkusse nicht gerade tierfreundlich sind«, machte Amalia weiter. »Die Tiere werden abgerichtet, müssen Kunststückchen vollführen und hausen in winzigen Käfigen. Wir wollen sie freikaufen.«

Bevor ich Luft holen konnte, um zu antworten, tauchte plötzlich Stan neben mir auf. Mit seiner selbst geschneiderten Lederjacke, der Elton-John-Sonnenbrille und der bunten Hose war Maes Bruder viel zu auffällig für diese Cafeteria. Oder für Edinburgh. Oder für Schottland. Eigentlich für jeden Ort, der keine Fabrikhallen-Fashion-Show mitten in Paris war. »Hey. Ophelia. Mae sucht dich schon.«

Kaum zwei Sekunden später stand auch schon Mae höchstpersönlich an unserem Tisch. »Mann, Ophelia! Kaum bin ich mal fünf Minuten weg, schließt du Freundschaft mit Lady Di und dem Schuladel.« Sie warf Roger einen finsteren Blick zu. »Inklusive dem Hofnarren.«

»Hey, Mae.« Roger sprang sofort darauf an. »Du hast echt traumhaft schöne blaue Augen, hat dir das schon jemand gesagt?«

»Ich habe braune Augen, du Idiot.«

»Ich meinte ja auch nicht deine Augenfarbe«, grinste er und deutete auf die Stelle in ihrem Gesicht, wo Maes Veilchen saß. »Wer ist unserem Lieblingsmannweib denn heute in die Faust gelaufen?«

»Ein Wort noch, Roger, dann verpasst dir dieses Weib einen solchen Hieb, dass du dein Mittagessen ab sofort zerkleinert durch den Strohhalm schlürfst. Komm, Ophelia, wir gehen.«

Ich seufzte und rollte mit den Augen. Pünktlich zur Mittagszeit trugen Roger und Mae jeden Tag in der Cafeteria ihren zugegebenermaßen etwas kindischen Kleinkrieg aus – und das nicht erst seit heute, sondern schon lange bevor ich nach Edinburgh gezogen war. Wer damit angefangen hatte, wusste Mae nicht mehr so genau, doch inzwischen waren die Fronten so verhärtet, dass sie die Cafeteria in zwei Territorien geteilt und Roger den Zutritt zu ihrer Seite verwehrt hatte. Ein Ende dieser Fehde war wohl nur dann in Sicht, wenn Blut floss. Doch jetzt gerade konnte ich sie nicht unterstützen.

»Sorry, Mae ... ich sitze heute hier«, murmelte ich und warf einen Blick auf meine verwandelten Beine. Mir war klar, wie das alles auf Mae wirken musste. Dabei hätte ich nichts lieber getan, als meiner besten Freundin endlich die Wahrheit über mich, meinen Familienfluch und den zum Zerreißen gespannten Rock unterm Tisch zu erzählen, doch das hätte mir bis an mein Lebensende Ärger mit Big Macs Geheimlabor-Truppe eingebrockt. Selbst Lora hielt sich an die Abmachung mit der Geheimhaltung. Und die hielt sich normalerweise an so gut wie nichts.

»Und hier ist leider kein Platz mehr, Meg.« Amalia machte keinen Hehl daraus, dass Mae in ihrem Plan nicht vorgesehen war.

Mae sah mich fassungslos an. Dann schnaubte sie: »Ich heiße Mae. Man sieht sich, Ophelia. Mach's gut, *Malaria*.« Sie nahm sich ihr Essen vom Tablett, hakte sich bei ihrem Bruder ein und stapfte davon, während ich den beiden hilflos hinterhersah und mich mein schlechtes Gewissen beinahe auffraß. So hart, wie Mae sich gab, war sie meistens nicht. In Wahrheit hatte sie einen weichen Kern, arbeitete freiwillig im Kinderbetreuungszentrum und kümmerte sich um Stan und ihre jüngeren Geschwister. Und anders als Amalia band sie das nicht jedem auf die Nase.

»Zurück zum Thema.« Amalia verlor keine Zeit und machte weiter mit der Zirkustier-Story, während sie in ihrem Essen rührte. »Also hilfst du uns?«

»Warst du schon mal dort?«, wollte ich wissen. »Beim ›Zirkus der Tiere‹?«

»Nein, ich hatte noch keine Zeit. Aber mir reichen schon die Bilder! Siehst du nicht die Trauer in den Augen des Bären?« Sie deutete auf das Poster. »Tiere können nun mal nicht sprechen und um Hilfe bitten. Sie leiden still vor sich hin. Bei Menschen ist das übrigens genauso. Ich meine, nach dem, was Lora so erzählt, hättest du doch auch dringend eine Schulter zum Anlehnen benötigt, als deine Mum gestorben ist. Oder irre ich mich?«

Cliff legte geräuschvoll das Besteck ab und funkelte Amalia an, während mir schlagartig der Appetit vergangen war. »Ist schon okay«, log ich, schluckte, damit Amalia nicht sah, dass sie einen wunden Punkt erwischt hatte, und beschloss, das Thema von mir wegzulenken. »Und ja, gut. Vielleicht helfe ich mit bei deinem Verein. Möglicherweise. Kann man etwas spenden?«

»Nein. Deine paar Pfund bringen uns nicht weiter. Du hilfst uns am besten, wenn wir dich verkleiden und so in großem Ausmaß an Kohle kommen.« Amalia verschränkte die Arme. »Ich dachte, du liebst es, in fremde Rollen zu schlüpfen.«

Momentan hatte ich eher damit zu kämpfen, in die Rolle ihres Freundes anstatt in die eines Einhorns zu schlüpfen. Selbst wenn das bedeutete, Cliff tagein, tagaus beobachten zu müssen. Aber das konnte ich vor Amalia schlecht zugeben. Sie hatte mich schon mit Blicken erdolcht, als Cliff mich bloß an den Tisch mitgebracht hatte.

»Mal sehen«, murmelte ich ausweichend, während mir auffiel, dass mein Rock nun deutlich lockerer saß. Und nicht nur das, meine Beine waren wieder fast die alten. Nur der schrillpinke Nagellack auf den Zehen blieb, aber der konnte ja als kurzzeitige Geschmacksverirrung durchgehen.

Voller Tatendrang stand ich auf. »Ich fürchte, ich muss los.«

»Ophelia.« Cliff wandte sich von Roger ab. »Ich hoffe du gehst nicht wegen …«

Wegen dieser unsensiblen Dampfwalze, die du zur Freundin hast? Als ich den Stuhl beiseiteschob, fiel mir auf, dass nun auch noch der pinke Nagellack von meinen Zehen verschwunden war. Oder eher sich vor meinen Augen in Luft auflöste, indem er sich zuerst verflüssigte und danach in einer Art Klecks sammelte, der immer kleiner wurde und schließlich unsichtbar wurde. Erstaunlich!

»Alles Gute für die nächste Theaterprobe«, rief mir Cliff hinterher, aber ich hob nur dankend die Hand, voll und ganz darauf konzentriert, so viel Abstand wie möglich zwischen mich und Señora Garcias Beine zu bringen.

Sechs

Die Geheimsitzung, bei der ich nun das erste Mal dabei sein durfte, war nicht gerade das, was ich mir vorgestellt hatte.

Kurz vor halb neun Uhr abends klopfte es an meiner Zimmertür oben im Dachgeschoss. Seit Stunden wehte der Geruch nach frisch gebackenem Kuchen durchs Haus, und ich hing über der Szene aus Señora Garcias Theaterstück, die Adrian und ich morgen im Theaterunterricht proben würden.

Tante Rose steckte ihren lockigen Kopf in mein Zimmer. »Bereit für deine erste Geheimsitzung?«, fragte sie und hielt dabei Mr Darcy im Arm, der an manchen Tagen mehr Schoßhündchen war als Schwein. Er war auch wirklich zum Knuddeln, wenn er mal nicht an Verdauungsproblemen oder Blähungen litt, was leider nicht oft vorkam. »Ich backe schon frischen Kuchen. Heute gibt's Schokoladenschnitten.«

Schweren Herzens legte ich das Theaterstück weg und folgte Tante Rose über den dicken Teppich vorbei an Tante Hellys, Tante Roses und Tante Mildreds Stockwerk ins Erdgeschoss. Die Dienstagabende zuvor hatte ich immer mit Tante Helly im Kino verbracht, glücklich darüber, dass wir vor diesem abgedrehten Hexenzirkel, wie Tante Helly gerne mal dazu sagte, flüchten konnten. Dort bestellten wir uns Nachos, Popcorn und unerlaubte Cola (Tante Mildred verabscheute Cola, deshalb gab es bei uns nie welche im Kühlschrank) und rätselten, was Mildred, Rose und Lora in diesem Augenblick in der Villa ohne uns anstellten. Ich war überzeugt, dass die drei Hexenhüte trugen, ekelige Mischungen aus Fingernägeln, Froschschenkeln … und Cola aus ausgehöhlten Hörnern tranken, lateinische Formeln aufsagten und dabei beratschlagten, in wen oder was sie sich nächste Woche verwandeln würden. Tante Helly erwiderte dann immer, dass ich wohl zu viele schlechte Filme gesehen hatte und die drei gar nichts Magisches anstellten, sondern sich einfach nur in flauschigen Einhorn-Pyjamas vor den Fernseher knallten, sich gegenseitig die Nägel lackierten und dabei eine miese, englische Seifenoper guckten, die dienstags um halb neun im Fernsehen lief. Laut Tante Helly konnte das kein Zufall sein.

Doch offenbar hatten weder ich noch Tante Helly mit unseren Theorien recht gehabt. Tante Mildred, Tante Rose und Lora trugen weder flauschige Einhorn-Pyjamas noch Hexenhüte und auf dem Herd blubberte auch kein Kessel mit irgendeiner widerwärtigen Gruselmischung. Zudem hatten die drei für heute Abend noch nicht mal dekoriert, denn das Wohnzimmer meiner Tanten sah aus wie immer. Die dunkelgrünen Tapeten, die Holzvertäfelungen, die Schirmleuchten an den Wänden und die massive Pendeluhr sahen zwar auch so deutlich geheimnisvoller aus als die Couch und die billigen Wohnzimmermöbel, die ich aus der Wohnung meines Vaters kannte, trotzdem hätte ich für die Geheimsitzung irgendetwas, nun ja, Besonderes erwartet. Ein paar Räucherstäbchen. Kerzen. Oder meinetwegen lateinische Mönchsgesänge aus dem Radio.

»Du hast bestimmt viele Fragen, Ophelia. Und heute werden sie dir beantwortet«, begann Tante Mildred. Dann griff sie in eine dunkelbraune, abgewetzte Aktentasche, die vor ihr auf dem Tisch lag. »Und zwar von diesem Computer.«

Ich rieb mir die Augen, während Tante Mildred den Laptop öffnete und auf den Browser klickte. Hatte ich richtig gehört? Die ganze Gefolgschaft von Großonkel Big Mac hatte Panik, dass meine Verwandlungen unser Familiengeheimnis offenlegten – dabei fand man alles darüber im verdammten Internet?

»Was ist, Ophelia?«, fragte Tante Rose prompt und biss dabei in ein Stück Kuchen. »Dachtest du, wir besäßen irgendein staubiges Buch mit abgegriffenem Ledereinband, das sich von alleine umblättert und uns verrät, wie man sich am besten in fremde Menschen und Tiere verwandelt? Und wieder zurück?«

Ehrlich gesagt hatte ich so was tatsächlich im Kopf. Besaßen nicht alle magischen Geheimzirkel ein uraltes Nachschlagewerk, das sie auf dem Dachboden aufbewahrten? Oder zumindest ein paar mittelalterliche Schriftrollen? Und was hatten wir? Einen stinknormalen Laptop mit Zugang zum Internet! Na prima!

»Es gab mal ein Buch«, erklärte Tante Mildred, während sie eine lange Internetadresse voller Sonderzeichen und Zahlen in die Adressleiste des Browsers tippte. »Allerdings hat unser Onkel vor ungefähr zwanzig Jahren beschlossen, mit der Zeit zu gehen und alle Informationen aus dem Buch ins Internet zu stellen.« Sie drehte mir den Bildschirm zu. »So, da wären wir.«

Ich starrte auf den schwarzen Bildschirm. Plötzlich war eine piepsende Tonfolge zu hören, die nach Computerspiel klang, während gelbe, pixelige Schrift über den Bildschirm tanzte. Da stand: *Portal der Verwandlungen. Bitte geben Sie Ihr Passwort ein.*

»Abgefahren«, staunte ich.

»Abgefahren?« Lora starrte mich an. »Willkommen in den Neunzigern. Das ist Webdesign aus der Hölle und älter als das Internet selbst. Seht euch nur mal die Grafiken an. Den Besucherzähler. Und diese Melodie da im Hintergrund klingt verdächtig nach Gameboy. Da bluten mir ja die Ohren.«

»Hier.« Tante Rose schob mir einen Brief zu. »Olaf und Patricia haben uns das hier für dich mitgegeben. Merk dir das Passwort und vernichte das Stück Papier gleich danach.«

»Ein Passwort?«, murmelte ich und öffnete den Brief. *Ophelia 1234* stand da in Druckbuchstaben. Ernsthaft?

»Gemerkt?«, wollte Tante Mildred wissen.

Ich nickte. Dann tippte ich das Passwort in Tante Mildreds Laptop. Es ertönte eine kleine Fanfare, dabei tanzte Konfetti über den Bildschirm. In knallbunter, verschnörkelter Schrift stand da plötzlich: *Willkommen, Ophelia.*

Aus unerfindlichen Gründen begannen Tante Mildred und Tante Rose zu klatschen.

Auf dem Bildschirm erschienen Menüpunkte, alle in unterschiedlichen Schriftarten und ziemlich unübersichtlich. Da gab es *»Familiengeschichte«*, aber auch *»Aufgaben«* sowie *»Tipps und Tricks«*. Ganz unten stand schließlich in großen Buchstaben *»Verwandlungsgrad unbekannt. Lesen Sie hier, was Sie tun müssen, um Ihre Verwandlungen besser kontrollieren zu können«*.

Ich schluckte. »Das Internet weiß von meinem Ergebnis?«

Tante Mildred nickte. »Natürlich. Das Portal kennt alle unsere Ergebnisse. Passend dazu erhältst du die richtigen Inhalte auf der Seite. Der Rest verbleibt in der gesperrten Sektion der Seite, bis sich dein Ergebnis ändert. Ist das nicht praktisch?«

Leider konnte ich Tante Mildreds Enthusiasmus nicht teilen. Denn alles, was ich hörte, war, dass es noch mehr Geheimnisse gab. Geheimnisse, die sich in gesperrten Sektionen des Internets befanden. Ich hingegen konnte bloß auf ein paar spärliche Informationen zugreifen. Ein blinkender Daumen zeigte auf einen Button und ich klickte ihn an.

»Liebes Familienmitglied«, las ich. *»Wir gratulieren herzlich zur ersten Verwandlung und hoffen, Sie hatten eine Menge Spaß dabei.«* Na klar hatte ich das! So viel Spaß hatte ich nicht mehr, seit sie mir den Blinddarm entfernt hatten. *»Leider konnte Ihr Verwandlungsgrad nicht gemessen werden. Also lesen Sie die folgenden Seiten bitte aufmerksam durch. Sie sollen Ihnen zu Beginn Ihrer Entwicklung helfen, Ihre Fähigkeiten zu kontrollieren. Wir empfehlen, zuerst die Seite ›Die fünf goldenen Regeln bei einem unklaren Verwandlungsgrad‹ zu lesen. Bei Fragen besuchen Sie unsere* FAQ-Seite.«

»Mit den Regeln solltest du beginnen«, empfahl Tante Mildred überflüssigerweise.

Ich nickte, nahm einen Bissen vom Kuchen und klickte auf den Link. Eine ähnlich furchtbare Seite mit blinkenden und sich drehenden Symbolen öffnete sich. *»Regel Nummer eins: Da Sie noch keine Verwandlungsfreigabe haben, verwandeln Sie sich bitte nur auf ausdrückliche Anweisung in Ihr zugewiesenes Versuchsobjekt. Etwaige ungeplante Verwandlungen sollten Sie sofort rückgängig machen.«*

»Siehst du? Du darfst dich wirklich nur in Cliff verwandeln«, begann Tante Mildred. »In deinem Zustand bringen alle anderen Verwandlungen das Familiengeheimnis in Gefahr.«

»Ja, verstanden«, grummelte ich. Die Ansage mit dem Familiengeheimnis, das zu hüten war, hing mir schon zu den Ohren raus. Dann wandte ich mich wieder dem Bildschirm zu. *»Regel*

Nummer zwei: Versuchen Sie herauszufinden, welcher Verwandlungstyp Sie sind. Klappt es mit einem Gegenstand oder müssen Sie Ihr Verwandlungsobjekt in- und auswendig kennen?«

»Also, das mit dem Gegenstand kann Ophelia gleich mal ignorieren«, mischte sich Lora ein. »Sie ist ganz bestimmt nicht wie du, Tante Mildred.«

»Lora hat recht«, überlegte ich. »Immerhin habe ich heute mehrmals Cliffs Shirt berührt.« Und ziemlich viele Stellen seiner Haut. Ich und mein Tablett lagen quasi in seinen Armen, da hätte doch irgendetwas passieren müssen, hätte ich Tante Mildreds Talent abbekommen.

»Das sehe ich genauso«, pflichtete mir Tante Mildred bei. »Sich mithilfe von Gegenständen verwandeln zu können, ist ein großes Talent. Als ich in deinem Alter war, lag mein erster Messungswert schon bei weit über siebzig Prozent. Ein unklares Ergebnis wie bei dir würde nicht dazu passen.«

Frustriert ließ ich den Kopf hängen. Wäre auch zu schön gewesen, wenn ich einmal Glück gehabt hätte und einfach Cliffs Kuli hätte klauen müssen, anstatt wie eine Detektivin seinen Tagesrhythmus zu studieren. *»Regel Nummer drei: Gerade bei Ihrem unklaren Ergebnis ist äußerste Vorsicht geboten. Nicht verwandeln, wenn Sie müde, krank oder schwanger sind, wenn Sie sich in fahrenden Objekten befinden oder Medikamente nehmen, die die Fahrtüchtigkeit einschränken. Verwandeln Sie sich ebenso wenig, wenn Sie vor weniger als dreißig Minuten gegessen haben.«* Ich sah auf. »Hä? Was soll das denn bedeuten? Na egal, ich glaube, ich will es gar nicht so genau wissen.«

»Regel Nummer vier«, Lora war an meine Seite gerutscht und las nun an meiner Stelle: *»Nehmen Sie metallische Gegenstände ab,*

bevor Sie sich verwandeln. Selbiges gilt für Brillen. Regel Nummer fünf: Sollten Sie in einer unbeabsichtigten tierischen Verwandlung feststecken, begeben Sie sich zu einem Familienmitglied, bellen, miauen oder wiehern Sie (oder klopfen Sie mit Pfote, Schnauze oder Schwanz) den internationalen Morsecode S. O. S.«

Vor lauter Verzweiflung rutschte ich immer tiefer in meinen Stuhl. Das war alles? Diese belämmerten Informationen sollten mir helfen, mich in Cliff zu verwandeln? »Irgendwie ist das total durchgeknallt.«

»Durchgeknallt?« Tante Mildred klang, als hätte sie sich verhört. »Das ist nicht durchgeknallt, Ophelia. Die Website ist ein äußerst nützliches Hilfsmittel. Darf ich dich daran erinnern, dass du bald eine vollständige Verwandlung in diesen ...«

»Clifford MacAllister«, half ihr Lora.

»Clifford MacAllister hinbekommen musst? Und jeder Tag früher wäre für uns von Vorteil.« Die Ader auf ihrer Stirn schwoll merklich an. »Hast du es denn überhaupt mal versucht?«

Ich blickte hoch. »Was versucht?«

»Na, die Verwandlung.«

»Ähm. Noch nicht«, gab ich zu. »Aber ich bin schon an ihm dran.«

Lora nickte. »Das stimmt. Ophelia hat mit Cliff in der Cafeteria zu Mittag gegessen. Mit ihm und dieser dusseligen Kuh Amalia, der ehrenhaften Retterin der Tiere.«

Wenigstens ein Mal war ich mit Lora einer Meinung.

»Ausgezeichnet.« Die Ader auf Tante Mildreds Stirn schwoll etwas ab. »Dann kannst du es doch gleich mal versuchen. Hier und jetzt, vor uns. Du hast ja bestimmt einiges über ihn herausgefunden.«

Ich zuckte mit den Schultern. »Na ja, ich habe nur kurz mit ihm gesprochen. Die meiste Zeit hat er sich mit seinem Kumpel Roger unterhalten. Über Fußball.«

Tante Mildred knirschte mit den Zähnen, vermutlich, weil Fußball auf ihrer Hassliste sehr bald hinter Cola kam. »Trotzdem musst du versuchen, dich in ihn hineinzuversetzen. In die Art, wie er denkt.«

Ich musste plötzlich an Señora Garcia denken, wie sie die Lippen spitzte, mit den Wimpern klimperte und sich dabei Mühe gab, uns mit ihrer rauchigen Stimme beizubringen, ganz in unserer Rolle aufzugehen. Bei den letzten Proben war es mir immer besser gelungen, mich in die Rolle von Mary Sue Wilson, einem schüchternen Mädchen, das für die Schülerzeitung schrieb und sich Hals über Kopf in einen Superhelden namens Angus MacAlbatroz verliebt hatte, hineinzuversetzen. Selbst mit Adrian als Ablenkung direkt neben mir auf der Bühne. Sollte das Schauspielen dann im echten Leben nicht genauso gut klappen?

»Okay, ich versuche es«, willigte ich zögerlich ein. »Was muss ich dafür tun?«

Tante Mildred schnappte sich den Laptop und begann, wild auf der Tastatur herumzutippen. Dann schob sie mir das Gerät entgegen. »Sieh dir das Foto an. Das ist er doch, dieser Junge, nicht wahr?«

Irgendwo im Internet hatte Tante Mildred ein Foto von Cliff gefunden. Darauf war er mit seinen Kumpels zu sehen, die in Bermudashorts auf einem Steg saßen, während dahinter gerade die Sonne unterging. Cliff lächelte seitlich in die Kamera, die blonden Haare zerzaust, das Hemd halb offen, dazu hatte er einen Blick aufgesetzt, der so viel sagte wie: Seht mich an, ich sehe blendend aus und mein Leben ist einfach perfekt. Es war eins dieser Bilder, die im Internet haufenweise Herzen bekamen.

»Und jetzt behalte das Bild von ihm im Kopf, schließ die Augen und versuche, dich auf ihn zu konzentrieren. Versuche, seine Stimme in deinem Kopf zu hören. Kannst du das?«, forderte mich Tante Mildred auf.

Ich nickte und ließ die Augen zufallen. Cliffs Stimme in meinem Kopf zu hören, war nicht besonders schwer. Sie war eigentlich recht angenehm und ich hatte sie gut in Erinnerung. Ich stellte mir vor, wie er mit seinem Kumpel Roger über die Trikots dieser anderen Fußballmannschaft lachte. Als Nächstes dachte ich daran, wie er mich und mein Tablett gerettet und sich danach für Amalias verbalen Ausrutscher entschuldigt hatte. Der Gedanke, dass Cliff MacAllister in Wahrheit womöglich gar kein so übler Kerl war, stahl sich in meinen Kopf.

»Mist. Es tut sich nichts«, hörte ich Tante Rose flüstern. »Denkst du auch wirklich an diesen Jungen, Liebes? Wenn es dir leichter fällt, könntest du es auch mit etwas ... ähem ... anderen Gedanken versuchen, du weißt schon. Zum Beispiel, wie ihr in den Augen des anderen versinkt und der Wind durch euer Haar weht, während im Hintergrund die Sonne untergeht.« Sie deutete mit dem Kinn auf den Bildschirm. »Dort, auf diesem Steg da. Natürlich ohne die Zuschauer.«

Ich spürte, wie ich rot anlief. »Tante Rose! Cliff interessiert mich wirklich nicht die Bohne. Außerdem hat er eine Freundin.«

Tante Rose tat, als hätte ich nichts gesagt. »Hach, ich finde, er sieht aus wie einer dieser stattlichen Helden aus meinen Büchern!«

Tante Mildred hingegen schien keinen Gedanken an Cliffs

blendendes Aussehen zu verschwenden. »Ophelia, betrachte dich noch mal ausgiebig von Kopf bis Fuß. Ist wirklich nichts anders an dir? Nicht mal eine klitzekleine Teilverwandlung? Gar nichts?«

Beschämt schüttelte ich den Kopf. Ich trug immer noch meine Jeans und die gleiche mintgrüne Strickjacke wie vorhin. Nichts davon spannte. Nichts deutete darauf hin, dass ich plötzlich irgendwo Muskelmasse aufgebaut oder wieder Bartwuchs bekommen hatte. Und auch sonst fühlte sich jedes meiner Körperteile an wie immer.

»Entspann dich, Tante Mildred. Sie hat ja immerhin noch über eine Woche Zeit. Das wäre auch zu schön gewesen«, sagte Lora. Sie stand auf, griff nach dem Mathebuch, und ich bildete mir einen kleinen Moment lang ein, dass sie erleichtert wirkte. War sie etwa besorgt gewesen, dass ich hier und jetzt eine perfekte Kopie von Cliff zustande brachte? Doch wie es aussah, hatte Lora nichts zu befürchten. Tante Mildreds Einschätzung der später geborenen Zwillinge unserer Familie schien richtig zu sein. Wir waren einfach nicht so talentiert wie Erstgeborene. Und wenn man dann auch noch einen unklaren Verwandlungsgrad besaß, ließ das Talent wohl erst recht zu wünschen übrig.

Den übrigen Abend verbrachte ich damit, mich durch die Website zu klicken. Auch wenn meine Lust, mich mit Verwandlungen und dem ganzen Hokuspokus unserer Familie zu beschäftigen, immer noch gegen null ging, so ließ mich die Sorge nicht los, was passieren würde, wenn ich es nicht schaffte, eine perfekte Kopie von Cliff MacAllister abzugeben. Dass meine erste geplante Verwandlung vorhin so gar nicht funktioniert hatte, selbst nicht mithilfe meiner Tanten, war leider kein gutes Zeichen.

Inzwischen war es fast Mitternacht und ich saß mit einer Taschenlampe, einer Tüte Chips und Tante Mildreds Laptop im verbotenen Teil des Dachbodens. Warum hier offiziell keiner raufdurfte, wusste ich nicht so genau. Tante Mildred hatte allerdings bei unserem Einzug behauptet, dass es hier vor Jahren eine Rattenplage gegeben und sie deshalb zur Sicherheit alles verriegelt hatte. Ratten hatte ich jedoch keine entdeckt, als mir zum ersten Mal aufgefallen war, dass ich durch ein loses Brett in der Wand meines Zimmers hier rüberklettern konnte. Stattdessen gab es in Leder gebundene Bücher, alte Möbel und, mein ganz persönliches Highlight, einen kleinen Balkon, von dem aus man bis zum Meer blicken konnte. Nicht selten verirrten sich sogar Möwen bis hierher.

Und dann war da noch das Porträt. Als ob Nachkomme der MacBiggs-Familie zu sein nicht so schon seltsam genug gewesen wäre, bekam nämlich jedes Mitglied zur Geburt ein gemaltes Porträt geschenkt. Das wäre an sich keine schlechte Sache, würde es sich um ein niedliches Porträt von einem selbst als Baby handeln. Oder das Porträt eines englischen Königs, das man später für Unsummen ans Britische Museum verscherbeln konnte. Doch leider verhielt es sich mit Loras und meinem Geburtsporträt ein bisschen anders. Uns hatte man zwei Bilder von hässlichen, unbekannten und absolut nicht königlichen Menschen geschenkt, genauer gesagt, von zwei glatzköpfigen Frauen mit breiten Gesichtszügen, von denen ich mein Bild »Frau mit Glatze, Doppelkinn und mächtiger Warze« getauft hatte (Loras hieß bloß wenig originell »Monsterbraut«). Die würden nicht mal auf dem Flohmarkt mehr als zehn Pfund einbringen.

Eigentlich war ich davon ausgegangen, dass die beiden Gemälde nach unserem Umzug in der Wohnung unseres Vaters geblieben waren, aber offenbar hatte er sie den Tanten mitgegeben. Zumindest galt das für »Frau mit Glatze, Doppelkinn und mächtiger Warze«, die ich kurz nach dem Einzug durch Zufall hier oben entdeckt hatte. Nur aus Neugierde hätte ich gerne gefragt, ob auch Loras »Monsterbraut« nach Schottland mitgereist war, aber dann hätte ich zugeben müssen, dass ich einen Zugang zu diesem kleinen Raum gefunden hatte – und dann wäre der Balkon bestimmt verloren gewesen.

»Ophelia?« Meine Gedanken wurden unterbrochen, als jemand auf der anderen Seite der Wand an meiner Zimmertür klopfte. »Bist du noch wach?«

Tante Helly. Noch nicht mal ihr hatte ich von meinem Geheimversteck hier oben erzählt, deshalb schlüpfte ich schnell durch das Brett zurück in mein Zimmer und schob geübt das niedrige violette Sofa davor. Einen Augenblick später öffnete ich die Tür und ließ Tante Helly hinein.

»Oh, gut, dass du noch wach bist«, plapperte sie los und ließ sich auf mein Sofa fallen. »Ich kann nämlich nicht schlafen, weil der Film im Kino heute total gruselig war. Das war so ein alter Horrorschocker, in dem ein bösartiges Mädchen aus dem Fernseher kriecht. Ich wünschte, du wärst dabei gewesen.« Sie sah zu mir herüber. »Na ja, ich hoffe, euer Treffen hat sich gelohnt und du kannst dich jetzt verwandeln wie ein Flaschengeist. Oder darfst du nicht darüber sprechen?«

Ich setzte mich neben sie. »Keine Ahnung, ob du davon wissen darfst … aber ist mir egal, du weißt eh alles über mich, Tante Helly.«

Tante Helly lächelte und drückte meine Schulter.

»Der Abend war der totale Reinfall«, brach es aus mir heraus. »Die drei haben mir eine Website gezeigt und von mir verlangt, mich von jetzt auf gleich in Cliff zu verwandeln. Ich habe noch nicht mal eins seiner Muttermale hinbekommen. Ich schaffe das niemals!«

Tante Helly legte den Arm um mich. »Du hast ja auch gerade erst angefangen. Ich kenne mich zwar nicht so recht mit solchen Sachen aus, aber ich vermute, du musst einfach noch mehr Zeit mit diesem Typen verbringen. Kein Mensch ist so einfach gestrickt, dass man ihn in einer Mittagspause kennenlernen kann.«

Ich seufzte. Der Spruch passte nicht nur ziemlich gut auf ein Motivationsplakat, sondern auch zu dem, was ich heute Abend auf der Website herausgefunden hatte: Ähnlich wie beim Theaterspielen ging es für jemanden wie mich darum, das Verwandlungsobjekt möglichst gut zu kennen, um eine exakte Kopie hinbekommen zu können. Und nicht nur oberflächliches Zeug. Am wichtigsten war der Charakter der Person. Wenn man sich bei einem wichtigen Detail verschätzte, geriet die gesamte Verwandlung ins Wanken, und man blieb bei Teilverwandlungen hängen.

»Warum kann es bei mir nicht so einfach sein wie bei Tante Mildred?«, jammerte ich. »Sie hat bloß irgendeinen Gegenstand von jemandem und schon, puff, schlüpft sie in seine Haut. Die musste sich nie an irgendeinen Schönling heften, sich die Marke seiner Lieblingssneakers merken und mitzählen, wie oft er am

Tag pinkeln geht.« Und ja, auch solche Sachen sollte ich laut der Website rausfinden. Beim Lesen vorhin kam mir die Vermutung, dass die Autoren sich beim Tippen bestimmt kaputtgelacht hatten. »Ich wünschte, ich wäre so talentiert wie Tante Mildred. Dann könnte ich mein Schicksal zumindest kontrollieren und würde mich nicht wahllos in irgendwelche Menschen verwandeln.«

Tante Helly schwieg.

»Ich schätze, man kann es sich nun mal nicht aussuchen, ob man als erster, zweiter oder womöglich dritter Drilling geboren wird«, sagte ich, seufzte und lehnte meinen Kopf an ihre Schulter. Tante Helly duftete immer nach den Blumen in ihrem Laden. »Als Erstgeborene hättest du dich bestimmt auch verwandeln können, denkst du nicht?«

Jetzt sah Tante Helly mich an und grinste. »Du meinst also, mein Embryo hätte Mildreds Embryo einfach nur mal kräftig in den Allerwertesten treten müssen, um vor ihr aus dem Tunnel zu kriechen?«

»Uagh«, machte ich. »Ja, so in etwa.«

Tante Helly lachte. »Ich weiß nicht, Ophelia. Wer sagt eigentlich, dass Zweitgeborene sich immer schlechter verwandeln können?«

»Na, Tante Mildred«, antwortete ich und setzte mich auf. »Und es stimmt ja auch. Tante Mildred selbst ist richtig gut, ihr Verwandlungsgrad liegt bei weit über achtzig Prozent. Tante Rose ist die Zweite, hat einen Grad von fünfundvierzig Prozent und kann sich nur in Tiere verwandeln. Und selbst dabei passieren ihr laufend Unfälle. Weißt du noch, als sie plötzlich ein Gorilla war und der Postbote schon den hiesigen Zoo alarmiert hatte? Oder, noch schlimmer, als sie als Stubenfliege durchs Wohnzimmer gesurrt ist und Lora sie beinahe erschlagen hätte?«

»Erinnere mich nicht daran.« Tante Helly schüttelte sich. »Und ich verstehe, was du damit sagen willst. Aber das muss nicht bedeuten, dass du Lora nicht irgendwann mal in den Schatten stellen kannst.«

»Ich will doch gar nicht so gut werden wie Lora. Mir würde es schon reichen, ein normales Leben führen zu können, ohne dass mir bei jeder Peinlichkeit ein Bart wächst oder der Rock meiner Schuluniform explodiert.«

»Und das klappt ganz bestimmt! Steht denn irgendwo auf der Seite, dass diese Sache mit dem talentierteren Erstgeborenen Gesetz ist?« Sie sah mich aufmerksam an. »Und dass dein Ergebnis mit dem unbestimmten Verwandlungsgrad dein Leben lang so bleiben muss? Du musst einfach hart an dir arbeiten!«

Es stand tatsächlich nirgendwo, dass Zweitgeborene automatisch das schwerere Los hatten. Und ich hatte ja noch eine Woche Zeit zum Üben. Wer weiß, vielleicht bestand doch noch Hoffnung auf ein Leben außerhalb des unmittelbaren Umkreises unserer Schultoilette.

Tante Helly deutete mein Schweigen als Antwort. »Dann solltest du dich auch nicht von Gerüchten einschüchtern lassen. Eine Menge spielt sich in deinem Kopf ab und ist das Ergebnis von dem, was du dir selbst einredest.«

Pah. Ich war schon immer skeptisch gewesen, wenn Leute behaupteten, sie könnten einfach so im Eiswasser planschen, wenn sie sich nur vorstellten, es wäre eine lauwarme Lagune in der Karibik. Ich war einfach nicht gut darin, mich selbst zu täuschen. Das gelang anderen viel besser.

»Na fein, Tante Helly. Ich werde es versuchen. Ab morgen stelle ich mir vor, ich wäre ein Chamäleon«, blödelte ich.

»Richtige Einstellung.« Sie kniff mich in die Wange, erhob sich und ging zur Tür. »Und jetzt ab ins Bett.«

»Gute Nacht, Tante Helly.«

Als Tante Helly schließlich durch die Tür verschwunden und in ihr Stockwerk zurückgekehrt war, kroch ich noch mal durch das lockere Brett in den versperrten Bereich des Dachbodens und startete den Laptop. Konnte es sein, dass Tante Helly recht hatte und ich mir nur einredete, ich wäre schrecklich untalentiert?

Gerade als ich die ellenlange Internetadresse eingab und dabei in die Chipstüte griff, fuhr ein Windstoß durch den Raum. Offenbar stand die Balkontür offen. Seltsam. Ich konnte mich nicht daran erinnern, sie geöffnet zu haben.

Also schob ich den Laptop beiseite und stand auf, um sie zu schließen. Aus dem Nichts beschlich mich das unangenehme Gefühl, beobachtet zu werden. Und dann, eher einem Reflex folgend, drehte ich mich um und entdeckte ihn.

Den Geier. Er sah genauso aus wie der ausgestopfte Vogel, den ich in Big Macs Büro entdeckt hatte, nur dass dieses Exemplar noch lebte, auf dem Rahmen von »Frau mit Glatze, Doppelkinn und mächtiger Warze« hockte und mich aus gelben, glühenden Augen anstarrte.

»Wuaaaah«, schrie ich, stolperte zwei Schritte rückwärts und krachte in einen Stapel alter Bilderrahmen. Im selben Moment breitete der Vogel seine mächtigen Flügel aus, stieß mein Gemälde um und segelte nach draußen.

Starr vor Schreck verharrte ich zwischen den Bilderrahmen und ließ noch ein paar Sekunden verstreichen, bis mein Herz aufgehört hatte, zu hämmern, und ich sicher sein konnte, dass der Vogel nicht wiederkam.

Abgesehen von Möwen hatte sich doch noch nie ein Vogel nach hier oben verirrt. Und dann gleich so ein Riesenvieh. Gab es überhaupt Geier in Schottland? Ich musste wieder an den untoten, ausgestopften Geier im Kellerlabor denken und mir lief ein kalter Schauer über den Rücken. Konnte es sein, dass das hier gar kein echter Geier war?

Es schauderte mich immer noch, als ich mich schließlich aufrappelte, »Frau mit Glatze, Doppelkinn und mächtiger Warze« aufhob und das Bild einer Prüfung unterzog. So hässlich sie auch war, ich wäre traurig gewesen, hätte der Geier das Gemälde ruiniert. Nicht dass ich das Bild tatsächlich freiwillig in mein Zimmer gehängt hätte. Immerhin sah die gute Lady aus wie eine Kreuzung aus Jabba the Hutt und einem Nacktmull und hätte vermutlich jeden Gast verschreckt.

Aber zum Glück wirkte das Gemälde unversehrt, das hieß bis auf … oje. Da war ein Fleck. Auf der Leinwand, direkt auf der Wange, war ein dunkler, runder Fleck aufgetaucht. Womöglich Schmutz, Staub … oder ein platt gedrückter Käfer?

Ich zog ein Taschentuch aus meiner Hosentasche und begann, vorsichtig am Gesicht von »Frau mit Glatze, Doppelkinn und mächtiger Warze« zu rubbeln. Erst sachte, dann stärker – doch nichts tat sich. Der Fleck blieb. Ich leuchtete mit meinem Handy auf die Leinwand. Der Fleck sah gar nicht wie Schmutz aus, sondern viel eher wie Farbe. So als wäre er schon immer Teil des Gemäldes gewesen.

Was er aber definitiv nicht war!

Nach einer Weile des Putzens und Rubbelns gab ich auf,

kroch zurück in mein Zimmer, schlüpfte in meinen Pyjama und schlich nach unten ins Bad, um mir die Zähne zu putzen. Und wenn schon. Dann hatte das blöde Bild eben einen Fleck bekommen. War ja nicht so, als ob ich das nicht verschmerzen konnte. Womöglich musste ich das Bild bloß umbenennen in »Frau mit Glatze, Doppelkinn, mächtiger Warze und Schönheitsmal«. Das klang leider noch sperriger, dachte ich, warf einen letzten Blick in den Spiegel und knipste das Licht aus.

Und dann, in der Dunkelheit, kam mir eine gruselige Erkenntnis.

Ich hatte exakt das gleiche Muttermal wie sie.

Sieben

In dieser Nacht träumte ich schlecht. Von dem Geier auf dem Dach und davon, dass mich meine Tanten zwangen, mich in Cliff zu verwandeln, ich es aber nicht hinbekam. Schließlich träumte ich sogar von »Frau mit Glatze, Doppelkinn, mächtiger Warze und Schönheitsmal«, die plötzlich zum Leben erwachte, wie in einem japanischen Horrorfilm aus ihrem Bild stieg (danke, Tante Helly) und mich an meinem sechzehnten Geburtstag vor meinem Großonkel warnte, bevor Olaf und Patricia mich schließlich einfingen und in einen Wassertank sperrten. Es war absolut grauenvoll.

Erst in den frühen Morgenstunden war ich endlich in einen erholsamen Schlaf geglitten, was leider zur Folge hatte, dass ich prompt verschlief und zu spät zu Französisch kam.

»Ich habe nachgedacht«, wisperte mir Lora zu, als ich still und heimlich auf meinen Platz schlich, während Madame Rieux eine Reihe Vokabeln an die Tafel schrieb. »Nach gestern Abend habe ich mir echt lange den Kopf zerbrochen, und jetzt rate mal, ich habe einen genialen Plan entwickelt, der dir helfen könnte.«

Ich schielte zu ihr hinüber und packte meine Bücher aus. Loras Pläne beinhalteten normalerweise immer etwas Verbotenes,

Unangebrachtes, Peinliches, Riskantes oder im schlimmsten Fall eine Kombination aus alledem. Ich hatte mir für heute eigentlich vorgenommen, nicht zu viel an die Verwandlungen, das Bild auf dem Dachboden oder den gestrigen Geierbesuch zu denken und mich stattdessen lieber auf die Theaterprobe mit Adrian zu konzentrieren, die am Nachmittag auf dem Programm stand. Aber ein wenig neugierig war ich doch.

»Okay …« Zögerlich beugte ich mich zu ihr. »Schieß los, ich bin ganz Ohr.«

»Ganz einfach. Cliff MacAllister ist das Problem«, erwiderte sie etwas zu laut, was zur Folge hatte, dass sich einige Köpfe zu uns umdrehten. »Ich denke, es ist nicht richtig, diese wichtige *Sache* …«, dabei machte sie Anführungszeichen in die Luft, »… zum ersten Mal mit Cliff ausprobieren zu wollen.«

»Schschscht«, machte ich. Ich wollte mir lieber nicht vorstellen, was der Rest der Klasse dachte, über welche bedeutsame Sache wir hier sprachen. Gott, war das peinlich.

»Es sollte vielleicht jemand sein, den du schon besser kennst«, machte sie ungerührt weiter.

»Lora, hör mal …«

»Dann bist du dabei auch nicht so furchtbar verkrampft und nervös.«

»Können wir nicht später …«

»Nein, nicht später, sondern jetzt. Hör zu, ich verstehe ja, dass du hohe Ansprüche hast.«

Ich vergrub meinen Kopf in den Händen.

»Und für dich muss es ja unbedingt er sein und niemand anderes.«

»Es reicht!«

»Trotzdem solltest du vorher besser mal üben. Und zwar an …«

»Ich biete mich gerne an, meine Damen«, mischte sich Kenny Kableman ein, der eine Reihe hinter uns saß und dessen Atem übel nach Schinkensandwich roch. »Cliff ist meines Wissens ohnehin bereits vergeben.«

Ich wagte es nicht, mich umzudrehen.

»Hä? Wir reden nicht mit dir, Schwachkopf«, brummte Lora, die offenbar erst jetzt merkte, dass uns jemand zuhörte. Sie rutschte etwas näher an mich. »Und was dein Übungsobjekt betrifft … Wie wäre es denn mit Madame Rieux?«

Kenny Kableman hinter uns kippte vom Stuhl.

»Lora! Können wir das Gespräch nicht zu Hause weiterführen?«, zischte ich. Adrian saß nur zwei Reihen vor mir und musste sich von Madame Rieux gerade eine Standpauke gefallen lassen, weil er nicht schon längst Französisch-Nachhilfeunterricht genommen hatte. Ich konnte nur hoffen, dass ihn das von unserem Gespräch abgelenkt hatte!

Aber auch eine knappe Stunde später, als der Kurs zu Ende war und alle außer uns den Französischsaal verlassen hatten, konnte ich der Idee immer noch nichts abgewinnen.

»Jetzt versuch's doch mal«, redete Lora auf mich ein. »Eine Verwandlung in Madame Rieux ist wirklich die einfachste Sache der Welt. Außerdem haben wir jetzt bloß Kunst, da sind wir ohnehin am Gipsen und es gibt nie eine Anwesenheitskontrolle.«

Ich seufzte. Leider hatte ich tatsächlich keine große Lust, Teile meines Körpers in starren Gips packen zu lassen.

»Gib dir einen Ruck. Es ist wirklich ein Kinderspiel, immerhin ist Madame Rieux von Kopf bis Fuß das Klischee einer eleganten französischen Blondine.« Sie zwinkerte mir zu. »Außerdem könntest du dann schnell ins Lehrerzimmer huschen und mein Essay über Charles de Gaulle korrigieren.«

»Kommt nicht infrage!«

»War nur ein Scherz. Und jetzt konzentrier dich.«

»Na fein.« Keine Ahnung, warum ich mich bereit erklärte, es überhaupt zu versuchen. »Und jetzt muss ich einfach an sie denken, oder wie?«

Lora nickte. »Versuche, all das in deine Gedanken zu holen.«

Also gut. Ich lehnte mich gegen das Lehrerpult, schloss die Augen und kramte alles hervor, was ich über Madame Rieux so wusste. Ihr Vorname war Celine, sie war in Paris geboren und schon seit zehn Jahren neunundzwanzig Jahre alt. Obwohl sie akzentfrei unsere Sprache sprach, betonte sie viele Wörter absichtlich *fronsösisch*, um eleganter zu wirken. Oder weil sie der Ansicht war, dass sich das für eine Französischlehrerin so gehörte.

»Und?« Ich wartete gespannt auf das Kribbeln. Ungeduldig öffnete ich ein Auge.

»Mach weiter.«

Voller Konzentration ballte ich meine Hände zu Fäusten, in der Hoffnung, dass mir noch mehr einfallen würde. Und ja, da war noch eine ganze Menge mehr. Und zwar, dass sie den Geruch von Apfelkuchen liebte und die Seine vermisste. Und dass sie Frankreich für das tollste Land der Welt hielt (Très magnifique!), einmal eine Beinahe-Affäre mit Jean-Claude Van Damme gehabt hatte (O, là, là!) und überzeugt war, dass den schottischen Frauen die Eleganz fehlte, immerhin trugen die Karomuster (Mon dieux!), was, wenn überhaupt, nur auf Wolldecken halbwegs akzeptabel …

»Es klappt!«, drang Loras Stimme in meine Gedanken.

»Wie?« Mir war, als käme die Stimme von irgendwo weit her. Vorsichtig blinzelte ich und spürte, wie sich das merkwürdige Jucken in meinem Körper ausbreitete. Nur, dass es diesmal viel, viel stärker war als jemals zuvor.

»Ich glaub's nicht! Es funktioniert tatsächlich.« Wie von Sinnen starrte mich Lora an, und ihrer Miene nach zu urteilen, hätte sie das nicht für möglich gehalten. Dann hielt sie mir ihr Handy entgegen. »Hier, schau dich an.«

Vorsichtig nahm ich Loras Handy, dessen Kamera im Selfie-Modus aktiviert war, und guckte aufs Display.

Das war tatsächlich Madame Rieux, die mir da entgegenblickte. Ihr perfekt geföhntes blondes Haar, ihre schmale Nase und die buschigen Augenbrauen. Und auch, als ich an mir runterguckte, entdeckte ich eine Reihe von Veränderungen. Ich steckte nicht mehr in meiner Einhorn-Schuluniform, sondern in einem kurzen Bleistiftrock und in hohen Pumps, außerdem waren meine Beine schmaler, meine Hüfte breiter und meine Hände faltig. Wenn die Gute an ihrer Tarnung hing, sollte sie dringend Handcreme benutzen.

»Ich hab es geschafft, Lora!«, hauchte ich, völlig erstaunt darüber, dass ich nun auch mit Madame Rieuxs Stimme sprach, wenn auch ohne affigen Akzent. »Und sieh mal, ich habe sogar ihre Klamotten mit übernommen. Ich *bin* sie.«

»Nicht ganz.« Lora betrachtete mich. »Das hier ist zwar deutlich besser als die Sache mit Mr Cartmans Bart, allerdings ist das immer noch keine perfekte Verwandlung. Dass du die Klamotten mit übernommen hast, ist nicht übel, damit habe selbst ich noch oft meine Probleme. Trotzdem hast du leider haufenweise kleine Fehler gemacht.«

»Wie bitte?« Ich sah an mir herab. Was denn für Fehler? Alles war anders als vorher. Was um alles in der Welt hatte ich denn bitte schön übersehen?

Lora kam näher. »Nun, ich würde sagen, die größten Patzer liegen hier.« Sie machte mit ihrem Finger einen Kreis vor meinem Auge, als wäre ich eins dieser Fehlerbilder aus den Tageszeitungen. »Und hier unten.«

Übers Handy warf ich einen Blick auf meine Augen, deren Farbe sich tatsächlich nicht verändert hatte. Danach prüfte ich meine Oberweite, die ebenfalls immer noch meine war. »Oh.«

Lora nickte. »Und dann sind da noch so Details wie der Pickel am Kinn, der eindeutig von dir übrig geblieben ist. Außerdem hast du die Perlenohrringe und die kleine Narbe auf der Schulter vergessen. Trotzdem sollte es reichen.«

Ich verstand nur Bahnhof. »Reichen? Wofür?«

»Für Adrian.« Lora lief zur Tür. »Jetzt kannst du ihm als Madame Rieux nämlich jemanden für die Französisch-Nachhilfe empfehlen. Und zwar dich. Dabei hast du dann endlich die Chance, ihn zu unserer Party einzuladen. Also, ich hole Adrian und danach lenke ich die echte Madame Rieux ab.«

Oh nein! Durch das ganze Verwandeln war ich so durch den Wind, dass mir erst jetzt bewusst wurde, dass sich auch die echte Madame Rieux irgendwo im Schulgebäude herumtreiben musste. Was passierte eigentlich, wenn mir die über den Weg lief? Kollabierte dann das Universum, so wie in diesen Zeitreisefilmen, in denen man seinem eigenen Ich nicht begegnen durfte? Oder kam man einfach nur verdammt in Erklärungsnot?

»Lora, warte! Du weißt doch, wie mies ich in Französisch bin.«

»Das ist doch egal, solange du die Sprache der Liebe sprichst. Jetzt bleib hier! Ich erzähle Madame Rieux, dass Tante Mildred eine Chanel-Tasche ins Pfandleihgeschäft bekommen hat und das Ding in diesem Moment mit einer Null zu wenig ins Schaufenster stellt.« Sie hielt einen Moment lang inne. »Hach, Ophelia! Du weißt gar nicht, wie gut du es mit mir hast! Ich musste solche Sachen immer ohne fremde Hilfe erledigen. Und nun warte hier und setz dir die hier auf.«

Mit wackeligen Knien drehte ich mich zur Fensterscheibe, setzte mir die Sonnenbrille auf, betrachtete meine Spiegelung und versuchte, meine Nervosität in den Griff zu bekommen. Nach kurzem Zögern öffnete ich meinen Schulrucksack, zog den Sportbeutel heraus und stopfte mir zwei Frotteesocken in den Ausschnitt. Wenn ich schon damit angefangen hatte, auf Lora zu hören, dann musste ich es auch bis zum Ende durchziehen. Ungeachtet der Peinlichkeit.

Gerade, als ich den letzten Knopf von Madame Rieux' Bluse geschlossen hatte, öffnete sich die Tür des Französischsaals. Ich streckte meinen Rücken durch und bereitete mich darauf vor, dass mich bei Adrians Anblick auch in Madame Rieux' Körper eine Portion Herzflattern überkommen würde, doch so weit kam es gar nicht. Anstelle von Adrian drängten sich fünfundzwanzig Oberstufenschüler in den Klassenraum, begrüßten mich mit einem »Bonjour« und ließen sich auf die Stühle fallen.

Ach du Schande! Voller Panik schoss mein Blick zum einzigen Ausgang, durch den immer noch Schülergruppen in den Raum strömten. Der Letzte von ihnen war Cliff MacAllister. Er lächelte mich freundlich an, schloss die Tür und schlich zu seinem Platz in der hinteren Reihe.

Stille.

Mein Herz hämmerte in der Brust, während sich fünfundzwanzig aufmerksame Augenpaare auf mich richteten. In unserer Stufe war in Madame Rieux' Unterricht eigentlich niemand bei der Sache, aber diese Exemplare hier ... puh! Was war denn mit denen los? Keiner schwätzte, keiner guckte gelangweilt aus dem Fenster, stattdessen hatten alle ihren Stift gezückt und starrten mich an, als dürften sie kein einziges Wort verpassen. Wollten die etwa alle nach Oxford?

Verdammt. Ich saß in der Falle.

»Bonjour«, krächzte ich in die Stille und guckte erneut zur geschlossenen Tür. Sollte ich auf die Toilette verschwinden? Oder einen Schwächeanfall vortäuschen? Wenn ich mich allerdings draußen auf dem Flur herumtrieb, war die Gefahr, der echten Madame Rieux zu begegnen, um ein Vielfaches größer. Ich würde hier noch eine Weile durchhalten müssen, um Lora die Chance zu geben, mein Alter Ego zu finden – und hier wegzuschaffen.

Also sprach ich mir selbst Mut zu und entschied mich für die »Verpeilte Lehrerin hat null Ahnung«-Masche: »Oui, oui, oui. Nun, wegen einer bösen Augenensündung muss isch 'eute leider mit Brille unterrischten. Nun, wo waren wir ste'en geblieben?«

»Nous avons fait le dossier de la mode française«, antwortete prompt ein bleichgesichtiges Mädchen aus der zweiten Reihe in so perfektem Französisch, dass mir die Spucke wegblieb.

Was zur ... Was waren das denn für Schüler?

»Aaaaah. La mode«, krächzte ich und war ein wenig stolz darauf, dass ich zumindest ein Wort verstanden hatte. »Also dann lernen wir heute einfach dazu ein paar neue ... *Vokablööös*.«

Schwungvoll drehte ich mich um, schnappte mir die Kreide

und schrieb an die Tafel, was mir so an französischen Vokabeln rund um die Mode einfielen. *Haute Couture, Friseur, Collier, Flakon* … Mir war gar nicht bewusst, dass ich so viele Vokabeln beherrschte. *Camouflage, Mannequin, Plateau, Visage, Bustier, Tutu* …

»Äh, Madame?«

Wieder das bleichgesichtige Mädchen aus der zweiten Reihe.

»Oui?«

»Ce n'est pas nouveau, Madame«, plapperte das Mädchen. »En réalité, ça fait partie de notre langue.«

Verdattert ließ ich die Kreide sinken. Diesmal hatte ich absolut gar nichts verstanden, während der Rest der Klasse erwartungsvoll nach vorne starrte. Einige kicherten hinter vorgehaltener Hand. Und selbst Cliff ganz hinten hob den Blick.

Okay, cool bleiben, Ophelia. Vielleicht war das der Zeitpunkt, um die Stunde etwas früher zu beenden. »Französisch ist ganz einfach. Die Hälfte aller Buchstaben wird verschluckt und die andere Hälfte total dämlich ausgesprochen«, erklärte ich zum Abschluss. Ich machte eine gehaltvolle Pause. »Und jetzt bleibt mir nur noch eins zu sagen: Arrivederci!«

Wieder Stille. Einige Momente verstrichen, dann begannen die Ersten unter hörbarem Murmeln ihre Bücher einzupacken und das Klassenzimmer zu verlassen. Ich ignorierte die verdatterten Blicke, indem ich so tat, als würde ich angestrengt meinen Nagellack prüfen, bis mir auffiel, dass jemand neben dem Lehrerpult stehen geblieben war.

»Madame?« Es war Cliff.

»Ähm … oui?«, krächzte ich und gab mir Mühe, mir nichts anmerken zu lassen. Hoffentlich hatte er nichts an mir bemerkt, das keinen Sinn ergab. Sollte ich prüfen, ob sich die Socken noch am richtigen Platz befanden?

»Ich hatte gehofft, wir könnten diese Sache mit der Sonderregelung für mein Referat nächste Woche …« Cliff zog die Schultern hoch und prüfte, ob uns jemand belauschte, »dieses Jahr noch mal wiederholen. Und ja, ich weiß, dass Sie das offiziell nicht machen dürfen, weil es unfair den anderen gegenüber ist, aber …«

»Was für eine Sonderregelung denn bitte?«, stieß ich hervor, leider absolut akzentfrei, was Cliff für einen kurzen Moment irritiert innehalten ließ. »Äh … pardon, Monsieur, isch meine natürlisch … keine Ausnahmen.«

Cliff ließ den Kopf hängen, aber mein Mitleid hielt sich in Grenzen. War das der Grund, warum er tagaus, tagein die Schleimermasche an den Tag legte? Um sich damit Vorteile bei Lehrern zu ergaunern und sich vor dem Französisch-Referat zu drücken, das jede Klasse einmal pro Jahr halten musste? *Non, non, non!* Meine ehrenvolle Ausbildung, mein Ansehen und mein Ruf als Französischlehrerin verboten es mir, mich von solch billigen Tricks um den Finger wickeln zu lassen. Zumindest würden sie es mir verbieten, wenn ich … ähm … so was wie eine echte Lehrerin wäre.

»Okay.« Cliff drehte sich weg, um zu gehen, doch dann fiel ihm noch ein: »Ich arbeite an dem Problem, nur damit Sie es wissen. Und ich hoffe, Sie stehen trotzdem noch zu Ihrem Wort und verraten es nicht. Mir ist das Ganze ziemlich peinlich.«

Eigentlich war es nicht die feine Art, hier nachzuhaken und ein Geheimnis zu erkunden, das Cliff offensichtlich mit Madame Rieux teilte. Und unter anderen Umständen hätte ich natürlich niemals nachgefragt. Aber hier ging es um … um das Studium einer Rolle. Dies war vielleicht eine einmalige Chance, etwas über Cliff rauszufinden, was niemand wusste. Ich musste es tun!

»Cliff«, rief ich und korrigierte mich gleich zu einem lang gezogenen: »Monsieur MacAllistööör?«

Cliff drehte sich zu mir um.

»Vielleischt kommen wir doch ins Geschäft.«

»Tatsächlich?« Cliff hastete zurück an den Tisch, ein Hoffnungsschimmer über seinem Gesicht. »Ich liefere Ihnen fünfundzwanzig Seiten Essay über eine französische Berühmtheit Ihrer Wahl. Oder nein, machen wir dreißig Seiten. Und dazu helfe ich Ihnen bei dem Tag der französischen Küche im Juni. Ich bringe Eclairs mit. Oder Baiserschnitten?«

Hmm, Baiserschnitten. Ich fragte mich, ob man sich nicht doch ein kleines bisschen bestechen lassen durfte? Ich meine, so ein Tag der französischen Küche organisierte sich nicht von alleine. Und dann hatte ich auch noch Unterrichtsvorbereitung zu erledigen, Klassenarbeiten zu korrigieren und musste meinen Nagellack erneuern, zudem sollte man mit vierzig nicht so spät ins Bett, wegen dem Schönheitsschlaf, der verlangsamten Hauterneuerung und diesem Kram. Also sollte ich nicht doch ...

»Na fein, Monsieur, isch gewähre Ihnen diese Söndergenehmigüng. Aber nur für ein Blech Baiserschnitten und natürlich die dreißig Seiten Essay über eine Berühmt'eit aus Fronkreisch, nun, sagen wir, Celine Dion ...«

»Aber die stammt aus Kanada.«

Klugscheißer.

»Nun, ähm, na dann ...« Ich wedelte mit den Händen. »Dann suchen Sie sisch eben selbst wen aus. Und jetzt 'elfen Sie mir auf die Sprünge. Was ist Ihnen denn so peinlisch?«

Cliff lehnte sich an das Lehrerpult. »Ich kann nicht vor Publikum sprechen, Madame. Sobald mir mehr als eine Handvoll Menschen auf dem Fußballplatz zuhören, bringe ich kein einziges Wort heraus. Weswegen hätte ich sonst drei Mal in Folge das Amt des Schülersprechers abgelehnt?«

»Sacre bleu!« Ich machte ein entsetztes Gesicht, das diesmal voll und ganz meins war. »Ich meine natürlich … hm … isch verste'e.«

Und ob ich verstand. Ohne zu kandidieren, war Cliff am Anfang von jedem Schuljahr zum Schülersprecher gewählt worden und hatte danach jedes Mal eine andere Ausrede vorgeschoben, um das Amt nicht annehmen zu müssen. Einmal behauptete er, wegen Dauererkältung keine Reden halten zu können, einmal war das Fußballteam kurz vor dem Abstieg und brauchte seine volle Aufmerksamkeit, und erst letzten Herbst trat er das Amt großmütig an die bis in die Haarspitzen motivierte und »viel besser geeignete« Amalia ab, die in etwa so viele Stimmen erhalten hatte wie die Küchenhilfe Blanka.

»Danke für Ihr Verständnis, Madame.« Cliff sah erleichtert aus. »Ich verspreche, nächstes Jahr schaffe ich es.«

Mich überkam das plötzliche Bedürfnis, ihn aufzumuntern. »Wissen Sie, jünger Mann, Sie müssen sisch Ihre Zu'örerschaft einfach nur nackt vorstellen. Klappt bestimmt, non?«

»Ja. Sicher. Danke.« So wie Cliff das sagte, bekam er den Ratschlag recht oft zu hören. Dann schlüpfte er aus dem Klassenzimmer und ließ mich mit einer Mischung aus Erstaunen und ehrlicher Anteilnahme zurück.

Ich besaß nun Wissen über Cliff MacAllister, das sonst niemand hatte. Etwas, das mir helfen konnte, mich in ihn zu verwandeln. Ein Detail der Rolle, das dem Bild, das ich von ihm hatte, eine neue Dimension verlieh.

Ich musste Lora davon erzählen. Aber Lora war auf dem Flur nirgends zu sehen. Auch von Adrian fehlte jede Spur, und ich fürchtete, dass Loras Plan, ihn zu mir zu schicken und unsere echte Lehrerin abzulenken, nicht ganz funktioniert hatte.

Aus Mangel an Alternativen blieb mir nur eine Möglichkeit: mich zu verstecken. Und zu hoffen, dass Madame Rieux' Fassade bald zu bröckeln begann. Und zwar noch möglichst vor der Theaterprobe.

Ophelias geheimer Steckbrief:

Name: Clifford Waldo (haha!) MacAllister
Spitzname: Cliff, Cliffey (von Amalia)
Alter: 16 ~~(bei dem spießigen Stil vielleicht auch ein altersloser Vampir. Muss mir vornehmen, das in 20 Jahren erneut zu überprüfen.)~~ Nachgelesen. 16. Geboren am 16. September.

Positive Eigenschaften:
Ähm ... beliebt?
Ausgezeichnete Tablett-Teller-Blusen-Koordinationsfähigkeit

Negative Eigenschaften:
ZU talentiert
ZU schön
ZU nett
~~ZU perfekt~~ (Geheimen Makel entdeckt! Lampenfieber vor Publikum!)
Ernährt sich von Gemüse und Obst

Acht

Diesmal dauerte es vier Stunden und zweiundzwanzig Minuten, bis ich wieder die Alte war. Vier Stunden und zweiundzwanzig Minuten, in denen ich in der Kabine der Mädchentoilette wartete. Zwischendurch schaute Lora vorbei und entschuldigte sich, dass sie es nicht geschafft hatte, Adrian zu mir zu schicken. Er war gleich nach dem Französischkurs ins Scottish Museum gegangen und kam wohl nicht vor der Theaterprobe zurück. Dafür hatte Lora allerdings nicht nur mit Tante Mildreds Stimme bei Direktor MacScott angerufen, um mich für den Vormittagsunterricht zu entschuldigen, sondern auch die echte Madame Rieux vom Französischraum ferngehalten.

»Dritter Akt, letzte Szene«, rief Señora Garcia durch den Theatersaal, als es schließlich Nachmittag war und die Probe anstand. Anders als sonst saß unsere Lehrerin heute allerdings nicht in den Zuschauerreihen, von wo aus sie in unumstößlichem Ton Regieanweisungen nach oben brüllte und dabei mit Vorliebe Burritos aß, sondern befand sich auf der Bühne. Neben Adrian.

»Mary Sue! Ich bin so froh, dass dir nichts geschehen ist«, begann Adrian zu spielen, während ich durch die leeren Bankreihen nach vorne hastete. Wegen der viel zu langsamen Madame-

Rieux-Rückverwandlung war ich zur Theaterprobe von Señora Garcias Stück heute ziemlich spät dran. Aber ich hatte absolut sichergehen müssen, dass keine Rückstände von Madame Rieux geblieben waren. Erst ganz zuletzt war der Geruch ihres schweren Parfüms verschwunden, was Adrian bestimmt vor Rätsel gestellt hätte, hätten wir erst mal aus nächster Nähe zusammen aus dem Text gelesen.

»Du hast mir das Leben gerettet, Angus MacAlbatroz«, antwortete Señora Garcia. Dann machte sie einen Schritt auf Adrian zu und klimperte mit ihren Wimpern. »Wolltest du nicht etwas tun, bevor wir von diesem Schurken Hunter MacGreedy unterbrochen ...«

»Ähm, ja. Ich wollte ...« Adrian fuhr sich durch die Locken, dann kniff er die Augen zusammen und blickte hilflos ins Publikum. »Ophelia! Da bist du ja endlich!«

Alle Köpfe im Raum drehten sich in meine Richtung, inklusive der von Señora Garcia. »Ich dachte schon, Sie hätten unsere Probe vergessen, Miss Sedgewick.«

»Natürlich nicht«, rief ich und kletterte auf die Bühne. Wie könnte ich jemals vergessen, Mary Sue Wilson zu spielen? Bevor die Sache mit den Verwandlungen begonnen hatte, war ich zu keiner Probe zu spät gekommen. Immerhin war Mary Sue Wilson bis über beide Ohren in Angus MacAlbatroz verschossen – den Helden des Stücks, einen geheimnisvollen und doch gut aussehenden Jungen, der sich in einen Albatros verwandeln konnte und gemeinsam mit einer Gruppe anderer Superhelden regelmäßig die Welt vor dem Untergang bewahrte.

Na gut, zugegeben, die Rolle der Mary Sue Wilson war leider nicht ganz so großartig wie die von Adrian. Während ihm die Figur des schrulligen Helden förmlich auf den Leib geschneidert war, hatte Mary Sue Wilson nichts weiter zu tun, als ein stinknormales Mädchen zu sein, das für die Schulzeitung schrieb und sich des Öfteren zur falschen Zeit am falschen Ort befand, nur um regelmäßig von Adrian aka Angus MacAlbatroz gerettet zu werden. Aber hey, immerhin gab es tolle Kostüme und am Ende des Stücks diesen Bühnenkuss. Allein der Gedanke daran machte mich seit Wochen nervös.

»Das war Rettung in allerletzter Sekunde«, flüsterte mir Adrian ins Ohr. »Ich konnte jede einzelne Zutat ihres Frühstücks-Burritos riechen. Vor allem den Knoblauch.«

Ich kicherte und gab mir Mühe, mich zu entspannen. In Wahrheit hämmerte mein Herz jetzt allerdings viel zu schnell. Ich spürte Adrians Atem auf meiner Haut und konnte es kaum fassen, dass ich wirklich mit ihm auf der Bühne stand. Mit jemandem, der nicht nur unglaublich gut aussah, sondern der auch noch so talentiert war! Keine Ahnung, wie ich das geschafft hatte.

»Also gut«, dröhnte es von der Lehrerin zu uns nach oben. »Mister Huxley, Sie wiederholen Ihren letzten Satz und Miss Sedgewick steigt ein.«

»Wir sind im letzten Akt?«, wisperte ich in Adrians Ohr. »Ich dachte, wir machen da weiter, wo wir beim letzten Mal aufgehört haben. An der Stelle, wo Angus entdeckt, dass er sich in einen Albatros verwandeln kann und Superkräfte hat.«

»Mich überrascht das genauso wie dich.« Adrian sah sich um. »Aber weil das Bühnenbild für den letzten Akt schon fertig ist, hat die Señora beschlossen, die Szenen dafür sofort zu proben. Ist ziemlich klasse geworden, oder?«

Tatsächlich sah das neue Bühnenbild verdächtig nach Broadway aus. Es bestand aus einem riesigen Hintergrund, auf dem die Skyline von Edinburgh abgebildet war, mit all den Türmchen, den Kirchen, den alten Steingebäuden und dem Edinburgh Castle oben auf dem Hügel. Davor gab es noch einige Pappaufsteller von den wichtigsten Sehenswürdigkeiten der Stadt: dem Holyrood Palace, dem National Monument am Calton Hill und den Princes Street Gardens. Señora Garcia schaffte es jedes Jahr, dem Direktor mit dem Bühnenbild ein Loch ins Schulbudget zu reißen.

»Sieht toll aus«, wisperte ich zurück, doch meine Aufmerksamkeit kreiste jetzt nicht um das Bühnenbild. Ich hatte einen Blick auf die Szene geworfen, die Adrian aufgeschlagen hatte. Es war nicht nur irgendeine Szene von weiter hinten, sondern ausgerechnet die allerletzte Szene des Stückes. Die mit dem Bühnenkuss.

Panik stieg in mir auf. Aus irgendeinem Grund hatte ich angenommen, wir würden uns Seite für Seite durch den Text proben und diese Szene wäre frühestens zum Schulschluss in sechs Wochen dran. Sechs Wochen Zeit also, um mich darauf vorzubereiten, Adrian zu küssen. Sechs Wochen, um zu überlegen, ob ich mich ihm von links oder von rechts nähern sollte, mir vorher die Lippen einzucremen und Pfefferminzkaugummi zu kauen. Aber jetzt?

Es durfte nicht jetzt passieren. Das ging zu schnell. Außerdem war ich verschwitzt von dem Sprint, den ich von der Mädchentoilette bis hierher hingelegt hatte, meine Haare waren nicht mehr ganz frisch, und bestimmt hing mir was von Tante Roses Radieschenbrot zwischen den Zähnen, das ich beim Dauerlauf in den Theatersaal in mich reingestopft hatte.

»Außerdem ist heute offener Unterricht«, machte Adrian weiter. »Und anders als bei den Shakespeare-Proben letztes Jahr haben wir diesmal tatsächlich Zuschauer. Scheint sich also gelohnt zu haben, dass Direktor MacScott dieses Jahr auf etwas Massentauglichem bestanden hat.« Adrian kniff die Augen zusammen und spähte in den Zuschauerraum. »Auch wenn ich mich frage, ob der sich nicht verlaufen hat.«

Ich folgte Adrians Blick. Im Schatten der hinteren Sitzreihen saß Cliff. Er hatte seinen Kopf auf die Sitzlehne vor ihm gestützt und beobachtete uns.

»Kann es endlich losgehen, Miss Sedgewick? Mister Huxley?«, drängte die Señora aus der ersten Reihe.

»Natürlich«, rief ich. Ich würde Cliffs Anwesenheit einfach gekonnt ignorieren. Es war immerhin nicht das erste Mal, dass er mir beim Schauspielen zusah. Letztes Jahr bei der Premiere des Shakespeare-Stücks mussten er und sein Kumpel Roger ebenfalls irgendwo im Publikum gesessen haben und da war es mir ziemlich egal gewesen. Auch wenn ich da nur die Kulisse gespielt hatte. »Wo waren wir noch mal stehen geblieben?«

»Sie wurden von Angus soeben aus den Klauen eines verrückten Schurken gerettet, der in einem Naturreservat illegal Jagd auf Vögel macht«, meinte die Señora trocken.

Ach ja, richtig.

Ich blätterte an die Stelle und zwang mich, in Adrians warme braune Augen zu sehen, auch wenn es mich noch nervöser machte. »Du hast mir das Leben gerettet, Angus. Du wolltest mir noch etwas sagen, bevor wir von Hunter MacGreedy unterbrochen worden sind, nicht wahr?«

»Und ob ich das wollte.« Adrian nahm meine Hände und sah mich an. Dabei wurde sein Blick so weich wie Samt und ich schmolz im Licht der Scheinwerfer förmlich dahin. »Aber weißt du was? Das ist nicht alles, was ich tun möchte. Der Kampf gegen MacGreedy hat mir die Augen geöffnet. Ich habe es satt, meine Gefühle zu unterdrücken.«

Aus dem Publikum drangen ein paar »Ohhhs« und »Hachs« bis auf die Bühne, und ich fühlte mich, als sänke ich bei jedem seiner Worte in ein unsichtbares weiches Kissen. So gut spielte niemand einfach so, und ich ertappte mich kurz dabei, dass ich mir wünschte, dies wäre alles nicht nur Schauspiel, sondern Wirklichkeit. Also, der Teil mit den Gefühlen. Oberschurke MacGreedy war mir eher egal.

»Jetzt sag doch endlich was«, spielte Adrian weiter und kam näher. Das Scheinwerferlicht war so grell, dass es die Zuschauerreihen dahinter verschluckte und die Señora, Cliff und die anderen gleich mit. »Sag, dass du mit mir zusammen sein willst. Für immer.«

»Für immer«, säuselte ich, vollkommen glücklich und auf rosaroten Wölkchen schwebend, ohne auch nur den kleinsten Blick in den Text …

»Cuuuut«, rief die Señora. Etwas, was sie immer schrie, wenn jemand einen Fehler machte, und was leicht befremdlich war, da wir hier ja keinen Film drehten. »Das steht so nicht im Text, Miss Sedgewick. Hier steht: ›Es bricht mir das Herz, aber ich kann nicht.‹«

Ups. Ja. Mist. Ich fiel prompt von den rosaroten Wölkchen, landete unsanft zurück auf der Schulbühne und tat so, als hätte ich eine falsche Stelle aufgeschlagen. »Ach, oje, tut mir leid. Hier haben wir es ja.« Nicht ablenken lassen, Ophelia. »Es bricht mir das Herz, aber ich kann nicht.«

»Du kannst nicht?« Im Gegensatz zu mir blieb Adrian in seiner Rolle. »Aber warum?«

»Die Welt braucht dich dringender, als ich dich brauche«, spielte ich.

»Aber *ich* brauche dich«, setzte Adrian hinterher. »Mary Sue, ich liebe dich und du liebst mich. Das sollte doch reichen, um ...«

An dieser Stelle stand im Drehbuch: Unterbricht Angus mit einem Kuss. Allerdings – je länger ich darüber nachdachte, desto weniger glaubte ich, dass unser Publikum davon ausging, dass wir den Kuss tatsächlich hier und jetzt probten. Mal von mir abgesehen, wusste so ziemlich jeder Mensch, wie man küsste.

»Okay, jetzt kommt der Kuss«, murmelte ich ins Publikum und wedelte mit der Hand, als würde ich diesen Teil vorspulen wollen. Danach deutete ich in den Text, dessen Ende wir fast erreicht hatten. »Bleiben nur mehr zwei Sätze, bis der Vorhang fällt. Sollen wir die auch noch ...«

Weiter kam ich nicht, denn Adrian nahm es mit der Rolle sehr genau. Er zog mich zu sich und küsste mich. Ich spürte seine weichen Lippen, seine Hand an meiner Wange und fragte mich ernsthaft, ob ich das hier gerade träumte oder ob es wirklich passierte.

Einen Moment lang war das Leben einfach wunderbar. Doch dann holte mich die Wirklichkeit ein, als hätte mich aus dem Hinterhalt eine Straßenwalze überrollt. Denn da war plötzlich dieses nicht zu ignorierende Kribbeln. Ich spürte es zuerst auf meiner Nase, von wo aus es sich zu meinen Händen ausbreitete. Und nein, es war nicht das magische Kribbeln, das man normalerweise verspürte, wenn man von einem Jungen wie Adrian geküsst wurde. Es war die unheilvollere Variante, die mir erst neulich die Beine meiner Theaterlehrerin verschafft hatte.

Ich verwandelte mich. Mitten auf der Bühne.

»Du hast also keine Angst, Mary Sue?«, sagte Adrian, immer noch in seiner Rolle. »Trotz der Gefahren, die mein Geheimnis mit sich bringt?«

»Liebe ist stärker als die Gefahren, die auf unserem Weg lauern« – stand da im Skript. Es war mein letzter Satz im Stück, und danach sollten wir in unseren Positionen erstarren, bis jemand aus der Gruppe den Vorhang fallen lassen würde.

Nur, dass ich nicht mehr so lange warten konnte.

»Was für ein Zufall, Angus. Weißt du, auch ich habe ein Geheimnis. Ein ziemlich großes sogar. Deshalb muss ich jetzt ganz dringend ... von hier verduften«, hörte ich mich sagen. Im Publikum fing es an zu rascheln, als alle die Seiten des Skripts umblätterten, auf der Suche nach diesem Text. Ich stolperte blindlings in Richtung der Pappaufsteller und ärgerte mich, dass ich keine Hechtrolle im Repertoire hatte. So sah mein Abgang leider weniger elegant, aber umso verzweifelter aus.

Im Saal war es still geworden. Voller Panik zählte ich die Sekunden, bis Señora Garcia wie ein rosarotes Rumpelstilzchen umherspringen, mit dem Text wedeln und dabei »Cut, Cut, Cuuuuut« rufen würde, aber nichts davon geschah. Vielleicht hatte sie sich vor Schreck verschluckt.

»Aber Ophelia ... im Text steht ...«, murmelte ein verwirrter Adrian von der anderen Seite der Bühne.

»Ah, una improvisación, sehr interessant!« Offenbar hatte die Señora ihre Sprache wiedergefunden. »Lass dich darauf ein, Adrian!«

Improvisation? Ich hätte beinahe hysterisch aufgelacht. Ja, so konnte man mein mittlerweile chronisches Unvermögen, ich selbst zu bleiben, auch nennen.

»Na gut … ähm … Mary Sue.« Adrian klang deutlich weniger selbstbewusst als eben, aber so, wie ich ihn kannte, würde er niemals die Anweisungen der Señora infrage stellen. »Was stimmt denn nicht? Habe ich etwas falsch gemacht?«

Keuchend kauerte ich hinter dem größten Pappaufsteller und versuchte, meine Panik niederzukämpfen. Dabei verriet ein Blick auf meine Hände, dass ich keine Sekunde zu früh abgehauen war. Ich blickte längst nicht mehr auf meine Finger, sondern auf größere, leicht behaarte Männerhände. Meine Haut, meine Haare und meine Lippen fühlten sich zwar unverändert an, dafür schien sich meine Nase verformt zu haben. Sie war jetzt nicht mehr klein und spitz, sondern hatte einen stupsnasenartigen Schwung angenommen, und auch wenn hier weit und breit kein Spiegel in der Nähe war, wusste ich automatisch, dass es Adrians Nase war. Mein schlimmster Albtraum war wahr geworden. Ich hatte mich mitten auf der Bühne halb verwandelt. Und dann auch noch in Adrian!

Blieb die Frage: Wie kam ich hier raus, ohne dass mich jemand so sah? Mich trennte nur ein Pappaufsteller vor lauter neugierig gaffenden Augen. Wie sollte ich denn erklären, dass ich plötzlich Adrians Nase, seine Hände und weiß Gott was sonst noch alles besaß?

Ich musste irgendwie Zeit gewinnen.

»Aber nein, Angus«, ließ ich schließlich hören. Zum Glück war meine Stimme noch meine eigene. Fieberhaft sah ich mich hinter dem Aufsteller um. Stans Kiste mit den unfertigen Kostümen und den Requisiten lag hier herum und ich krabbelte leise darauf zu. »Du hast gar nichts falsch gemacht. Ich habe mir schon so lange einen Kuss von dir gewünscht, aber jetzt ... jetzt ... schäme ich mich so.«

»Schämen? Warum schämen? Du kannst mir doch alles sagen, Mary Sue«, antwortete Adrian. »Weißt du ... ähm ... das Herz einer Frau ist wie ein Ozean aus Geheimnissen.«

Ich hielt inne, die Hand in den Requisiten vergraben. Offenbar war ich jetzt nicht mehr die Einzige, die wild herumimprovisierte. DAS stammte nämlich eindeutig aus *Titanic*.

»Außerdem, wenn sich jemand schämen sollte, dann ich«, machte Adrian munter weiter. »Ich wollte dich schon lange fragen, ob du mit mir ausgehen möchtest, aber ich hatte nie den Mut dazu!«

Ein Teil von mir – der, der nicht gerade kopflos nach einem Ausweg aus meiner misslichen Lage suchte – fand diese einfühlsame Seite von Adrian ziemlich unwiderstehlich. Der andere Teil kramte in den Requisiten, um irgendetwas zu finden, was mir aus der Patsche half.

»Es liegt nicht an dir, Angus. Du hast MacGreedy besiegt und damit gezeigt, dass du kein Feigling bist!« Die Wörter purzelten nur so aus meinem Mund, und ich hoffte inständig, dass sie irgendeinen Sinn ergaben. In diesem Moment entdeckte ich etwas Nützliches unter all dem Kram, der hier lag. Ein Vogelkopf! Kein echter Vogelkopf natürlich, sondern eine Rabenmaske mit langem Schnabel. Daneben lag eine schwarze Decke.

Ich hatte eine Idee!

»Warum versteckst du dich dann vor mir, Mary Sue?«, machte Adrian weiter.

»Es liegt an mir selbst, Angus. Ich kann dir einfach nicht in die Augen sehen.« Ich begann damit, die Decke um meine Arme zu drapieren. »Während du gegen MacGreedy gekämpft und dein Leben riskiert hast, habe ich gar nichts getan.«

»Aber was hättest du denn tun können? Mir wurden Kräfte gegeben, um mich für das Gute einzusetzen – für dich wäre das alles viel zu gefährlich gewesen!«

Ich war beeindruckt, wie sehr mir Adrian mit seinen Worten in die Hände spielte. Ich hätte ihn auf der Stelle küssen können, wäre das nicht das letzte Mal so böse in die Hose gegangen. Nun war es allerdings Zeit, meinen blitzschnell geschmiedeten Plan in die Tat umzusetzen.

»Es gibt da etwas, das ich dir niemals erzählt habe. Ich fürchtete mich zu sehr vor der Verantwortung, die damit einhergeht. Jetzt aber sollst du die Wahrheit kennen!« Mit diesen Worten stülpte ich mir den muffig riechenden Vogelkopf über, hielt die Decke fest, sodass man meine Arme nicht sehen konnte, nahm all meinen Mut zusammen und machte einen beeindruckenden Satz hinaus auf die Bühne.

»ICH BIN RAVENGIRL! Die schwarze Rächerin der Alten und Schwachen, Dienerin der Nacht und Königin des Vogelreichs. Und die mächtigste Superheldin von allen.«

Zugegeben, meine Stimme klang nicht ganz so triumphal, wie ich mir das erhofft hatte, sondern eher ziemlich dumpf durch den Vogelkopf hindurch. Ich hoffte, dass man trotzdem erkennen konnte, was ich darstellen wollte: die überraschende Verwandlung der schüchternen Mary Sue in Ravengirl, eine waschechte Superheldin!

»Ravengirl. Ich … ich hatte ja keine Ahnung!«, kam es schließlich von Adrian. Bildete ich mir das ein oder sah er richtig beeindruckt aus? Dann ergriff er meine Hand, die immer noch unter der schwarzen Decke steckte. »Das war also die Bürde, die du mit dir herumgetragen hast. Ich bin so froh, dass du mir dein Geheimnis anvertraut hast, Mary Sue! Was meinst du, bekämpfen wir in Zukunft gemeinsam Gauner wie MacGreedy?«

»Oh, Angus, ich habe so sehr gehofft, dass du das fragst. Ja, lass uns zusammen die Welt zu einem besseren Ort machen!«

Zum Glück hatte irgendjemand im Publikum ein Gespür für das dramatische Finale und entschied sich dafür, in diesem Moment aufzuspringen und in die Hände zu klatschen. Als ich mich umsah, erkannte ich Cliff durch die beiden Gucklöcher. Sah ich schlecht oder klatschte er tatsächlich wie verrückt?

»Großartig«, rief er. »Das Stück wird der Knaller. Tausendmal besser als Shakespeare, ehrlich!«

Besser als Shakespeare? Echt jetzt?

»Das war ... äh ... improvisiert. Das stand so nicht im Skript. Mary Sue ist keine Superheldin«, erklärte ihm Stan geduldig. »Nicht wahr, Señora Garcia?«

Doch Señora Garcia erwiderte nichts. Stattdessen wandte sie sich Cliff zu, was gut war, denn dann kam sie wenigstens nicht dazu, mich aus der Gruppe zu werfen, weil ich ihr Stück durch den Kakao gezogen hatte.

»Na und? Schreibt es doch um«, schlug Cliff vor.

»Aber das Mädchen kann nicht die Superheldin sein«, mischte sich Greg ein. Er spielte in einer Nebenrolle Dr. Acula, der sich regelmäßig in einen Vampir verwandelte und Teil von Angus' Superheldenteam war. »Genauso wenig wie Lois Lane aus *Superman* oder Mary Jane Watson aus *Spider-Man*.«

»Wer sagt, dass man alte Muster nicht mal über Bord werfen sollte?« Jetzt war Cliff aufgestanden. »Ich denke, es sollte verändert werden. Dank Mary Sues Geständnis am Ende bekommt das Stück noch mal eine komplett neue Wendung. Dafür muss gar nicht viel verändert werden. Findest du nicht auch, Ophelia?«

Mein Herz klopfte immer noch wie verrückt, als mein Blick Cliffs traf. Ich fand es toll, dass Mary Sue interessanter geworden war, und fühlte mich plötzlich wichtig und stark in meiner neuen Rolle. Also rückte ich meine Vogelmaske zurecht und ging auf den Bühnenrand zu. »Ja klar. Ich finde, wir sollten es ändern. Und den Namen des Schurken gleich mit. Hunter MacGreedy klingt ziemlich übel. Welcher echte Schurke heißt denn so?«

Die Theatergruppe kicherte. Und da war noch etwas, was nicht ganz stimmig war.

»Und wenn Mary Sue tatsächlich Ravengirl sein soll, müssen wir auch noch erklären, warum sie Adrian dann nicht früher …«

»Angus«, korrigierte Cliff und kam nach vorne an den Bühnenrand.

»Äh, Angus«, sagte ich verlegen. Adrian und Angus waren schon so zu einer einzigen Person verschmolzen, dass ich sie kaum noch auseinanderhalten konnte. »… Angus von ihrer Identität erzählt? Würde sie ihm wirklich vertrauen, hätte sie es ihm verraten. Wahre Liebe kennt keine Geheimnisse, oder doch?«

Cliff betrachtete mich aufmerksam. »Das klingt, als wüsstest du, wovon du sprichst.«

Die ganze Theatergruppe sah zu mir hoch, und ich fragte mich, wann das Gespräch begonnen hatte, so persönlich zu werden. Ich schluckte fest. »Natürlich weiß ich das. Ich habe schon oft meine Superheldenidentitäten geheim halten müssen. Strengt mich jedes Mal aufs Neue an, bei Verabredungen mit lahmen Ausreden verduften zu müssen. Und dann noch der Superheldenanzug unter der Bluse. Juckt echt höllisch.«

Das Publikum und die Señora lachten. Cliff grinste auch und setzte dann hinterher: »Ich wünschte, ich könnte das auch. Schauspielern, meine ich.« Und ich hatte das Gefühl, als wäre dieser Satz nur für meine Ohren bestimmt.

Ich betrachtete ihn von hinter der Maske, während er durch die Reihen verschwand und sich aus dem Theaterraum stahl. Dabei musste ich daran denken, was Cliff Madame Rieux anvertraut hatte. Langsam begann ich zu begreifen, warum ich es gestern noch nicht geschafft hatte, dass mir von diesem Jungen auch nur eine läppische blonde Haarsträhne wuchs.

»Also, was ist nun?«, fragte Adrian in meine Gedanken hinein. »Señora Garcia, ändern wir das Stück?«

»Ich sage, wir ändern es«, stimmte die Señora zu, als Cliff schließlich verschwunden war. Offenbar war sie so entzückt, dass sie zu uns auf die Bühne kam. »Ich hatte immer das Gefühl, der eigentliche Schluss sei nicht dramatisch genug. Ihm fehlte das gewisse Etwas.« Und an Stan im Publikum gerichtet, fügte sie hinzu: »Schneidern Sie Miss Sedgewick ein ordentliches Kostüm als Ravengirl, bekommen Sie das hin?«

Einen Moment lang hatte ich Mitleid mit Maes Bruder, der mit Adrian der Talentierteste der Gruppe war und ohnehin schon die meiste Arbeit erledigte, aber Stan schien die neue Aufgabe nicht zu stören.

»Das haben Sie wirklich ganz hervorragend aufgepeppt!«, freute sich die Señora. »Die Zeit drängt und wir sollten gleich zur Tat schreiten. Wir arbeiten in Kleingruppen. Mr Huxley und Miss

Sedgewick, Sie schnappen sich das Drehbuch, arbeiten an Ravengirl und suchen sich einen ruhigen Platz, verstanden?«

»Na klar.« Adrian zögerte keine Sekunde. »Ophelia und ich könnten in die Cafeteria gehen. Um die Uhrzeit ist dort nichts los.«

Mein Herz flatterte. Schlug Señora Garcia gerade vor, dass wir zu zweit an der Rolle arbeiten? Ohne die anderen? Das war ja … die perfekte Gelegenheit, ihn endlich auf die Party einzuladen. Konnte man denn so viel Glück auf einmal …

»Oh, und Miss Sedgewick«, fügte die Señora hinzu, »Sie können die Maske jetzt wieder abnehmen.«

… Konnte ich nicht. Natürlich nicht. Ich hatte fast vergessen, dass ich dank meiner unliebsamen Kräfte nicht in meiner eigenen Haut steckte. Meine Begeisterung war eindeutig zu vorschnell gewesen. Hilflos blickte ich zu Adrian, der mich mit einem schiefen Grinsen ansah.

»Also, ich finde, der Kopf steht dir.«

Ich ging nicht darauf ein, aus Angst, erneut verlegen zu werden. Im Moment hatte ich keine Ahnung, ob ich noch halb Adrian war oder schon wieder ich selbst. Und ich hatte nicht das geringste Bedürfnis, jemanden an der Auflösung dieser Frage teilhaben zu lassen. Auch wenn es bedeutete, Adrian alleine zu lassen. Es brach mir das Herz.

»Ich glaube ich habe unter diesem Ding hier Nasenbluten bekommen. Ich geh mich schnell frisch machen«, murmelte ich und hoffte, dass Adrian meine Ausrede nicht als Abfuhr verstand. Dann schob ich mich mit der Vogelmaske auf dem Kopf durch die Reihen zum Ausgang, ohne ihm auch nur einen Blick zuzuwerfen.

Neun

»Deine Arme könnten von einem Gorilla stammen«, sagte Tante Helly. Sie kauerte in der Ecke und arrangierte dabei einen Strauß aus Tulpen, Nelken und irgendeinem Buschgewächs. »Aber die Nase? Nicht sauer sein, Liebes, das ist ein Prinzessinnen-Stupsnäschen, genau wie in den Disney-Filmen, die wir immer gemeinsam gucken. Die sollten wir uns übrigens bald mal wieder ansehen, wenn der blöde Großauftrag aus Paris erledigt ist.« Dann betrachtete sie den Busch in ihren Händen. »Wer zum Geier bestellt eigentlich Kirschlorbeer zur Hochzeit? Wissen die denn nicht, dass Kirschlorbeer für Untreue steht?«

Abgesehen von Blumen und ihrem ständig staubigen Blumenladen war Tante Helly verrückt nach Trickfilmen – und davon überzeugt, dass sie nur deshalb noch nicht unter der Haube war, weil sie zu viele davon gesehen hatte und immer noch auf einen schneidigen Traumprinzen im weißen Flatterhemd wartete, der sie von ihrem Blumenladen-Dasein erlöste und mitnahm nach – wohin genau, das war Tante Helly eigentlich egal, solange es dort weniger regnete als in Schottland.

Was aber noch lange kein Grund war, deswegen über meinen Traumprinzen herzuziehen. Für mich war Adrian perfekt, und wenn er haarige Arme und eine mädchenhafte Nase hatte, dann war das nun mal so. Kein Grund, ihn deswegen auch nur einen Deut weniger zu mögen. Und doch vermisste ich meine eigene Nase und meine Arme. Ich konnte mich schließlich nicht ewig im Hinterzimmer von Tante Hellys Blumenladen verstecken.

»Warum ist das mit den Verwandlungen nur so verdammt kompliziert? Und mit den Rückverwandlungen noch mehr?«, murmelte ich und spähte durch die Blümchenvorhänge nach draußen auf die Straße. Um diese Uhrzeit war in Edinburghs Altstadt immer die Hölle los. Gruppen von Touristen mischten sich mit Einheimischen, Studenten und Geschäftsleuten, saßen vor den zahlreichen Pubs und genossen die seltenen Sonnenstrahlen. Nur ich versteckte mich hier vor der Welt wie der Glöckner von Notre-Dame.

Tante Helly sah zu mir hoch. »Niemand hat behauptet, dass Rückverwandlungen einfacher wären als die Verwandlungen. Jeder hat so seinen eigenen Trick, um Rückverwandlungen in Gang zu setzen. Wie beim ... Mit-Stäbchen-Essen. Oder Kontaktlinseneinsetzen. Da gibt es auch kein Rezept für, es zählt nur, dass es funktioniert.«

Ich zwirbelte eine Haarsträhne. »Die beiden Wissenschaftler bei Dr. Big Mac haben behauptet, man muss an Momente denken, die einen an seine wahre Identität erinnern. Sie haben mir Bilder aus meinem Leben gezeigt.«

Tante Helly nickte. »Meistens klappt das recht gut. Wenn man das nicht tut, kann es oft Stunden oder sogar Tage dauern, bis man wieder in seiner eigenen Haut angelangt ist. Erinnerungen beschleunigen das Ganze. Die richtigen Erinnerungen verwandeln dich in null Komma nichts zurück.«

Ich dachte an die Rückverwandlung von Madame Rieux, die Stunden gedauert hatte. Ich hatte nicht versucht, mich an etwas zu erinnern, sondern stattdessen jeden einzelnen Spruch auf der Toilettenwand gelesen und dabei ein paar neue Ausdrücke gelernt, die Tante Mildred die Schamesröte ins Gesicht treiben würden. »Aber was sind die richtigen Erinnerungen, Tante Helly?«

»Solche, die man beinahe vergessen hat.«

»So etwas wie Erinnerungen an meine Mum?«

Tante Helly überlegte. »In deinem Fall vielleicht schon.«

Ich seufzte. »Das Blöde daran ist nur, ich weiß kaum noch, wie sie war.«

Tante Helly lachte. »Dafür weiß ich noch sehr gut, wie meine kleine Schwester so war. Sie konnte sich zwar nicht verwandeln, so ohne einen Zwilling, trotzdem half sie uns, wo sie nur konnte. Als deine Tante Mildred damals anfing, sich zu verwandeln, hat sie ihr sogar Rückendeckung verschafft. Als Teenager war Mildred nämlich alles andere als talentiert. Ihr Verwandlungsgrad war nicht immer so hoch wie heute.«

»Echt?«

»Und ob! Die Gabe, sich mit Gegenständen zu verwandeln, ist manchmal mehr Fluch als Segen. Am Anfang konnte sich Mildred kaum einen Stift leihen, ohne auf der Stelle und ohne Vorwarnung ein Körperteil seines Besitzers zu übernehmen. Das war vielleicht ein Spaß! Manchmal, wenn ich wütend auf sie war, hab ich ihr eine Haarspange von Miss Popplewell untergejubelt. Miss Popplewell war fünfundachtzig, wohnte nebenan und stank übel nach Worcestersoße, weil sie schon zum Frühstück zwei Bloody Marys trank, musst du wissen. Deine Mutter hat mich jedes Mal zur Schnecke gemacht, wenn ich deiner Tante wieder eine unliebsame Verwandlung eingebrockt hatte. Besonders dann, wenn Mildred sich eigentlich für eine Verabredung hübsch machen wollte.«

Tante Mildred und sich hübsch machen? Hatte sich Tante Mildred früher tatsächlich mit Jungs getroffen? Das musste wirklich sehr, sehr lange her sein.

»Jedenfalls war sie dir ziemlich ähnlich«, schloss Tante Helly, band noch eine Schleife um den Blumenstrauß und kam in ihren Gummistiefeln auf mich zu. »So, fertig. Jetzt muss ich diese Kirschlorbeerzweige nur noch mit dem Transporter nach Paris fahren. Möge die Ehe lange halten.«

»Warte mal. Bin ich auch eine Spaßbremse?«

»Deine Mutter konnte es nicht ausstehen, wenn jemand die Verwandlungen benutzte, um sich zu amüsieren und zu bereichern. Was so viel heißen soll wie: Ja, sie war eine ziemliche Spaßbremse«, kicherte Tante Helly. »Ach, nur ein Scherz. Und übrigens willkommen zurück in deiner eigenen Haut. Und jetzt kann ich's ja sagen, die Disney-Prinzessinnen-Stupsnase sah fürchterlich an dir aus. Ich glaube, die steht niemandem außer Disney-Prinzessinnen.«

»Wie bitte ...« Ich hüpfte von der Fensterbank und betastete meine Nase, die sich nun wieder nach meiner anfühlte. Auch meine Arme und meine Finger waren wieder schmal, glatt und deutlich weniger haarig, und ich spürte, wie mich eine Welle der Zuversicht überrollte. »Na bitte! Geht doch! Jetzt muss ich es nur noch schaffen, mich in Cliff zu verwandeln, und schon bin ich ein Profi.«

Tante Helly nahm die Schürze ab. »Heißt das, du bist schon knapp dran? Was fehlt dir denn noch?«

»Viel.« Die Zuversicht löste sich vor meinen Augen in Luft auf. »Um nicht zu sagen, alles. Tante Helly, ich habe das Gefühl, Cliff überhaupt nicht zu kennen. Und damit bin ich nicht allein. Der Junge ist ein einziges großes Geheimnis, und ich glaube langsam, niemand kennt ihn wirklich.«

»Was ist mit seiner Freundin?«, schlug Tante Helly vor. »Vor ihr wird er ja wohl keine Geheimnisse haben.«

Cliff und Amalia. Bevor die Sache mit Big Macs Auftrag begonnen hatte, waren die beiden für mich der Inbegriff des perfekten Pärchens gewesen. Cliff, die Personifizierung des High-School-Schwarms aus einem Teeniefilm, Amalia Klassenbeste, Jahrgangssprecherin, Wohltäterin und Nervensäge. Früher hatte ich Cliff ja für ähnlich nervig wie Amalia gehalten. Doch je stärker sich mein Bild von Cliff zum Guten wandelte, desto mehr fragte ich mich, warum er mit Amalia zusammen war.

»Wenn du vorschlägst, mich mit ihr anzufreunden, kannst du das gleich vergessen. Sie will mich dazu zwingen, in einem Einhornkostüm Cupcakes auf der Royal Mile zu verteilen, um für diesen ›Zirkus der Tiere‹ Geld zu sammeln, der in der Stadt ist. Sie meint, dass die Tiere dort zusammengepfercht in Käfigen gehalten werden und dringend befreit …«

»Welche Tiere denn?«, unterbrach mich Tante Helly. »Deine Tante Rose war neulich dort und war unendlich enttäuscht. Das ist irgendein künstlerischer Firlefanz, wo Menschen sich Tierkostüme anziehen und Gedichte zum Besten geben. Ziemlich fortschrittlich. Eine Art politisches Statement gegen Käfighaltung. Das einzige Tier im Zelt war Mr Darcy.« Tante Helly seufzte. »Deine Tante Rose hat ihr Geld zurückverlangt.«

»Nicht dein Ernst.« Ich wusste nicht ganz, ob ich schockiert

sein oder lieber lauthals loslachen sollte. Der »Zirkus der Tiere« bestand aus verkleideten Menschen? »Das sollte jemand ganz dringend Amalia …« Ich erstarrte, als die Glocke über der Ladentür bimmelte. »Oh mein Gott. Tante Helly, versteck mich. Das ist sie.«

»Schönen Nachmittag, Ms MacBiggs. Oh, hallo, Ophelia.« Tatsächlich war es niemand Geringeres als Amalia höchstpersönlich, die in diesem Moment den Laden betrat – in einem T-Shirt, auf dem unser Schulmaskottchen abgedruckt war, zusammen mit der Aufschrift: *Amalia Sanders Stiftung. Auf dem Boden der Tatsachen liegt eindeutig zu wenig Glitzer.*

»Suchen Sie etwas Bestimmtes?«, fragte Tante Helly und beobachtete Amalia, die an Blumenkörben schnupperte.

»Um ehrlich zu sein, ich bin hier, um Sie um eine freiwillige Spende zu bitten.« Sie deutete auf ihr T-Shirt. »Ich bin Vorsitzende der Amalia Sanders Stiftung, kurz A. S. S. Ophelia hat Ihnen sicher schon von unserem Projekt erzählt. Immerhin ist sie Teil unserer Crew und verkleidet sich als unser Schulmaskottchen Ziggy Stardust.«

Ich mache *was?*

Tante Helly strahlte. »Oh, wie wunderbar! Ophelia liebt Einhörner, nicht wahr?«

Das konnte doch nicht Tante Hellys Ernst sein! Sie wusste, dass es bei diesem Zirkus kein einziges Tier gab, das befreit werden musste. Und trotzdem wollte sie von mir, dass ich mitging? Und dann noch verkleidet als Einhorn? Unser Schul-Einhorn war zwar ganz niedlich – doch wenn man in einer Familie lebte, in der magische Verwandlungen den Tagesablauf bestimmten, brauchte man sich nicht auch noch für Einhörner zu begeistern.

Da mochte ich doch lieber Nashörner. Die waren wie Einhörner, nur gemütlicher.

»Ich bin leider schon verplant«, redete ich mich raus. »Außerdem bin ich schon bei einem anderen Wohltätigkeitsverein Mitglied. Und zwar bei der ... Zentralen Institution zur ehrenamtlichen Hilfe australischer Blutegel, kurz Z. I. E. H. A. B.!«

Amalia hob eine Augenbraue. »Die kenne ich gar nicht.«

»Ist ganz neu. Und äußerst zeitaufwendig.«

»Ach, Quatsch, man kann bei mehreren Organisationen Mitglied sein, Ophelia!« Tante Helly stupste mich an. Mir war klar, was sie damit bezwecken wollte. »Ich bin zum Beispiel bei der schottischen, allgemeinen Gemeinschaft junger Azaleenzüchter, kurz S. A. G. J. A.«

Ich seufzte innerlich. Wie konnte sie mir nur so in den Rücken fallen? Jetzt, wo ich wieder – um es mit Tante Mildreds Worten zu sagen – gesellschaftsfähig war, hätte ich tausend Mal lieber Mae besucht, um ihr jede Einzelheit von Adrians und meinem ziemlich romantischen Bühnenkuss zu erzählen, anstatt mit Amalia rumzuhängen. »Seit wann denn das, Tante Helly? Du warst doch bis gestern noch bei der ... Außerordentlichen Union für ... Krokus, Edelweiß, Iris, Nelken, Enzian, Narzissen ...« Ich seufzte, weil uns Amalia anstarrte, als hätten wir den Verstand verloren. Und weil mir nichts mehr einfiel, um A. U. F. K. E. I. N. E. N F. A. L. L. weiter zu buchstabieren. Mae würde sich leider noch gedulden müssen. »Na gut. Ich bin dabei.«

»Fabelhaft!« Amalia strahlte und auch Tante Helly schien zufrieden. So zufrieden, dass sie Amalia gleich einen Blumenstrauß Rosen als Spende in die Hand drückte. »Nach der Schule geht es los, Ophelia. Das Kostüm liegt bereits bei mir zu Hause. Ich hab's extra mit Raumspray ausgesprüht, damit es nicht nach diesem Fergus riecht, der es während der Fußballspiele jedes Mal vollschwitzt.«

Oh Mann. Worauf hatte ich mich da bloß eingelassen?

✵

Ich hatte noch den ganzen Abend über protestiert, doch Tante Helly war hart geblieben. Und obwohl die Idee immer noch total verrückt war, hatte Tante Helly manchmal wirklich genau den richtigen Riecher. Nicht nur Amalia tauchte am Treffpunkt auf, auch Cliff war mit von der Partie. Und somit bekam ich die perfekte Gelegenheit, ein bisschen in seinem Leben herumzuschnüffeln. Auch wenn ich dafür in ein Kostüm schlüpfen musste, das noch ziemlich streng nach Fergus roch. Entweder besaß Amalia ein mieses Raumspray, oder sie hatte absichtlich auf die Reinigung verzichtet, um mich zu quälen. Aber so konnte mich zumindest niemand erkennen!

Zu meiner Überraschung sah auch Cliff alles andere als glücklich aus. »Ich hab versucht, sie zu überreden, für eine andere Sache Geld zu sammeln«, erklärte er mir und trug die Schachtel mit den Cupcakes, während wir den Aufstieg zur Royal Mile machten. Weil ich in dem flauschigen Plüschanzug nicht schnell vorankam, waren wir hinter der Gruppe zurückgefallen. »Zum Beispiel für eine Hilfsorganisation. Oder eine Krisenregion. Ich weiß ja noch nicht mal, was wir mit den freigekauften Tieren später machen sollen. Bitte sag mir, dass wir uns hier nicht gerade zum Affen machen.«

»Oder zum Einhorn«, erwiderte ich.

Cliff grinste kurz. »Hey, nicht ablenken!« Er blieb stehen und sah mich an. Heute trug er nicht seinen Cliff-MacAllister-Standard-Look, also zurückgelegte Haare und Pilotenbrille, sondern einen unförmigen rosafarbenen Pullover mit einem aufgestickten Einhorn, der ganz sicher nicht Teil der Schuluniform war, sondern den jemand eigens für ihn angefertigt haben musste. »Jetzt mal im Ernst: Hast du eine Idee, wie wir hier wieder rauskommen? Wir sind doch Freunde, nicht wahr?«

Ich sah zu ihm hoch. Waren wir wirklich Freunde? Andererseits, Cliff zählte die halbe Stadt zu seinen Freunden, somit brauchte ich mir darauf nichts einzubilden. Trotzdem hatte er das Recht, die Wahrheit zu erfahren.

»Neulich war meine Tante in der Show«, begann ich und blickte auf meine flauschigen Einhornfüße. »Da gibt's gar keine echten Tiere. Das sind bloß verkleidete Menschen. So wie in … ›Cats‹. Die Einzigen, die da gequält werden, sind die Zuschauer. Sagt zumindest meine Tante Rose.«

»Verdammt.« Cliff guckte mich entsetzt an und massierte sich die Stirn. Dann fasste er anscheinend einen Entschluss. »Okay, hör zu, wir machen es so: Wir sagen Amalia erst mal nichts.«

»Was? Aber …«

»Bitte, Ophelia. Ihr wäre das fürchterlich peinlich!« Er klopfte auf die große Ledertasche, die er um den Körper trug. »Ich lasse stattdessen die *Nieder mit dem Zirkus der Tiere*-Flyer verschwinden. Ohne die Dinger haben wir kein Projekt, von dem wir den Leuten erzählen können. Amalia wird fuchsteufelswild werden, aber dann vorschlagen, dass wir stattdessen sagen, wir sammeln für das Fußballteam. Das kennen die Leute. Dazu braucht man kein ... ähm ... Anschauungsmaterial.«

Verwundert starrte ich ihn an, während er wartete, bis Amalia und die anderen um die Ecke verschwunden waren, und danach zweihundert gefaltete Flyer in den Mülleimer am Straßenrand kippte. »Das war wirklich Papierverschwendung«, murmelte er dabei. »Ich wünschte, ich hätte mich vorher mal gekümmert! Ich hätte bloß selbst hingehen müssen.«

Oder Amalia hätte es tun können. Immerhin war sie die Vorsitzende von A. S. S. Aber das wollte ich Cliff so nicht sagen. Stattdessen zuckte ich mit meinen Einhornschultern. »Der Fußballverein braucht doch immer ein wenig Geld. Steht diese Woche nicht eure Team-Abschlussfeier an? Und gab's nicht letztes Jahr eine Showeinlage von Rogers Onkel aus Irland, der alle mit seiner Interpretation von Folkmusik vertrieben hat?«

Cliff seufzte. »Unser Team könnte wirklich etwas Geld gebrauchen. Dieses Jahr findet die Abschlussfeier auf einer staubigen Bowlingbahn statt, die Trainer Cartmans Bruder gehört ... oh, Amalia kommt. Es geht los.«

Ein wenig tat es mir leid, dass Amalia gleich belogen werden würde (auch wenn es eine Notlüge war, die ihr gehörig den A. S. S. retten würde!), allerdings hielt sich mein Mitleid dann doch in Grenzen, als Amalia mir den Einhornkopf überstülpte, einen Bauchladen mit Cupcakes umschnallte und eine Position neben dem Brunnen zuteilte.

Von dort aus konnte ich leider nur undeutlich erkennen, wie Amalia Sekunden später vor Cliff in die Luft ging, wild mit den Armen ruderte und erbost in seiner Tasche kramte, um sich davon zu überzeugen, dass die *Nieder mit dem Zirkus der Tiere*-Flyer tatsächlich verschwunden waren. Halb erwartete ich, dass sie ihm die Tasche vom Leib reißen und wild darauf herumspringen würde. Da entdeckte ich in der Menschenmenge ein bekanntes Gesicht.

Lora schob sich an den Passanten vorbei und schleckte ein Eis. Und neben ihr, an demselben Eis leckend, niemand Geringeren als Paul.

Ich schluckte. Natürlich war mir nicht entgangen, dass sie den Kerl vom ersten Moment an angehimmelt hatte. Aber dass sie sich mit ihm verabredete? Ausgerechnet mit Paul, der Teil von Big Macs Team war, dem wir alle nicht über den Weg trauten?

Ohne groß nachzudenken, widersetzte ich mich Amalias Befehl, auf meiner Position zu bleiben (»Nicht! Verlassen! Ophelia!«), und nahm die Verfolgung auf. Die beiden waren in ein Gespräch vertieft. Über mich.

»Ophelia ist nun mal die Jüngere von uns beiden«, murmelte Lora gerade, und ich widerstand dem Drang, den Einhornkopf abzunehmen und mich erkennen zu geben. Stattdessen schlich ich hinterher, gespannt darauf, mehr zu hören. »Kein Wunder, dass sie es schwer hat. Und dann auch noch mit einem unbestimmten Verwandlungsgrad.«

Vor lauter Schreck wären mir beinahe die Cupcakes vom Bauchladen gekippt. Sie sprach über mich und meine Verwandlungen? Hier, auf Schottlands belebtester Straße, in der Öffentlichkeit? Ausgerechnet mit Paul, der keine Skrupel gehabt hatte, mich an der Nase herumzuführen? Der alles, was er hier erfuhr, unserem Großonkel petzen würde? War Lora das etwa nicht klar?

»Verstehe. Und wie stellt Ophelia sich so an bei ihrer Verwandlung in diesen …« Weil Paul eine Sonnenbrille trug, war es schwer, seine Gesichtszüge zu erkennen.

»Cliff MacAllister. Aber sei nicht so laut, hier sind ein paar Leute von diesem furchtbaren Wohltätigkeitsverein seiner Freundin.« Lora warf einen verächtlichen Blick über ihre Schulter. »Inklusive Ziggy Stardust, dieser lächerlichen glitzernden Schande aller Schulmaskottchen.«

Mist. Sie hatte mich gesehen. Wobei, hatte ich wirklich angenommen, dass ich die beiden unbemerkt beobachten konnte – in einem flauschigen, regenbogenfarbenen Einhornkostüm? Wenigstens wusste Lora nicht, dass ich in diesem Kostüm steckte. Und was ihren Kommentar über den armen Ziggy betraf – mir war plötzlich danach, die Ehre aller Einhörner wiederherzustellen.

Um meine Tarnung aufrechtzuerhalten, begann ich zu tanzen und mit den Hüften zu schwingen, so wie Fergus es immer tat. Auch wenn ich mir reichlich blöd dabei vorkam.

»Cliff MacAllister.« Paul flüsterte jetzt, was es mir deutlich schwerer machte, ihn zu verstehen. »Ich meine, hat sie eine reale Chance, es zu schaffen?«

»Cliff scheint eine harte Nuss zu sein. Deshalb trainiert Ophelia momentan noch mit anderen Personen. Erst neulich hat sie sich in unsere Französischlehrerin …«

Pauls Augen wurden schmal. »Nicht autorisierte Verwandlungen also.«

Lora schlug sich die Hand vor den Mund. »Oh, Mist. Niemand darf wissen, dass Ophelia an anderen Personen übt.«

Wie erstarrt blieb ich stehen. Das konnte doch nicht wahr sein! Jetzt erzählte sie ihm auch noch die Geschichte von Madame Rieux? So unmöglich ich Paul seit seinem Herumgekicher im

Kellerlabor auch fand, Lora stand ihm in diesem Moment um nichts nach.

»Keine Sorge, ich verrate es nicht«, sagte Paul, zwinkerte Lora zu und lächelte beruhigend. Dann legte er den Arm um meine Schwester. »Und jetzt erzähl, wie schlägt sie sich denn?«

Ich rückte wieder etwas näher an die beiden ran. Warum um alles in der Welt legte er eigentlich den Arm um Lora? Gott, wie vermisste ich die Zeiten, wo Lora noch für Mr Cartman geschwärmt hatte.

»Die Verwandlung war katastrophal ... Sekunde mal, Paul.« Lora blieb plötzlich stehen, drehte sich um und sah mir direkt in die Augen. »Kannst du dein blödes Horn nicht in andere Angelegenheiten stecken, Fergus? Wir kaufen keine Cupcakes. Und jetzt verschwinde ans Ende des Regenbogens, okay?«

Vor lauter Schreck blieb mir die Luft weg. Ein Teil von mir war erleichtert, dass sie mich immer noch für Fergus hielt. Ein anderer Teil hätte ihr nur zu gerne kräftig in den Hintern getreten. Katastrophal? Ich hatte Madame Rieux fast korrekt hinbekommen.

»Katastrophal? Wie katastrophal?«, hakte Paul nach und kümmerte sich nicht um das Einhorn. Ich folgte ihnen mit etwas Abstand.

»Madame Rieux ist eine der einfachsten Verwandlungen überhaupt, musst du wissen. Und trotzdem hatte Ophelia so ihre Probleme damit. Kein Wunder, dass mein Großonkel Angst hat, dass alles auffliegt. Ich würde mir an seiner Stelle auch Sorgen machen.« Lora seufzte. »Stell dir vor, sie musste sich sogar eine Sonnenbrille aufsetzen, damit es nicht alle merken. Der Unterschied zum Original war eklatant.«

Was zur ... Jetzt reichte es aber! Mein Herz pochte vor Wut, während ich überlegte, was mich hier eigentlich mehr aufregte. Dass Paul unbeabsichtigt schon wieder Details aus meinem Leben erfuhr oder dass ihm Lora eiskalt alles über mich weitererzählte. Und seit wann, bitte, benutzte sie Wörter wie »eklatant«?

»Scheint mir, als wäre Ophelia dir hoffnungslos unterlegen.« Paul begann, verstohlen zu grinsen, und strich über Loras glänzendes Haar. »Und zwar in jeglicher Hinsicht ... Aua, Mist! Hast du das gesehen, Lora? Dieses verdammte Einhorn hat mir seinen Huf in die Kniekehle gerammt.«

Das verdammte, aggressive Einhorn hätte ihm den Huf nur zu gerne in ganz andere Stellen gerammt, hätte es einen besseren Winkel gehabt!

»Diese Einhörner werden immer unverschämter«, knurrte Lora, dann schnappte sie sich zwei Cupcakes von meinem Bauchladen und klebte sie mir ins Fell. »Ich habe dich gewarnt, Fergus. Und jetzt zieh Leine, wenn du nicht willst, dass ich dir die rosa Zuckerbomben auch noch auf dein Horn schmiere.«

Fassungslos blieb ich zurück, während sich die Passanten zwischen uns schoben und Loras wippender schwarzer Haarschopf in der Menge verschwand. Mein ganzer Körper bebte – vor Scham, vor Wut, vor Entsetzen. War das gerade wirklich meine Schwester gewesen? Lora, die ausgerechnet Paul von meinen Verwandlungen erzählt hatte?

Mir war plötzlich schlecht. So schlecht, dass ich mich am liebsten in mein Einhornkostüm übergeben hätte. Ich wollte gerade eine Parkbank ansteuern, da hörte ich meinen Namen.

»Ophelia.« Es war Cliffs Stimme. »Wir blasen die Sache ab. Amalia meint, dass etwas wie Fußball es nicht wert ist, Spendengelder zu sammeln und nur ihre ganze Stiftung in Misskredit bringt. Sie ist nun mal die Chefin. Tut mir leid. Du kannst die Cupcakes gerne behal…« Wegen der Sichteinschränkung des Kopfs konnte ich Cliff zwar nicht genau erkennen, aber jetzt musste sein Blick auf mein Fell gefallen sein, auf dem immer noch der Großteil der pinken Cupcake-Creme klebte. »Oh Gott, bitte sag, dass das nicht diese elenden Zweitklässler da drüben waren.«

»Es waren nicht die Zweitklässler«, knurrte ich wahrheitsgemäß.

»Das tut mir so leid.« Ungefragt begann Cliff, den verdeckten Reißverschluss meines Einhornkostüms zu öffnen, und ich dankte still dem Himmel, dass ich vorhin dem Drang widerstanden hatte, in Unterwäsche reinzuschlüpfen. »Was sind das nur für Leute, die über ein Einhorn herfallen? Mit solchen Menschen möchte man nicht verwandt sein.«

»Nicht, wenn man es verhindern kann.«

»Ich meine, jeder liebt dich.« Jetzt nahm er mir den Kopf ab. »Du bist immerhin …« Cliff brach ab, ließ den Einhornkopf fallen und starrte mich an. In seinem Gesicht lag etwas, das ich noch nie zuvor gesehen hatte. Blankes Entsetzen traf es wohl am ehesten. »*Lora!* Ist das ein Scherz? Irgendein Doppeltes-Lottchen-Ding, das ihr da abzieht?«

Seine Reaktion machte mir Angst. »Hä? Wovon sprichst du? Was stimmt denn nicht mit mir?« Dabei bemerkte ich, dass meine Stimme anders klang. Dazu fielen mir dunkle Locken über ein schwarzes Top, das mit einer pinken Hose kombiniert war.

»Verkauf mich nicht für dumm.« Cliffs Miene wurde steinhart. »Niemand würde euch je verwechseln, also versuche es gar nicht erst. Wo ist Ophelia?«

Ein Schauer wanderte durch meinen Körper. Es war tatsächlich wieder passiert. Ich hatte mich verwandelt, diesmal in Lora. Eilig prüfte ich meinen Körper auf Loras Merkmale. Die kleine Narbe am Arm, die sie hatte, seit sie als Kind vom Baum gefallen war. Check. Das silberne Fußkettchen, das sie immer um den rechten Knöchel trug. Check. Zur letzten Prüfung schob ich verstohlen mein Shirt hoch und entdeckte das winzige Schmetterlings-Tattoo an der Hüfte, das sie sich hatte heimlich stechen lassen, nachdem sie mit Tante Mildreds Stimme am Telefon ihr Einverständnis erklärt hatte. Erneut Check.

War das eine perfekte Verwandlung?

»Ophelia hatte Kopfweh, also haben wir getauscht«, flunkerte ich, während meine Gedanken rasten. Hatte ich mich wirklich von Kopf bis Fuß in Lora verwandelt? »Weißt du, wir wollten dich nicht an der Nase herumführen. Aber jetzt muss ich los. Nach Ophelia sehen.«

Pah. Als ob der echten Lora auch nur irgendetwas daran lag, zu sehen, wie es mir ging. Vermutlich schleckten sie und Paul immer noch an ihrem Eis und zogen über mich und meinen unbestimmten Verwandlungsgrad her. Im Leben hätte ich nicht gedacht, dass Paul so sehr Loras Typ sein könnte. Er war so ... so blass.

»Das wird das Beste sein.« Cliff schien immer noch nicht recht zu wissen, was er von Loras plötzlichem Erscheinen halten sollte. Er nahm das Kostüm entgegen und sah sich nach Amalia und den anderen um. »Richte ihr gute Besserung aus, machst du das?«

»Natürlich«, rief ich ihm hinterher und tauchte danach in der Menge unter. Auch wenn Cliff mir leidtat und ich die Gelegenheit gerne noch genutzt hätte, mehr über ihn zu erfahren – ich musste so schnell wie möglich hier weg. Die echte Lora war ganz

in der Nähe unterwegs, und wenn sie mich so sah, kam ich in Erklärungsnot. Genauso wenig kam allerdings infrage, in diesem Zustand nach Hause zu gehen.

Blieb Tante Hellys Blumenladen. Ihr würde ich meine erste komplette Ganzkörperverwandlung zeigen. Und sie fragen, ob das ein gutes Zeichen war. Und womöglich bedeutete, dass es doch noch Hoffnung für mich gab. Also peilte ich den hofseitigen Hintereingang an, damit mich Tante Mildred und Tante Rose nicht sehen konnten, die sich jetzt, kurz vor Ladenschluss noch in ihren Läden daneben befanden. Doch vor Tante Hellys Tür kam ich nicht weiter. Dort, in einem kleinen Gesteck aus Moos und Veilchen, steckte eine Tafel mit Tante Hellys krakeliger Handschrift darauf. *Wegen dringender Blumenlieferung ins Ausland geschlossen.*

Mist. Tante Helly war schon weg. Und ich war mit meinem Problem alleine.

Ophelias geheimer Steckbrief:

Name: Clifford Waldo (haha!) MacAllister
Spitzname: Cliff, Cliffey (von Amelia)
Alter: 16 ~~(bei dem spießigen Stil vielleicht auch ein altersloser Vampir. Muss mir vornehmen, das in 20 Jahren erneut zu überprüfen.)~~ Nachgelesen. 16. Geboren am 16. September.

Positive Eigenschaften:
Ähm ... beliebt?
Ausgezeichnete Tablett-Teller-Blusen-Koordinationsfähigkeit
Mag Improvisationstheater

Negative Eigenschaften:
ZU talentiert
~~ZU schön~~ Nur an Tagen, an denen er keine Einhornsweater zur Schau trägt
ZU nett
~~ZU perfekt~~ (Geheimen Makel entdeckt! Lampenfieber vor Publikum!)
Ernährt sich von Gemüse und Obst

Zehn

Ich landete schließlich in einem kleinen, staubigen Pub namens »The World's End«, und das aus vier Gründen. Erstens befand sich der Laden gleich gegenüber von Tante Hellys Laden, zweitens würde die echte Lora keinen Fuß hier reinsetzen, drittens kümmerte sich der Barkeeper kaum um Altersbeschränkungen, solange man nur Cola trank, und außerdem … irgendwie passte der Name gerade richtig gut.

Natürlich war es nicht das Ende der Welt, wenn die eigene Zwillingsschwester einen knallhart an Frankenstein und Co. verpetzte. Trotzdem fühlte es sich nach Hochverrat an. Ich meine, wir waren doch Schwestern! Außerdem hatte sie mir vormittags in der Schule nichts von ihrem Date mit Paul erzählt.

»Noch etwas zu trinken, Lassie?«, fragte mich der Kerl hinter der Bar in breitem Highland-Slang, während er sich auf einem tragbaren Fernseher ein Fußballspiel ansah. »Oder lieber etwas zu knabbern?«

Dankbar nahm ich die Schüssel mit den Nüssen entgegen und aß ein paar davon, während er sich wieder dem Spiel widmete. Wenn ich mich nicht ewig hier verstecken wollte, musste ich es schaffen, mich in einer dunklen Ecke des Pubs zurückzuverwandeln. Ich hatte allerdings noch nicht entschieden, ob ich Lora mit dem, was ich gehört hatte, konfrontieren sollte. Vielleicht war es besser, ich hielt mich bedeckt und erzählte ihr einfach nichts mehr über den Fortschritt meiner Verwandlungen. Und schon gar nicht, dass ich eine perfekte Verwandlung zustande gebracht hatte. Auch wenn ich ihr das nur zu gerne unter die Nase gerieben hätte.

Also, was war jetzt zu tun? Erinnerungen abrufen, richtig? So hatte es Tante Helly empfohlen. Solche, die man bereits fast vergessen hat. Doch wie konnte man Erinnerungen abrufen, die längst nicht mehr da waren? Das ergab keinen Sinn.

Ich schloss die Augen und versuchte, an meine Mum zu denken. Doch es gelang mir nicht, ein Bild in meinem Kopf zu erzeugen. Die wenigen Fotos, die es von meiner Mutter gab, lagen bei meinem Vater in Kent. Ich konnte mich kaum daran erinnern, wie sie wirklich ausgesehen hatte. Wie sollte ich das ohne Foto denn schaffen?

Als der Laden schließlich immer voller wurde, nahm ich eine Handvoll Nüsse aus der Schüssel und flüchtete auf die Damentoilette. Sie roch zum Glück nur ein bisschen streng, also öffnete ich das Fenster über dem Spülkasten, ließ mich auf den geschlossenen Deckel fallen und stopfte die Nüsse in mich hinein.

Warum konnte ich kein normales Leben führen? Diese Verwandlungen machten alles kaputt. Ich hatte mich noch nicht mal richtig freuen können, dass mich Adrian gestern bei der Probe unverhofft geküsst hatte. Ein normales Mädchen hätte nicht in einer Vogelmaske flüchten müssen und stattdessen mit Adrian in der Cafeteria an dem Stück weitergearbeitet. Danach hätte sie, wie jede andere Fünfzehnjährige, mit ihrer besten Freundin Serien geguckt, Pizza gegessen und ihr dabei alles erzählt. Diese Version von Ophelia wäre gar nicht erst im Blumenladen gelandet, von Amalia aufgegabelt und als Einhorn in die Innenstadt geschickt worden. Alles wäre ganz anders verlaufen.

Dann müsste ich nicht hier sitzen, auf einem Kneipenklo und mich von einem buschigen Eichhörnchen bemitleiden lassen, das auf dem Apfelbaum draußen im Hof saß und in mein Klofenster spähte. Doch gerade, als ich das Fenster wieder schloss, (Ich war zu stolz, Mitleid anzunehmen. Schon gar nicht von putzigen Nagern!), machte das Tier einen Satz und knallte mit einem schmatzenden Geräusch gegen die Fensterscheibe.

Schnell riss ich das Fenster wieder auf und blickte nach unten. Der kleine Racker rappelte sich gerade auf, blickte zu mir hoch und ballte die Faust. Moment mal ... die Faust? Okay, das musste ich mir eingebildet haben. Was ich mir allerdings ganz bestimmt nicht einbildete, war, dass das Tier jetzt über die Efeuranken wieder zu mir nach oben kletterte, durch mein Fenster schlüpfte, das Maul aufmachte und sprach.

»Toll gemacht, Ophelia.« Dann fing es an, sich den buschigen Schwanz zu putzen. »Das hätte mein Weitsprungrekord werden sollen. Wusstest du eigentlich, dass ein Eichhörnchen das Zehnfache seiner Körperlänge weit springen kann?«

Mit sprechenden Tieren war das so eine Sache. In Cartoons waren sie niedlich. Im echten Leben waren sie einfach nur gruselig. Und nein, gewohnt war ich sprechende Tiere ganz und gar nicht. Auch wenn Tante Rose sich immer mal wieder in Tiere verwandelte, bisher hatte sie es noch nie geschafft, dabei die menschliche Sprache zu behalten. Das hier war also ungewöhnlich.

»Du kannst jetzt sprechen, Tante Rose?«, staunte ich.

»Tante Rose? Denk doch mal nach, Ophelia!«, sprach das Eichhörnchen und lehnte sich gegen den Fensterrahmen. »Hat sich Tante Rose jemals in ein solch perfektes, schimmerndes Eichhörnchen verwandelt? Bis jetzt waren das doch bloß Insekten oder ein paar lausige Dschungeltiere.«

Mir war, als träfe mich ein Schlag mit der Wucht einer Abrissbirne. Die Stimme des Tiers war mir gleich bekannt vorgekommen, auch wenn ich etwas Zeit gebraucht hatte, um die richtigen Schlüsse zu ziehen. »Tante Helly. Du ... Du kannst dich verwandeln? Aber warum ...«

»Warum hast du mich belogen? Warum hast du mir das nicht schon früher gesagt? Warum hast du es vor deinen Schwestern geheim gehalten?«, zählte Tante Helly auf. »Wolltest du das fragen, Ophelia?«

»Warum bist du nicht in Frankreich?«, fragte ich stattdessen. Obwohl die anderen Fragen eigentlich besser klangen. Und durchaus berechtigt waren.

»Ach das.« Tante Helly winkte ab. »Das ist doch bloß Tarnung. So wie alle anderen langen Lieferreisen ins Ausland. Dachtest du wirklich, irgendjemand bestellt Blumen aus Schottland? Ausgerechnet Schottland? Das Einzige, was hier natürlich gedeiht, ist Moos, Gras und Klee.«

»Herrje. Das ist alles zu viel für mich.« Ich setzte mich wieder auf den Klodeckel und begann, angestrengt nachzudenken. War ich sauer, weil mich Tante Helly belogen hatte? Nicht wirklich. Es war schwer, länger als fünf Sekunden wütend auf Tante Helly zu sein, denn meistens hatte sie für alles, was sie tat, immer gute Gründe.

»Es gibt viele gute Gründe, warum ich es geheim gehalten habe«, begann Tante Helly, als könne sie Gedanken lesen. »Einer davon ist deine Tante Mildred. Solange sie nicht ahnt, dass jemand in der Familie talentierter ist als sie, fühlt sie sich wohl. Und wenn sie eine falsche Entscheidung trifft, ist es leichter, sie mit einer ausgeklügelten Verwandlung aus dem Hinterhalt zu überraschen.«

»Soll das heißen, du bist besser als Tante Mildred?«, staunte ich und musste an das Gespräch neulich in meinem Zimmer denken, als Tante Helly mir verraten hatte, dass es einerlei war, ob man der erste, zweite oder drittgeborene Drilling war. Erst jetzt begann ich ihr wirklich zu glauben.

»Oh, bitte!« Tante Helly betrachtete ihre Krallen. »Ich will ja nicht sagen, dass deine Tante Mildred in so ziemlich jeder Verwandlungsdisziplin gegen mich abstinkt, aber ... deine Tante Mildred stinkt nun mal in jeder Verwandlungsdisziplin gegen mich ab.« Sie lachte. »Aber sag ihr das bloß nicht. Sonst würde sie beim nächsten Mal misstrauisch werden, wenn ich meinen Laden zusperre, um euch als Eichhörnchen quer durch die Stadt zu folgen.«

»Soll das heißen, du hast uns die ganze Zeit beobachtet?« Ich spürte einen dicken, fetten Klumpen im Magen, als ich erneut an Lora und ihren Verrat dachte.

»Und wie ich das habe. Ich musste ein paar gefährliche Sätze zwischen Dachrinnen hinlegen und wäre einmal fast von einem Wasserspeier gerutscht, aber ja, ich konnte euch die ganze Zeit zuhören.«

Ich biss mir auf die Lippe. »Und? Was denkst du?«

»Ich war erschüttert.«

»Wem sagst du das?«

»Ich meine, wer boykottiert denn einen Zirkus, den er gar nicht kennt? Allerdings war es ziemlich nobel von Cliff, dafür zu sorgen, dass sich seine Freundin nicht blamiert. Und übrigens, ich muss Rose leider beipflichten. Der Junge ist eine absolute Augenweide. Selbst in diesem Einhornsweater.«

»Was?« Ich brauchte einen Augenblick, um das zu kapieren. Warum in aller Welt hatte sie Cliff und mich beobachtet? »Ich meinte eigentlich …«

»Du meinst Lora und diesen Lackaffen Paul?« Tante Helly zuckte mit den Schultern. »Sag bloß, es überrascht dich, dass Lora ganz schön egoistisch sein kann, vor allem, wenn sie verknallt ist. Dieses Mädchen hat zwanzig meiner Orchideen mit Unkrautvernichter gekillt, bloß weil ich ihr verboten habe, mit ihrem Schwarm von letztem Jahr auf dieses Hardrock-Festival zu fahren.«

»Aber ich bin ihre Schwester.«

»Und ich bin ihre Tante.«

Ich seufzte und aß eine Nuss. Das führte doch zu nichts. »Du meinst also, ich soll sie nicht länger in Sachen Cliff um Hilfe bitten?«

»Jetzt musst du das gar nicht mehr.« Tante Helly stellte sich auf die Hinterbeine, breitete einladend ihre Arme aus und präsentierte sich und ihren schimmernden Eichhörnchenkörper. »Tadaaa. Jetzt kennst du mein Geheimnis. Jetzt hast du *mich*. Gemeinsam verwandeln wir dich bis zu deinem Geburtstag in diesen fabelhaft aussehenden, braun gebrannten, blauäugigen Jungen …« Sie brach ab und starrte in meine Hände. »Ist das da eine Haselnuss?«

»Was?«

»Gib sie mir! Ich muss sie haben!« Tante Helly sprang auf meine Schulter, kletterte über mein Top bis zu meinen Händen, stahl sich die Nuss, hüpfte zurück aufs Fensterbrett und begann, darauf herumzunagen.

Eine Weile sah ich zu, wie sich ihre kleinen Krallen um die Nuss legten und sie das Ding voller Hingabe mit ihren Schneidezähnen bearbeitete. Sie schien vergessen zu haben, dass ich auch noch da war. Ich wartete.

»Ähm, Tante Helly?«, rief ich mich schließlich in Erinnerung.

»Hm?« Sie sah auf, dann ließ sie die Nuss hinter ihrem Körper verschwinden. »Oh, entschuldige, Ophelia. Immer, wenn ich Nüsse sehe, aktiviert sich irgendein merkwürdiger Eichhörnchenreflex und mein Gehirn schrumpft auf Walnussgröße. Daran muss ich arbeiten. Also, wo waren wir?«

Vorsichtshalber ließ ich die übrigen Nüsse in meiner Tasche verschwinden. »Du sagtest, du kannst mir helfen, mich in Cliff zu verwandeln?«

»Oh ja, und ob. Genau deswegen habe ich dir auch etwas mitgebracht.« Sie betastete ihren Körper. »Mist, wo habe ich es denn nur hingetan? Mann, ist das unpraktisch als Tier, so ganz ohne Hosentaschen. Beim nächsten Mal werde ich ein Känguru. Oh, da hängt es ja, dort draußen am Baum. Bin gleich wieder zurück.«

Ich sah zu, wie Tante Helly einen weiteren beeindruckenden Satz auf den Stamm des Apfelbaums machte, mit wippendem Schwanz nach oben kletterte, etwas von einem Zweig pflückte und zu mir zurückkehrte. So routiniert, wie das aussah, machte sie das nicht zum ersten Mal.

Als sie wieder vor mir stand, hing eine silbern schimmernde Kette um ihren Hals. »Die hast du sicher schon vermisst.«

»Ist das etwa …« Ich nahm die Kette entgegen und drehte sie in meiner Hand. »Die Kette meiner Mutter? Aber wo hast du die her? Ich dachte, die liegt in Kent, bei meinem Vater.«

»Ich habe sie mir ausgeliehen. Wusstest du, dass Wanderfalken über dreihundert Stundenkilometer erreichen können? Und ich hatte auch noch Rückenwind.« Sie grinste. »Übrigens, das Ding ist nicht nur eine Kette, sondern ein Medaillon. Mach es auf.«

Ich suchte nach dem Verschluss, öffnete ihn und entdeckte ein altes Foto. Es war ein Bild von meiner Mutter, Lora und mir, auf dem Lora und ich höchstens drei Jahre alt waren. Dabei fiel mir ein, wann das Foto geschossen worden sein musste. An Weihnachten, wir hatten davor mit meinem Vater Plätzchen gebacken.

»Siehst du? Es erfüllt seinen Zweck. Du erinnerst dich an Dinge, die du vergessen hast.«

»Und daran, dass Lora mal echt nett war«, grummelte ich. Doch dann warf ich einen Blick auf Loras Tattoo und merkte, dass hier gerade dasselbe geschah, was auch neulich mit Señora Garcias Nagellack passiert war. Es zog sich zusammen und löste sich vor meinen Augen in Luft auf. Was bedeutete …

»Das war Rekordzeit, Ophelia. Ach, und übrigens, Glückwunsch zu deiner ersten perfekten Verwandlung.«

»Danke.« Tante Hellys Lob ließ den grauen Tag ein wenig freundlicher erscheinen. »Heißt das, ich bin wieder ich?« Ich sah an mir herab. Während ich diese lustige Sache mit dem Tattoo beobachtet hatte, war mir gar nicht aufgefallen, dass sich die Farben meiner Hose und meines Tops verändert hatten. Ich steckte jetzt wieder in den Klamotten, in denen ich vorhin ins Einhornkostüm geschlüpft war.

»Und ob. Hier, die Kette solltest du fürs Erste behalten, dein Vater wird sie nicht vermissen.« Sie sah sich um. »Und können wir jetzt endlich aus diesem ekeligen Laden verschwinden? Hier würde ich nicht mal als Mensch einen Fuß reinsetzen. Außer vielleicht für die Haselnüsse. Die waren nicht übel.«

Elf

Blieben noch sieben Tage und drei Stunden.

Sieben Tage, drei Stunden und fünf Minuten, um genau zu sein, bis Lora und ich offiziell sechzehn Jahre alt wurden. Und bis Dr. Big Mac, ob jetzt als Geier oder vielleicht sogar als richtiger Mensch, auf der Matte stehen würde, um zu sehen, wie weit ich denn schon war.

Sieben Tage und drei Stunden, die ich nutzen würde. In denen ich nicht nur a) endlich Adrian die verdammte Einladung überreichen würde, sondern auch b) jede verwandlungsauslösende Peinlichkeit gekonnt umschiffen und schließlich c) diese eine kontrollierte Verwandlung in Cliff hinbekommen würde. Immerhin wuchs meine Liste an Informationen über ihn von Tag zu Tag.

Nach der ersten kompletten Verwandlung in Lora wurden meine Fähigkeiten immer besser. Seitdem hatte ich es nicht nur geschafft, mich erneut in eine fast komplette Madame Rieux zu verwandeln, sondern auch ganz ohne vorangegangene Peinlichkeit Adrians Stupsnase herbeizuzaubern. Nur bei Cliff war ich keinen Deut weitergekommen. Ich wollte es gerade erneut versuchen, als Tante Rose und ihr Hausschwein ins Wohnzimmer kamen.

»Ich habe heute schon wieder drei Vogelkäfige verkauft, Ophelia! Ist das nicht erstaunlich? Noch fünfzehn mehr und ich mache Gewinn«, erklärte sie und nippte an einem Glas Sekt. Weil ihr Tiergeschäft nur mäßig lief, hatte sie vor einiger Zeit begonnen, Vogelkäfige im Heimvertrieb zu verkaufen. Sie veranstaltete sogar Vogelkäfig-Verkaufspartys und hatte dabei schon dem Postboten, dem Klempner und den Nachbarn welche angedreht – doch leider waren immer noch mehr Käfige übrig, als es in ganz Schottland Vogelbesitzer gab. Sie hatte am Anfang das XXL-Starterpaket bestellt.

»Das ist toll, Tante Rose. Meinen Glückwunsch«, erklärte ich und legte die Cliff-Verwandlung bis auf Weiteres auf Eis, auch wenn ich es gerne noch mal versucht hätte – einfach, weil es mich unendlich wurmte, dass es nicht klappte. Doch mit Tante Rose in Plauderlaune und Mr Darcy, der heute wieder an üblen Blähungen litt, war das leider unmöglich.

»Nicht wahr?«, lachte Tante Rose und nahm einen weiteren Schluck aus ihrer Sektflöte. »Zur Feier des Tages verrate ich dir dafür ein Geheimnis. Und zwar meinen Geheimtrick für aussichtslose Verwandlungen. Wie ich es immer geschafft habe, mich in besonders seltene Tiere zu verwandeln. Isst du mit mir im Gegenzug Kuchen?«

»Klar, Tante Rose.« Seit der Melden-wir-es-oder-melden-wir-es-nicht-Sache nach meiner ersten Verwandlung hatte Tante Rose offenbar ein schlechtes Gewissen, was bedeutete, dass sie mir noch mehr Leckereien als sonst anbot. Und neuerdings also auch Ratschläge. Vielleicht war ihr aber auch einfach der Sekt zu Kopf gestiegen.

»Alle in dieser Familie fragen ständig, was daran schon schwierig sein soll, sich in Tiere zu verwandeln. Sind ja nur Tiere. Aber manche von ihnen habe es echt in sich. Zum Beispiel die, die zu den bedrohten Tierarten gehören. Könntest du dich etwa einfach so in einen afrikanischen Weißbauchigel verwandeln?«

Ich schüttelte den Kopf. Natürlich konnte ich das nicht. Ich wusste noch nicht mal, wie die aussahen. Wie verwandelte man sich eigentlich in Tiere? Ich nahm mir vor, das bei nächster Gelegenheit mal herauszufinden.

»Siehst du!« Tante Rose nahm den Tortenheber und bugsierte ein kleines Stück Kuchen auf meinen Teller. Das große landete auf ihrem. Dann goss sie sich ein neues Glas Sekt ein. »Die Sache ist viel komplizierter, als man denkt. Vor allem dann, wenn du das Tier, in das du dich verwandeln möchtest, nur aus dem Lexikon kennst. Oder von der Internet-Bildersuche. Deshalb hilft es manchmal, eine doppelte Verwandlung anzuwenden.«

»Eine was?« Seit der Geheimsitzung hatte ich mich ausführlich ins Portal der Verwandlungen eingelesen, und, zugegeben, manches davon war gar nicht so uninteressant, aber von einer doppelten Verwandlung hatte ich noch nie gehört. Klang allerdings vielversprechend.

»Eine doppelte Verwandlung bedeutet nichts anderes, als dass du dich aus einer Verwandlung geradewegs in die nächste katapultierst«, erklärte sie mit vollem Mund. »Das macht vor allem dann Sinn, wenn …«

»Ein Zwischenschritt«, schnitt ich ihr das Wort ab.

»Du sagst es!« Vor Verzückung purzelten Tante Rose ein paar Krümel aus dem Mund. Keine Frage, Tante Rose war heute Abend ein kleines bisschen betrunken. Oder auch ein großes bisschen, wer wusste das schon so genau? »Es macht dann Sinn, wenn ich mich schwertue, mich in das eigentliche Tier zu verwandeln. Also gehe ich zuerst in den Wald, betrachte einen stinknormalen, gewöhnlichen Braunbrustigel, verwandele mich in ihn und dann, schwupps, aus dem normalen Igel in den Exoten. Klappt jedes Mal, wirklich!«

Ich betrachtete sie nachdenklich, nahm einen Bissen vom Kuchen und fragte mich dabei, was ich mit dem neuen Wissen anstellen konnte. Das klang alles ... tierisch interessant. Das Problem war nur, Cliff war kein Igel. Er stand auch nicht unter Artenschutz. Ich konnte ihn sowohl über die Internet-Bildersuche finden als auch jeden Tag in der freien Wildbahn beobachten. Und trotzdem bekam ich es nicht auf die Reihe.

»Ich weiß, was du jetzt denkst, Ophelia. Du fragst dich, was du davon gebrauchen könntest ... hicks ... Aber denk doch mal ein Weilchen darüber nach. Bestimmt gibt es jemanden, der Cliff ziemlich ähnlich ist und an den du fürs Erste leichter rankommst, jemanden wie ...«

»Jemanden wie Cliffs Bruder«, überlegte ich. Ein Hoffnungsschimmer breitete sich in mir aus. Vielleicht war Tante Roses Ratschlag doch zu etwas nütze. »Die gleiche ... äh ... Gattung, anderes Exemplar.«

»So in etwa. Hat er denn einen Bruder?«

»Keine Ahnung.« Mist. Über Cliffs Familie wusste ich noch sehr wenig. Vielleicht sollte ich da mal ansetzen.

»Ein enger Freund wäre genauso möglich.« Tante Rose trank den letzten Schluck ihres Sekts, nahm das Tablett und stand auf. »Jemand, der ihm ähnlich ist. Der sich für die gleichen Dinge interessiert.«

»Roger!«, rief ich, einer plötzlichen Eingebung folgend. Optisch gesehen sah Roger Cliff zwar nicht besonders ähnlich. Allerdings spielten sie beide gerne Fußball und aßen zusammen Mittagessen. Selbst auf dem Foto neulich aus dem Internet hatte er neben Cliff gesessen. Wahrscheinlich war er so was wie sein bester Freund.

»Ja, Roger, warum nicht?« Jetzt, wo sie stand, wankte sie in alle Richtungen, und mir kam der Verdacht, dass sie die ganze Sektflasche ausgetrunken hatte. »Versuch es mal mit Roger! Du wirst sehen, Doppelverwandlungen sind gar nicht mal übel. Wie sollte man es denn sonst schaffen, diese komplizierten Aufgaben zu bewältigen, die MacBiggs uns wöchentlich aufträgt? Manches davon ist einfach nur ...«

»Was?«, unterbrach ich sie. »Aufgaben? Was für Aufgaben?«

»Na, die Aufgaben, die deine Tante Mildred übers Telefon erhält und bis heute nicht so ganz versteht. Manchmal sind sie leicht, manchmal schwer, manchmal muss sie etwas schmuggeln, etwas klauen, etwas abholen oder nur jemanden anrufen, aber immer muss sie sich dazu verwandeln.« Tante Rose hickste erneut. »Und sie hat immer nur eine Woche Zeit.«

»Tante Rose, ich verstehe kein Wort«, unterbrach ich sie. Roger und der Trick mit den Doppelverwandlungen waren inzwischen vergessen, stattdessen wurde ich das Gefühl nicht los, dass ich da gerade durch Zufall auf etwas Großes gestoßen war. Etwas sehr Großes. »Mein Großonkel erteilt Tante Mildred Aufträge?«

»Nicht nur ihr, sondern auch mir. Allerdings habe ich es noch gut erwischt, denn ich muss nichts klauen oder schmuggeln, sondern mich immer nur in ein Tier verwandeln, die Ohren spitzen und lauschen. Lauschen und danach alles, was ich gehört habe, aufschreiben. Andere Verwandlungen traut er mir nicht zu,

was an meinem miesen Verwandlungsgrad und dem hässlichen Gemälde liegen muss. Diese elende Schweinenase!«

Es gab also noch mehr Gemälde! Ich fragte mich, ob das von Tante Rose auch auf dem Dachboden gelagert wurde.

Tante Rose betrachtete mich. »Sag mal, wie kommt es, dass du nichts davon weißt, Ophelia? Das steht doch alles auf dem Portal der Verwandlungen. Ich dachte, du hast es dir genau angesehen.«

»Das hab ich auch.«

Ich konnte sehen, wie der Penny fiel. »Ach du liebes bisschen, Mr Darcy. Das gibt Ärger.« Sie drehte mir den Rücken zu und trippelte mit dem Tablett aus dem Salon. »Großen Ärger. Es wäre besser, Ophelia vergisst sofort, was ich ihr gesagt habe, meinst du nicht auch, Schnuffelnase? Sie sollte es aus ihrem Kopf streichen, bis ihr unbestimmter Verwandlungsgrad verschwunden ist und ihr das Portal alles von selbst verrät.«

»Tante Rose, was für ein Gemälde?«, drängte ich. Ich folgte ihr und dem Hausschwein, als sie nun das Treppenhaus ansteuerten. So leicht würde ich mich nicht abwimmeln lassen. »Etwa das, was jede von uns zur Geburt bekommen hat? Liegt deines auch oben auf dem Dachboden? Tante Rose?«

Unten im Vorzimmer ging die Haustür auf. Es war Tante Mildred, und meine Hoffnungen, jetzt noch was aus Tante Rose rauszukitzeln, lösten sich mit einem Mal in Luft auf.

»Hallo, Mildred«, presste Tante Rose hervor. Sie war auf dem Weg ins Treppenhaus zur Salzsäule erstarrt. »Wie war dein Tag?«

»Gewöhnlich.« Tante Mildreds Augen wurden schmal. Kein Wunder. So wie sich Tante Rose verhielt, hätte auch jemand mit der Intelligenz einer Topfpflanze gemerkt, dass etwas Unerlaubtes vor sich ging. »Ist alles in Ordnung?«

Eine Weile rang Tante Rose mit der Fassung, doch dann war es, als würden alle Dämme brechen. Sie ließ den Kopf hängen, hickste und schluchzte. »Nichts ist in Ordnung. Mr Darcy und ich haben etwas ganz Fürchterliches getan. Etwas, wofür du uns hassen wirst. Auf ewig.«

Wie automatisch schoss Tante Mildreds Blick in den Salon, als könnte die Villa in Flammen stehen, dabei hätte es schon gereicht, wenn eine Vase nicht auf ihrem angestammten Platz stand, um sie nervös zu machen.

Oje! War ja klar, dass Tante Rose nicht dichthielt. Sekt machte sie nicht nur redselig, sondern auch richtig weinerlich. Ich musste also etwas tun. Und zwar schnell.

»Tante Rose hat Mr Darcy die übrigen Kuchenreste zu fressen gegeben. Es tut ihr furchtbar leid«, flunkerte ich drauflos und gab mir größte Mühe, dass meine Stimme nicht so aufgeregt klang, wie ich mich fühlte. Und ja, natürlich war es nicht besonders nett, den armen Mr Darcy da mit reinzuziehen. Aber was hatte ich für eine Wahl?

»Ihr sollt das Tier nicht immer nur mit ungesundem Zeug füttern«, schnaubte Tante Mildred und drehte uns den Rücken zu, ein Zeichen, dass sie uns auf den Leim ging. »Seine Blähungen werden davon nicht besser, und irgendwann wird er noch so fett, dass er es nicht mal mehr die Treppen hochschafft. Jane Austen würde sich im Grab umdrehen.«

Jede Wette, dass es Jane Austen schon mal grundsätzlich nicht gefallen hätte, wenn man einen gefräßigen Allesfresser nach ihrem Romanhelden benannte, ungeachtet seines Schweinsgewichts, aber ich beschloss, mich lieber nicht auf eine Diskussion einzulassen. Stattdessen atmete ich erleichtert aus und lenkte

Tante Rose über die Treppen in ihr Stockwerk, wo sich nicht nur Vogelkäfige, sondern auch genügend süße Seelentröster befanden, die ihren Nerven helfen würden – weit weg von Tante Mildred und ihrem sechsten Sinn. Anschließend ging ich in mein Zimmer. Wenn sich Tante Roses Gemälde genau wie »Frau mit Glatze, Doppelkinn und mächtiger Warze« irgendwo auf dem Dachboden befand, konnte es nicht schwer zu finden sein. Der Dachboden bestand nur aus zwei Räumen, zum einen aus meinem Zimmer, zum anderen aus dem Teil, den Tante Mildred immer absperrte. Sobald ich das Bild fand, würde ich hoffentlich auch mehr über die Aufträge erfahren, die Big Mac an meine Tanten übertrug, immerhin war Tante Rose herausgerutscht, dass die Aufträge in irgendeiner Art Zusammenhang mit den Bildern standen. Oder?

Kurz nach Mitternacht, als schließlich die Lichter ausgegangen waren, begann ich mit meiner Suche. Ich schaute in jeden Schrank. Jede Kommode. Jede Kiste, die auf den ersten Blick aussah, als würde darin nur alter Kram lagern. Doch je später es wurde, umso frustrierter wurde ich. Kurz nach drei hatte ich den gesamten Dachboden auf den Kopf gestellt, jede Ecke mit der Taschenlampe ausgeleuchtet und sogar die Dielenbretter abgeklopft. Nichts.

Erschöpft ließ ich mich auf eine Truhe plumpsen und griff nach dem Rahmen meines Bildes. »Wo stecken nur die anderen Bilder?«, murmelte ich. »Ich meine, so weit können sie doch nicht … Huch!«

Vor Schreck ließ ich das Bild fallen. Der Rahmen krachte auf den staubigen Boden und verursachte ein gewaltiges Poltern. Die Kreatur, die auf meinem Bild zu sehen gewesen war, hatte sich verändert. Sie hatte zwar immer noch das Schönheitsmal und das Doppelkinn, doch jetzt hatte sie keine Glatze mehr, sondern verstrubbeltes dunkles Haar auf dem Kopf.

Das hier war kein Monster mehr, sondern eine Frau. Eine faltige, mürrisch dreinblickende Frau mit dunklen Haaren. Aber wie konnte das denn möglich sein? Hatte jemand mein Bild ausgetauscht? Allerdings war es noch der gleiche Rahmen und der gleiche Hintergrund. Es war das gleiche Bild.

Und auch wieder nicht.

Gänsehaut kroch mir über die Arme. Zuerst das seltsam zu mir passende Muttermal, und nun ... Nun war es, als wären »Frau mit Glatze, Doppelkinn und mächtiger Warze« plötzlich Haare gewachsen. Bilder konnten sich nicht verändern. Oder doch? Und wenn ja, warum fand es keiner in dieser Familie der Mühe wert, mir zu erklären, was es damit auf sich hatte?

Ich spürte, wie unbändige Wut in mir aufstieg. Über Loras Verrat. Und über die ständige Geheimniskrämerei in meiner Familie. Es war fast, als wollte mir keiner hier helfen, mein Leben in den Griff zu bekommen.

»Ophelia?« Jemand klopfte drüben an meiner Zimmertür. »Ophelia, geht es dir gut? Ich habe ein Poltern gehört.«

Das war Tante Helly. Ich dankte still dem Himmel, dass meine Lieblingstante und nicht jemand anderes das angrenzende Stockwerk unter mir bewohnte, kroch durch das Brett zurück in mein Zimmer, diesmal ohne das lila Sofa davorzuschieben, und öffnete ihr meine Zimmertür. Tante Helly trug einen gestreiften Pyjama, hatte bunte Lockenwickler im Haar und sah wieder durch und durch menschlich aus.

Eilig schob sie sich in mein Zimmer und sah sich dort um. »Es hat so geklungen, als wäre dein Bücherregal zu Boden gekracht ... Oh.«

Ich folgte ihrem Blick. Das Loch in der Bretterwand. Natürlich hatte sie es entdeckt. Allerdings hatte ich das dieses eine Mal auch so geplant.

»Tante Helly«, schnitt ich ihr das Wort ab, bevor sie weitersprechen konnte. Still deutete ich auf die Öffnung in den geheimen Teil des Dachbodens. »Ich habe es satt, dass mir keiner hier die ganze Wahrheit sagt. Es ist Zeit für ein paar Antworten.«

»Du hast bestimmt schon geahnt, dass ich zu meiner Geburt auch ein Bild bekommen habe, nicht wahr?«, erklärte Tante Helly und präsentierte mir ihr eigenes Gemälde. »Das hier ist es.«

Ich schluckte fest und versuchte zu ordnen, was ich in den letzten Minuten erfahren hatte. Bilder, die sich verändern konnten. Bilder, die erst unansehnliche Personen zeigten und sich dann mit den Jahren, in denen der eigene Verwandlungsgrad und somit die Fähigkeit, sich zu verwandeln, besser wurde, wie von Zauberhand selbst verschönerten. Bis sie, wenn man richtig gut war, niemand Geringeren zeigten als einen selbst.

Abgefahren. Aber warum wunderte mich in dieser Familie überhaupt noch irgendwas?

»Man kann dich darauf erkennen«, bestätigte ich und fuhr mit dem Zeigefinger über Tante Hellys Ebenbild auf der Leinwand. Die roten, lockigen Haare, die aufgeweckten grünen Augen, alles stimmte. Nur sah sie ziemlich abgekämpft aus, als hätte der Maler einen schlechten Tag erwischt. »Auch wenn es nicht perfekt ist. Du siehst aus, als hättest du nächtelang durchgefeiert. Und massenweise Cola getrunken. Oder Schlimmeres.«

»Was daran liegt, dass ich nun mal nicht so gut wie unser Big Mac bin. Mein Verwandlungsgrad wurde nie gemessen und ich habe auch keinen Zugang zum System. Anhand des Bildes schätze ich ihn aber auf mindestens neunzig Prozent.« Sie sah mich an. »Der Verwandlungsgrad deines Großonkels hingegen liegt angeblich bei hundert Prozent.«

Zu gerne hätte ich Big Macs Gemälde gesehen, der wohl auch eins besitzen musste. Dann wüsste ich auch endlich, wie der Kerl aussah, wenn er mal nicht als Geier in Erscheinung trat. Vielleicht hing es sogar in der mächtigen Ritterhalle, und ich war achtlos daran vorbeigegangen, bevor mich Paul ins Archiv mitgenommen hatte.

»Ob ich auch mal so gut werde, dass man mich darauf erkennen kann?«, fragte ich. »Dann würde ich diese elende Verwandlung in Cliff endlich hinbekommen. Und könnte wieder ein normales Leben führen.«

Tante Helly betrachtete mich. »Nun, die Haare sind schon mal ein Anfang. Wann hast du dich denn das letzte Mal ins Portal der Verwandlungen eingeloggt?«

»Heute Abend.«

»Und, immer noch unbestimmter Verwandlungsgrad?«

Ich nickte beschämt.

»Oje.« Tante Helly seufzte. »Das passt zum langsamen Fortschritt des Bildes. Aber lass dich davon nicht entmutigen. Manchmal kann es auch ganz schnell gehen. Schon morgen könnte dein Bild dir tatsächlich ähnlich sehen.«

Ich dachte an die faltige, mürrisch dreinblickende Lady auf meinem Bild und konnte mich immer noch nicht recht mit dem Gedanken anfreunden, dass »Frau mit Glatze, Doppelkinn und mächtiger Warze« in Wahrheit ein Abbild von mir war. Oder eher werden sollte, sobald ich meine Verwandlungen in den Griff bekam. »Ich sehe aus, als wäre ich hundert Jahre alt und würde eine Wagenladung Zigaretten am Tag rauchen.«

»Betrachte es als abschreckendes Beispiel für einen guten Lebensstil. Nicht rauchen und Sonnencreme benutzen.«

»Werde ich mir merken.« Ich seufzte, immer noch komplett überwältigt. »Wo sind eigentlich die anderen Bilder? Die von Tante Mildred, Tante Rose und Lora?«

»In Tante Mildreds Etage im ersten Stock, in einem Safe.«

Oh. In einem Safe. Na, da hätte ich ja lange suchen können.

»Wo deins vermutlich auch bald landet, jetzt, wo du dich verwandeln kannst«, fügte Tante Helly hinzu. »Vermutlich war es nur deshalb überhaupt auf dem Dachboden, weil meine Schwester angenommen hatte, du würdest dich niemals verwandeln. Am besten, ich verstecke es in meinem Stockwerk.«

»Und wenn Lora und ich gut genug sind, was dann?«, wollte ich als Nächstes wissen. Tante Roses Worte stahlen sich in meinen Kopf. »Dann erteilt uns mein Großonkel Aufträge? Wir sollen uns verwandeln, klauen, spionieren oder auf andere Art und Weise das Gesetz für ihn brechen?« War es das, was Lora und mir später bevorstand? Er würde uns zu seinen Handlangern machen? War das der Grund, warum ihm Tante Mildred nicht recht über den Weg traute?

Tante Hellys Lächeln verschwand. »Aufträge? Wo hast du das denn her?«

»Tante Rose sagt, Tante Mildred kriegt übers Telefon Aufträge, die die beiden ziemlich im Dunkeln tappen lassen. Ich dachte, du wüsstest was darüber.«

Tante Helly schüttelte den lockigen Kopf. »Ich weiß nicht, wovon du sprichst.«

»Haben die Aufträge etwas mit seinem richtigen Job zu tun?«, bohrte ich weiter. Ich hatte nicht vor, aufzugeben, bevor ich jedes einzelne Geheimnis erkundet hatte. »Seinem Job im Archiv des Geheimdienstes? Du hättest diesen Ort sehen sollen. Dieser Keller war riesig. Ich meine, die hatten sogar mein Jahrbuch.«

»Ophelia, ich weiß wirklich nicht …«

»Aber für irgendetwas *müssen* diese Informationen gut sein.« Moment, es waren doch Personendaten, hatte Paul gesagt. »Tante Helly, sitzt mein Großonkel etwa an der Quelle aller Verwandlungen? Mit all den Informationen könnte er sich in jeden Menschen auf diesem Planeten verwandeln. Ist es das, was er den ganzen Tag lang tut? Ist er deswegen so gut?«

»Ophelia!«

»Warum taucht er dann aber immer nur als Geier auf? Das ist er doch, oder?«

»Ich fürchte schon …«

»Dabei könnte er sich genauso gut in jemanden von uns verwandeln.« Mir kam ein schauderhafter Gedanke. »Tante Helly, vielleicht hat er das ja schon. Womöglich ist er längst unter uns. Lebt mit uns. Als Mr Darcy.«

»Und verpestet mit seinen Blähungen unser Wohnzimmer?«

»Dann vielleicht nicht als Mr Darcy. Sondern als eine von uns. Vielleicht habe ich ja heute gar nicht mit Tante Mildred, Tante Rose oder Lora gefrühstückt, sondern mit …«

»Ophelia, ich weiß wirklich nicht, wovon du sprichst! Ich jedenfalls bin immer noch Tante Helly, wenn du das andeuten willst«, unterbrach sie mich. »Wenn ich in Wirklichkeit MacBiggs wäre, würde ich dir doch nicht die Sache mit den Gemälden verraten, die ich extra in die für dich gesperrte Sektion des Portals geschrieben habe. Mit meinen unfassbar genialen Programmierkenntnissen.« Sie schnaubte. »Zum nächsten Geburtstag schenke ich dem alten Sack einen Computerkurs.«

Ich musterte sie, wie sie im schwach beleuchteten Schlafzimmer saß und meinem Blick auswich. Wusste sie wirklich nicht, was ich meinte? Oder gab sie es nur vor? Tante Helly war gut darin, zu bluffen und Geheimnisse zu bewahren. Selbst vor mir. Andererseits, solange Big Mac nicht wusste, dass sich Tante Helly verwandeln konnte, würde er ihr auch keine Aufträge erteilen. Gott, war das alles kompliziert.

»Aber ich verspreche, zukünftig ein Auge auf die beiden zu werfen«, schloss sie das Thema. Sie lachte wieder und rutschte auf mich zu. »Und jetzt frag mich endlich.«

»Was fragen?« Misstrauisch runzelte ich die Stirn. Wollte sie mich ablenken, weil ich zu viele eigene Fragen stellte?

»Na, wie ich die Sache mit dem Gemälde geschafft habe. Mildred hätte von meinen Verwandlungen wissen müssen, wenn sich mein Bild eines Tages wie aus dem Nichts verschönert hätte, meinst du nicht? Also, willst du nicht wissen, was Mildred für mein Gemälde hält?«

Wenn es eine billige Ablenkung war, dann war es ihr gelungen. Natürlich wollte ich das wissen. Und wie ich das wissen wollte.

»Es ist eine Fälschung. Ich habe einen Straßenmaler damit beauftragt, eine exakte Kopie meines alten Gemäldes anzufertigen.

Du kannst dir gar nicht vorstellen, wie hässlich mein Bild war, bevor es begonnen hatte, sich zu verwandeln.« Liebevoll strich sie über ihren Rahmen. »Es war eine Kreuzung aus grünem Alien und schuppiger Eidechse, kein bisschen Ähnlichkeit mit mir. Der Maler wollte ernsthaft wissen, warum ich ein Porträt vom Loch-Ness-Monster mit mir herumschleppe. Und warum in aller Welt ich eine Kopie davon brauchte.«

»Hast du jemals Tante Mildred und Tante Roses Bilder gesehen? Und Loras?«

Tante Helly schüttelte den Kopf. »Oh, schon lange nicht mehr. Sie zeigen sie mir ja nicht, weil sie immer noch denken, ich könnte mich nicht verwandeln.«

»Kann es sein, dass Tante Roses eine Schweinenase hat? Das würde doch passen, wenn sie sich nur in Tiere verwandeln kann.«

»Mag sein. Und jetzt ab ins Bett, Ophelia«, wiegelte sie ab und stand auf. »Es ist vier Uhr morgens und ich hätte dir die Hälfte von alldem gar nicht erzählen dürfen. So redselig bin ich normalerweise nicht mal nach fünf Gläsern Whisky.«

»Versprichst du, mir zu sagen, wenn dir etwas über mysteriöse Aufträge zu Ohren kommt?« Ich war zwar unendlich müde, trotzdem ging mir diese eine ungeklärte Sache nicht aus dem Kopf.

»Mach dir darüber keinen Kopf, Liebes.« Tante Helly legte den Arm um meine Schultern. »Konzentrier dich lieber auf deine Verwandlung in Cliff. Ich will nicht wie Tante Mildred klingen, aber du hast in wenigen Tagen Geburtstag …«

»Alles unter Kontrolle, Tante Helly. Tante Rose hat mir von Doppelverwandlungen erzählt. Und ich hab überlegt, mich nächste Woche während des Fußballspiels gegen Aberdeen zuerst in Cliffs besten Freund Roger und danach in …«

»Doppelverwandlungen!« Tante Helly rollte mit den Augen. »Diese alte Plaudertasche Rose hatte wohl heute ihren besonders redseligen Tag.« Sie seufzte. »Ich wette, meinem Onkel würde es nicht gefallen, wenn du dich in deinem Alter schon an Doppelverwandlungen versuchst. Hat dir Tante Rose auch verraten, dass es richtig schwierig sein kann, sich danach wieder in sich selbst zu verwandeln?«

Ich schüttelte den Kopf. Von Risiken und Nebenwirkungen war keine Rede gewesen.

»Es ist wie in diesem Film, wo Leonardo diCaprio in Träume eines Menschen reist und von dort aus in den nächsten Traum und dann in den nächsten Traum, bis er nicht mehr weiß, wo er hingehört. Ich finde, das ist eine schlechte Idee. Eine sehr schlechte Idee.«

»Keine Angst, ich bin vorsichtig«, versicherte ich ihr, auch wenn ich bei Tante Hellys Warnung ein wenig Angst bekam.

»Ich sagte Nein. Es ist zu gefährlich.«

Ich wich ihrem Blick aus und schwieg. Ehrlich gesagt hatte ich schon vorhin bei Tante Rose beschlossen, was ich tun wollte. Ich musste die Doppelverwandlung in Roger und danach in Cliff probieren. Auch wenn es riskant war.

Zwölf

»Ich kann nicht fassen, dass dieser Sport so beliebt ist. Das da sind zweiundzwanzig verschwitzte Männer, die einen einzigen Ball treten, sich dabei für Götter halten und sich nach jedem Tor umarmen. Total lächerlich«, lästerte Mae, als wir uns wenige Tage später auf die Plastikschalensitze der Tribüne fallen ließen, die für das Fußballmatch aufgebaut worden war. Das Wetter war erstaunlich warm und über uns kreisten Möwen von der nahe gelegenen Küste. »Außerdem, seit wann ist es gesellschaftlich nicht mehr okay, Fußball zu hassen? Dadurch bin ich zu einem Außenseiter unter den Außenseitern geworden.«

»Wem sagst du das?«, seufzte Stan, der selbst für einen Fußballplatz viel zu bunt gekleidet war. »Wo sind die Zeiten hin, als die coolen Kids noch cool waren, die Streber Streber und Fußballer Männer mit Schnauzbärten?«

»Und immer wenn das eigene Team einen Sieg einfährt, behauptet jeder hier, *wir* hätten gewonnen«, entgegnete Mae und deutete mit dem Kinn auf die Menschen um uns. »Ich meine, haben diese Menschen irgendwas anderes zum Sieg beigetragen, als Sandwiches und heiße Würstchen in sich reinzuschaufeln?«

»Also, ich finde, unsere Mannschaft ist ziemlich klasse. Rogers Fußballkönnen ist doch ganz in Ordnung, oder?«, startete ich einen armseligen Versuch, bei Mae und Stan etwas über mein heutiges Verwandlungsobjekt in Erfahrung zu bringen. Weil die beiden meine besten Freunde waren, hatten sie sich überreden lassen, heute mitzukommen. Allerdings nur, um gehörig über Fußball zu lästern, anstatt mich mit Infos über Roger zu versorgen.

Dank des Internets war ich allerdings nicht mehr ganz so ahnungslos wie zuvor bei Cliff. Roger O'Malley war einer der wenigen Jungs dieser Schule, die nicht aus reichem Hause stammten, sondern er war in einem Arbeiterviertel von Dublin aufgewachsen, bevor seine Familie vor sechs Jahren nach Schottland gezogen war. Er lebte für das runde Leder, konnte es nicht lassen, sich über alles und jeden lustig zu machen, was manchmal dazu führte, dass er anderen mächtig auf den Schlips trat; war wie die meisten Iren abergläubisch und konnte es auf den Tod nicht ausstehen, wenn man ihn wegen seiner Haarfarbe und den Sommersprossen Ron Weasley (oder, noch schlimmer, Ed Sheeran) nannte.

Auf die Idee, dass Roger offenbar Probleme mit seinem Aussehen hatte, war Tante Helly gekommen, nachdem uns aufgefallen war, dass im Internet kein einziges Foto von ihm alleine kursierte. Das war auch der Grund gewesen, warum ich heute schon drei Stunden früher an den Platz gekommen war und mir das Training angesehen hatte. Und zwar, um Roger beobachten zu können, alles Nötige über ihn herauszufinden und dann, in der Nähe des Originals, die Chancen auf einen Erfolg zu erhöhen, die Doppelverwandlung zu meistern. Während es in der Schule blöd ausgesehen hätte, wenn ich Roger niederstarrte, konnte ich hier zumindest so tun, als zeigte ich Interesse am Sport. Sobald ich genug über Roger in Erfahrung gebracht hatte, würde ich mich in einer dunklen Ecke verkriechen und mich verwandeln, während die echten beiden Jungs das Spiel bestritten. Von dem ich, zugegeben, nicht mal so ganz die Regeln verstand. Leider wusste das auch Mae, denn die ließ sich nicht täuschen.

»Roger? Du findest, Roger sei *in Ordnung*? Als Nächstes erzählst du mir noch, du findest Fußball toll, weil die Fangesänge so literarisch sind«, brummte sie. »Wir reden hier über Roger! Der Spinner, der mich Vladimae Klitschko nennt. Oder Muhamae Ali.«

Ich wollte ihr gerade raten, Rogers Sticheleien nicht so ernst zu nehmen, als über uns eine Lautsprecherdurchsage ertönte. »Und es geht los«, war die Stimme des Stadionsprechers zu hören. »Die Schulmannschaft aus der Hauptstadt steht den erbitterten Konkurrenten aus Aberdeen gegenüber. Nach zahlreichen Niederlagen geht es für Edinburgh darum, den Abstieg zu verhindern …«

Während der Sprecher von den letzten niederschmetternden Niederlagen unserer Mannschaft erzählte und die Jungs aufs Spielfeld zogen, war es für mich an der Zeit, loszulegen. Von jetzt an hatte ich exakt neunzig Minuten, um meine Verwandlung in Roger und anschließend in Cliff in die Tat umzusetzen. Neunzig Minuten, in denen mir Cliff, Roger, Adrian und der Rest der Mannschaft nicht in die Quere kommen würden.

Adrian. Von hier aus konnte ich die Rückseite seines Lockenschopfs sehen. Er wärmte sich gerade am Spielfeldrand auf, auch wenn er meistens nur für die Ersatzbank vorgesehen war. Seit unserem Kuss auf der Bühne hatten wir nicht mehr miteinander gesprochen, doch ich bekam immer noch weiche Knie, wenn ich daran dachte. Ob es ihm genauso ging? Doch dann brachte ich mich zur Vernunft. Heute ging es nicht um Adrian. Ich musste mich auf Cliff konzentrieren. Und auf seinen Kumpel Roger. Aber erst musste ich mich unbemerkt von hier wegstehlen.

»Sagt mal, hättet ihr Lust auf ein paar Sandwiches?«, bot ich an und stand auf. »Das Spiel fängt an.«

»Oh, klasse!« Wenn es um Essen ging, besserte sich Maes Laune immer dramatisch. »Einmal ein doppeltes Käsesandwich für mich und ein Sandwich mit Avocado für Stan, ja?«

Ich nahm die Treppen, suchte den Jungen, der die Sandwiches verkaufte, gab ihm Geld und beschrieb ihm, wo Mae und Stan saßen. Danach versteckte ich mich hinter einem Werbeplakat unter der Tribüne.

Unweit meines Verstecks hatte sich eine Gruppe Mädchen niedergelassen. Sie saßen so nah, dass ich jedes ihrer Worte hören konnte.

»Natürlich ist Roger nicht so süß wie Cliff, aber dafür hat er keine Freundin«, begann ein Mädchen zu säuseln. »Er hat einfach die süßesten Augen, die man sich vorstellen kann. Und seine Spielernummer ist die sechs. Mein Geburtstag ist zufällig auch am sechsten, ist das nicht süß?«

Wäre ich nicht so verflucht nervös gewesen, hätte ich lauthals losgelacht. Ich hatte mich ausgerechnet neben einer Horde Roger-Groupies mit beschränktem Wortschatz niedergelassen.

Egal. Nur nicht ablenken lassen. Genau wie damals bei Madame Rieux atmete ich tief durch, schloss die Augen und versuchte, mir alles, was ich über Cliffs besten Freund wusste, ins Gedächtnis zu rufen. Ich begann mit dem, was ich heute vor dem Spiel herausgefunden hatte: Genau wie das Groupie-Mädchen wusste ich, dass Roger O'Malley ein Trikot mit der Nummer sechs trug,

seine roten Haare für jedes Spiel mit einem Haargummi seiner Schwester zusammenband und auf verschiedenfarbige Fußballschuhe schwor, eine Art abergläubisches Glücksritual. Danach machte ich weiter mit seinen Hobbys, seiner Familie, seinen Geschwistern ...

Ich brauchte gar nicht weiterzumachen, denn ich spürte, dass es funktionierte. Noch viel schneller als bei Madame Rieux hatte sich das altbekannte Jucken breitgemacht, so stark, dass es vom Hals abwärts meinen ganzen Körper in Beschlag nahm. Erstaunt über die Kraft, die in mir schlummerte, öffnete ich die Augen und betrachtete meine Beine, die deutlich kräftiger und haariger geworden waren und eine dunkelblaue Fußballhose trugen.

Im Anschluss überprüfte ich meinen Oberkörper. Das bisschen Oberweite, das ich besaß, war futsch, stattdessen fuhr meine Hand über eine dünne, schlaksige Jungsbrust, die in dem dazugehörigen dunkelblauen Trikot steckte.

Halleluja. Voller Verzückung grub ich die Hände in meine Haare und unterdrückte ein Jauchzen. Ich hatte es geschafft. Ich steckte im Körper eines Jungen. Und es fühlte sich gar nicht so seltsam an, wie ich erwartet hatte. Ich fühlte mich immer noch ein bisschen wie ich selbst ...

Meine Begeisterung stoppte abrupt, als ich eine Haarsträhne vor meine Augen zog. Die Kamerafunktion auf meinem Handy brachte schließlich den Beweis: Vom Hals aufwärts war ich immer noch Ophelia. Mein dunkelbraunes, kurzes Haar war noch da, außerdem meine Nase, meine Lippen, sogar der rosarote Lipgloss, den ich vorher aufgetragen hatte. Ich war halb Junge, halb Mädchen!

Warum in aller Welt hatte es nicht geklappt? Hatte ich mich

nicht richtig auf Roger konzentriert? Oder hatten mich diese anstrengenden Mädchen auf der anderen Seite meines Verstecks aus dem Konzept gebracht?

»Das kannst du vergessen«, rief eins der Mädchen so laut, dass ich unmöglich weghören konnte. »Roger ist seit Jahren unsterblich verliebt. Und zwar in dieses Mädchen, das ständig schlechte Laune hat und aussieht, als könnte sie einen Tisch mit der bloßen Hand zerteilen. Die, von der alle zuerst dachten, sie wäre ein Junge. Wie ist noch gleich ihr Name? Meghan? Margaret? *Mark?*«

Die Mädchen kicherten.

»Mae«, erwiderte ihre Freundin. »Sie heißt Mae.«

Wie von Sinnen saß ich da, die halbe Verwandlung war plötzlich vergessen. Hatte ich gerade richtig gehört? Roger mochte Mae? Meine Mae? Die, über die er sich ständig in der Cafeteria lustig machte, weil sie gerne Jungsklamotten trug und nicht viel für Mädchenkram übrig hatte? Die Mae, die Roger genauso hasste und ihm erst neulich den Titel »Erzfeind Nummer eins – gleich nach Lord Voldemort und Donald Trump« verliehen hatte?

»Seine Schwester hat mir erzählt, dass er sich seit der Unterstufe mit ihr verabreden will«, erzählte das Mädchen weiter. »Aber wenn ihr mich fragt, ist sie seiner nicht würdig.«

Eine Weile war es draußen still, während meine Gedanken rasten. Nicht würdig? Mae war Rogers nicht WÜRDIG? Roger war nicht nur schmächtig und wog etwa die Hälfte von Mae, er hatte auch noch abstehende Ohren, schiefe Zähne und ein Lachen, das wie Mr Darcys Grunzen klang. Das war ja wohl eher umgekehrt!

»Absolut nicht würdig«, bestätigte die mit der lauten Stimme.

»Ich meine, Roger ist ein Fußballgott und diese Mae ist ... Ja, was ist sie eigentlich? Ninja-Kämpferin?«

»Boxerin!« Ohne nachzudenken, war ich hinter der Plane hervorgeschlüpft und baute mich vor den Mädchen auf. Aus der Nähe betrachtet waren die drei allesamt nicht älter als dreizehn und mein Selbstvertrauen begann zu wachsen. »Sie ist Boxerin, okay? Zweifache schottische Juniorenmeisterin. Und jetzt verzieht euch, bevor ich sie hole.«

»Roger«, stammelte eine von ihnen und starrte mit offenem Mund zu mir hoch. Ihre Gesichtsfarbe wechselte von Puderrosa zu Purpurrot und wieder zurück zu Puderrosa. »Wir wussten nicht ... Wir haben dich nicht ... Oje!«

Roger. Mein siegessicheres Lächeln wich blanker Panik, als mir siedend heiß einfiel, was ich da gerade tat. Hatte ich mich tatsächlich ohne nachzudenken als halb Ophelia, halb Roger aus meinem Versteck gewagt? War ich komplett wahnsinnig?

Aufgeregt betastete ich mein Gesicht, doch anstelle von Ophelias Lippen und Ophelias Nase strich meine Hand nun über Gesichtszüge, die ganz sicher nicht mehr weiblich waren. Gleichzeitig fuhr meine Zunge über die oberste Zahnreihe, die sich komplett anders anfühlte. Und zwar so, als bräuchte sie dringend eine Zahnspange.

Wie automatisch begann ich zu grinsen. Es hatte geklappt. Ich war Roger. Von Kopf bis Fuß. Inklusive seiner Stimme. Inklusive feuerroter Haare. Sogar mit dem Überbiss. War das etwa, weil ich jetzt wusste, dass Roger auf Mae stand?

»Warte mal. Roger ... Solltest du nicht auf dem Spielfeld sein?« Eins der Mädchen hatte ihre Verlegenheit abgelegt und betrachtete mich skeptisch.

Oh Mist. Natürlich. Der echte Roger lief in diesen Augenblicken draußen übers Spielfeld! Vor Schreck schnappte ich nach Luft. Sie mussten bloß um die Ecke schauen, um den echten Roger auf dem Platz zu sehen!

Doch obwohl das Wetter in Schottland ja selten irgendjemandem einen Gefallen tat, rettete es mich in dieser Sekunde. Über unseren Köpfen donnerte es und schon schüttete es wie aus Eimern. Die Mädchen quietschten und flüchteten unters Dach.

»Scheint, als wollte das Wetter den Mannschaften einen Strich durch die Rechnung machen«, erklärte der Sprecher von der Tribüne, während ich bis auf die Knochen nass wurde. »Das bedeutet eine Gnadenfrist für die Heimmannschaft, bis der Regen nachgelassen hat.«

Moment mal ... Was hatte der Sprecher gerade verkündet? Entsetzt starrte ich auf das Spielfeld, von wo sich beide Mannschaften zurück in Richtung Tribüne bewegten. Das Spiel wurde verschoben? Die Spieler kamen zurück?

Das war ... gar nicht gut. Bevor ich mich nach einem neuen Versteck umsehen konnte, oder zumindest einem Platz, um mich vor dem Regen zu schützen, erreichte mich eine SMS von Tante Helly.

Die Jungs kommen. Verwandle dich zurück, Ophelia!

Mein Herz raste vor Aufregung. Tante Helly war da? Hier am Fußballplatz? Ich dankte still dem Himmel, dass sie mich mit den Doppelverwandlungen nicht im Regen stehen ließ. Auch wenn es nachher sicher Ärger geben würde.

Doch zuerst musste ich ein Bild meiner Mum im Kopf erzeugen, um wieder Ophelia zu werden. Und zwar schnell. Allerdings wollte es mir nicht gelingen, denn ich war viel zu hibbelig und aufgebracht. Noch dazu klapperten meine Zähne vor Kälte aneinander. Neulich Abend zu Hause war ich entspannt gewesen, aber jetzt?

Mist! Es geht nicht!

Okay! Bleib, wo du bist! Geh keinesfalls zum Spielfeld! Ich suche Roger und lenke ihn ab!

Mit zitternden Fingern steckte ich das Handy weg und lehnte mich gegen einen Baum abseits der Menschenmenge. Ohne klaren Kopf konnte ich mich nicht einfach zurückverwandeln. Außerdem, wenn jemand bemerkte, dass sich hier noch ein zweiter Roger herumtrieb ... dann würde es Ärger geben! Doch da ließ auch schon eine neue SMS mein Handy vibrieren. Eine Nachricht von Tante Helly.

Die Luft ist rein. Der echte Roger ist bei mir! Habe mich in einen Kobold verwandelt und behauptet, wenn er mich bis ans Ende des Regenbogens begleitet, hat er einen Wunsch frei!

Ich starrte aufs regennasse Display. Hatte ich mich gerade verlesen? Stand da wirklich Kobold? Und Regenbogen? Bestimmt war es ein fieser Fehler der Autokorrektur. Man wusste ja, dass Menschen eines gewissen Alters damit immer Schwierigkeiten hatten.

Tante Helly, in der Nachricht stand gerade Kobold. Und Regenbogen. Muss wohl ein Fehler sein. Willst du mir nicht sagen, was du wirklich …

Noch bevor ich meine Nachricht abschicken konnte, trudelte auch schon die nächste SMS ein.

Genauer gesagt bin ich Leprechaun 😉

Voller Schock starrte ich auf die SMS, den Zwinkersmiley und das Irlandfahnen-Emoticon dahinter. Ein Leprechaun! Roger war eher so schwarze-Katze-von-links-und-nicht-unter-der-Leiter-durchgehen-abergläubisch. Aber doch nicht *so*! Ich meine, ein waschechter Leprechaun! Roger war Ire, nicht irre! Vielleicht lag da die Quelle unseres Missverständnisses.

Er hat dir doch nicht etwa geglaubt?

Doch, hat er! Er denkt, Teamkapitän Jensen Miller aus Aberdeen hätte Halluzinogene ins Wasser gemischt und er wäre jetzt auf einem abgefahrenen Psycho-Trip!

Tante Helly! Konntest du dir nichts anderes einfallen lassen? Einen Notfall in der Familie? Oder einen Polizisten, der ihn ein Weilchen festhält? Musste es der beknackteste Plan weit und breit sein?

Entschuldige mal, die Zeit war knapp!

Ich rieb mir die Stirn. Tante Hellys Plan war zwar ziemlicher Mist, aber zumindest trieb sich jetzt nicht ein zweiter Roger in unmittelbarer Nähe rum. Nicht auszudenken, was passiert wäre, hätte jemand Verdacht geschöpft. Vermutlich saß auch der Geier irgendwo in den Ästen und beobachtete mich. Immerhin hatte inzwischen der Regen beinahe ganz nachgelassen. Eilig tippte ich eine Antwort.

Na fein. Aber nur nebenbei bemerkt, man findet am Ende des Regenbogens einen Topf voll Gold. Von Wünschen ist da keine Rede.

Hast du eine Ahnung, wie schwer es ist, einen Topf voll Gold herzubekommen? Das mit den Wünschen war unverfänglicher.

Es vibrierte erneut und diesmal schickte mir Tante Helly ein Foto. Es war ein Selfie eines geschätzt einen Meter großen (oder eher kleinen) Kobolds mit spitzen Ohren, rotem Haar und grünem Wams, der Tante Hellys übergroße Sonnenbrille auf der Nase trug. Widerwillig musste ich kichern.

Doch im nächsten Moment verging mir das Lachen, denn eine Hand legte sich um mein Handgelenk. »Hier bist du. Der Trainer dachte schon, die von Aberdeen haben unseren Spitzenspieler entführt. Dann können wir ja endlich weitermachen!«, sagte Cliff.

Ein Schauer lief mir über den Rücken, während ich in den Himmel starrte. Inzwischen hatte nicht nur der Regen aufgehört, es schien sogar die Sonne. »Weitermachen?«

»Ja, weitermachen.«

»Meinst du etwa mit dem Spiel?« Ich sah voller Angst in seine Augen. Wie um alles in der Welt hatte er mich so schnell gefunden? »Aber ... ich kann nicht spielen.«

Das war nicht gelogen. Abgesehen davon, dass ich noch nicht mal die Regeln beherrschte, hatte ich auch keine Zeit. Ich hatte es geschafft, mich in Roger zu verwandeln, und das war bereits die halbe Miete, um eine Verwandlung in Cliff hinterherzulegen. Ich brauchte bloß einen abgelegenen Ort und Ruhe. Und kein lautes Stadion.

»Was ist denn los?« Cliff blieb stehen und beugte sich zu mir hinab, weil ich immer noch einen Kopf kleiner war als er. »Vorhin hast du doch noch behauptet, Hackfresse-Jensen-Miller hätte zu viele Kopfbälle gegen die Rübe bekommen und hat es verdient, heute fertiggemacht zu werden.«

»Oh, ach so.« Das klang nach Roger. Fieberhaft suchte ich nach einer Ausrede. »Tja, nun, jetzt bin ich leider verletzt. Mein Knöchel ist ... ähm ... verstaucht. Aber keine Sorge, ich weiß Rat. Ihr könntet Adrian fragen. Der sitzt nur auf der Ersatzbank. Und er ist topmotiviert!«

Cliff seufzte. »Adrian spielt Verteidigung und nicht im Angriff.«

»Spiele ich etwa im Angriff?«, rief ich.

Cliff starrte mich entsetzt an.

»Außerdem, Angriff, Verteidigung, ist das nicht alles dasselbe?«, schob ich hinterher und bemühte mich, die Panik aus meine Stimme rauszuhalten.

»Nein, ist es nicht.« Er sah mich ungläubig an, und ich entschied mich dafür, den Notfallplan mit Adrian besser abzuhaken. Es war Zeit für Plan B.

»Okay, okay, ich spiele. Aber du musst mir noch Zeit geben«, bat ich ihn, griff nach meinem Handy und sah, dass ich zwei SMS bekommen hatte. Eine war von Mae.

Wo steckst du? Das Spiel geht gleich los!

Auch wenn mich mein schlechtes Gewissen auffraß, ich hatte keine Zeit, ihr zu antworten. Stattdessen rief ich die zweite Nachricht auf. Sie war von Tante Helly, die mir in der Zwischenzeit ein weiteres Foto geschickt hatte. Es war ein Foto, auf dem der echte Roger und der Tante-Helly-Kobold mit eingehakten Armen Brüderschaft tranken. Im Hintergrund war hügelige Landschaft zu sehen.

Das war nicht gut. Das war ganz und gar nicht gut.

Mit zitternden Fingern tippte ich eine Nachricht:

Bitte sag mir, dass ihr nicht gerade im Zug sitzt.

Prompt kam eine SMS von Tante Helly.

Wir sind auf dem Weg in die Highlands, Schätzchen! Dachtest du etwa, der Regenbogen endet an dem schäbigen Shoppingcenter hinter eurer Schule? PS: Die haben mir am Schalter ein Kinderticket verkauft!

Entsetzt starrte ich auf Tante Hellys SMS und die vielen Regenbogen-Emoticons, die sie daruntergesetzt hatte. Auf dem Weg in die Highlands! Wusste sie denn nicht, dass der echte Roger hier fürs Spiel gebraucht wurde? Ich war verloren!

Cliff neben mir wurde ungeduldig. »Was ist denn so wichtig, dass es nicht bis nachher warten kann?«

»Nichts.« Alle Blicke des Fanblocks waren auf uns gerichtet. Einige der Zuschauer klatschten, andere feuerten uns mit ihren dunkelblauen Wimpeln an. Fergus im Einhornkostüm versuchte sich an akrobatischen Tanzeinlagen, was aussah wie eine Schildkröte, die auf den Rücken gefallen war und nicht mehr hochkam. Ich schluckte fest.

»Ich weiß, das Spiel ist entscheidend und Hackfresse-Jensen ist ein Schrank, der alles zerkleinert, was sich ihm in den Weg stellt«, rief Cliff gegen das Johlen der Menge. Seine Augen glänzten, auf seiner Stirn standen Schweißperlen. »Aber ich brauche dich da draußen. Und jetzt lass uns gehen, bevor Cartman ...«

»Weg da, MacAllister, lass mich das machen.« Zu spät. Mit einem Ellbogencheck stieß der Trainer Cliff zur Seite und schnappte sich meinen Arm. Diesmal war der Trainer der Jungs glücklicherweise ausreichend bekleidet, dafür ging er mit Roger weit weniger zimperlich um als mit Ophelia. »Sieh mal an, unser zweiter Stürmer Roger O'Malley ist wiederaufgetaucht. Wie mir scheint, hast du dich bei den Mädchen hinten im Eck rumgetrieben. Offenbar findet auch ein blindes Huhn mal ein Korn.«

Verehrten Dank auch. Bevor ich michs versah, stand ich im Scheinwerferlicht des Platzes und spürte den weichen Rasen unter meinen Schuhen. Die Menge stimmte einen Schlachtgesang an, Trainer Cartman stellte sich mir mit verschränkten Armen in den Weg und irgendwo in der Mitte des Platzes ertönte eine Trillerpfeife.

Es gab kein Zurück. Ich war gefangen. Gefangen in dem Körper eines Jungen in einem blau-weißen Trikot mit der Nummer sechs.

Und ich war offiziell im Spiel.

✵

Okay, ruhig bleiben. Ich würde das hier durchstehen. So schwer konnte das alles nicht sein. Immerhin war es Fußball und nicht der Triathlon. Oder Wildwasser-Rafting. Oder Springreiten, wo man sich als Ungeübter schnell mal das Genick brechen konnte. Hier brauchte man bloß gegen einen Ball zu treten. Jeder Dummkopf konnte gegen einen Ball treten.

Zumindest hatte ich geschnallt, dass Cliff und ich als Angriffsspieler in der Nähe des gegnerischen Tors stehen mussten, doch offenbar war unsere Mannschaft so schlecht, dass der Ball kaum bis zu uns gelangte. Alles, was ich also tun musste, war, ein paarmal auf und ab zu laufen, den Gegnern böse Blicke zuzuwerfen und so auszusehen, als wäre ich mit dem, was hier passierte, mächtig unzufrieden. Was mir hervorragend gelang.

Die Sache änderte sich allerdings in der zweiten Hälfte, als Cartman zwei Spieler aus dem Mittelfeld auswechselte. Die beiden Neulinge spielten richtig gut, und jetzt wanderte der Ball immer weiter in meine Richtung, bis die Fangesänge anschwollen und einer der Mittelfeldspieler den Ball direkt auf mich zuschoss.

Ich erstarrte, blickte auf das runde Leder zu meinen Füßen und fühlte mich, als hätte sich das Tempo des Spiels plötzlich in Zeitlupe verwandelt. Ich holte aus, traf den Ball und bugsierte ihn auf Cliff zu – der ihn prompt zurück zu mir schoss.

Ich war verwirrt. Was um alles in der Welt machte er da? Warum spielte er den Ball zurück zu Roger? Er war der Teamkapitän, konnte er nicht das tun, was man als Teamkapitän so tat? Mit versessenem Blick auf Tore zustürmen und danach das Lob einheimsen?

Als der Ball wieder bei mir landete, ließ ich mir einen Moment zu lange Zeit, sodass ihn mir ein schlaksiger Junge mit blaurotem Aberdeen-Trikot klaute und in Richtung unseres Tores davonzog. Die Menge stöhnte.

»Was ist los, Roger?« Cliff kam zu mir gerannt und musterte mich. »Stimmt etwas nicht?«

»Ich, ähm ... sagte doch schon, ich bin nicht in bester Form«, redete ich mich heraus und zuckte dabei entschuldigend mit den Schultern. Natürlich war es nicht okay, dass ich ihn hängen ließ, aber was hatte ich denn für eine Wahl? Ich war nun mal nicht Roger! »Es scheint, als müsstest du heute die Hauptarbeit machen und uns zum Sieg führen. Tut mir echt leid, Kumpel.«

Cliff schloss die Augen und schien tief durchzuatmen. »Können wir es nicht wie immer machen? Bitte?«

»Was ist denn wie immer?«, fragte ich hilflos. Langsam bekam ich das Gefühl, dass hier etwas nicht stimmte.

Cliff schloss die Augen. »Meine Güte, Roger, ich kann nicht ohne dich spielen. Wir sind nur gemeinsam gut.«

»Achtung, Ball!«, rief mir einer der Mittelfeldspieler zu und im nächsten Moment spürte ich auch schon etwas Hartes an meinem Schienbein. Ich hatte noch nicht recht begriffen, was Cliff eigentlich gerade gesagt hatte, eine Sache war jedoch gewiss: Die Menge grölte jedes Mal voller Eifer, wenn mir jemand diesen Ball zuschoss.

Es war an der Zeit, zu handeln.

Also begann ich zu laufen. Erstaunlicherweise fiel mir das gar nicht so schwer. Dabei hatte ich mich immer für eine ziemliche Niete im Sport gehalten, aber einfach nur zu laufen, selbst mit einem Ball, war kein Problem. Noch dazu rannte ich doppelt so schnell wie sonst. Ob das daran lag, dass ich in Rogers Körper steckte?

Und jetzt, genau zum richtigen Zeitpunkt, schwoll der Jubel der Menge zu einem wahren Sturm an Fangesängen an. Auf dem Weg zum gegnerischen Tor wich ich erfolgreich zwei anderen Spielern aus und steuerte direkt auf den Torwart zu.

Doch als mich nur noch wenige Meter vom Ziel trennten, tauchte wie aus dem Nichts ein Spieler der gegnerischen Abwehr auf. Er hatte weißblondes, raspelkurzes Haar, war sogar noch größer als Cliff, und mir drängte sich der Verdacht auf, dass das hier Hackfresse-Jensen-Miller sein musste. Der eiserne Schild, der Abwehrgott von Aberdeen und deren Teamkapitän. Den Typen, den Roger verdächtigt hatte, das Trinkwasser vergiftet zu haben.

»Achtung! Er macht das, was er immer macht«, brüllte Hackfresse-Jensen-Miller einem anderen Spieler zu.

Das, was er immer macht? Für heute galt das bestimmt nicht. Ich hatte keine Ahnung, was Roger immer machte. Noch weniger Ahnung hatte ich, was ich selbst gerade tat. Ich wusste bloß, dass mich nur wenige Meter vom heiligen Tor trennten und dass, wenn ich es schaffen würde, den blöden Ball einfach da rein…

Meine Gedanken stoppten abrupt, als ich ein fremdes Bein an meinem Unterschenkel spürte, das Gleichgewicht verlor und zu Boden ging. Zum Glück war ich auf den Knien gelandet, und ich wollte mich gerade aufrappeln, da schoss Jensen Miller von hinten auf mich zu, fiel über meinen gebückten Oberkörper und ging in hohem Bogen zu Boden.

Das Publikum buhte und eine Trillerpfeife ertönte.

»Foul im Strafraum«, verkündete der Schiedsrichter und schwenkte die Fahne.

Moment mal. Verdutzt richtete ich mich auf und klopfte mir das Gras von der Shorts. Foul? Von mir? Das konnte nicht sein. Ich hatte doch gar nichts gemacht!

Eilig lief ich auf den Schiedsrichter zu, einen pummeligen Jungen mit rotem Gesicht. Wenn ich ihm das Ganze hier freundlich erklären konnte, würde er bestimmt Gnade walten lassen. »Ähm, dürfte ich kurz Einspruch erheben? Wissen Sie, ich habe Hack..., ähem ... Jensen Miller nicht absichtlich zu Fall gebracht. Jemand wollte, dass ich stürze, danach gab es dann eine ... Verkettung unglücklicher Umstände ...«

»Wir sind hier nicht bei Gericht, Spinner!«, schnauzte mich der Junge in derbem Akzent an. Ein bisschen Spucke landete auf meiner Wange. »Mach das lieber mit Jensen aus, mal sehen, wie der auf deinen Charme reagiert.«

Ich schluckte fest. So viel zum Thema Manieren auf dem Fußballplatz. Und als ob das noch nicht genug der Unhöflichkeiten gewesen wäre, kam jetzt auch noch Hackfresse-Jensen-Miller auf mich zu – mit gefletschten Zähnen und geballten Fäusten wie Hulk höchstpersönlich. Mir drehte sich der Magen um.

»War das gerade etwa Absicht, du Feuermelder?« Jensen stieß mit den Handflächen gegen meinen Brustkorb, so fest, dass ich beinahe noch mal zu Boden gegangen wäre. »Hast du absichtlich dafür gesorgt, dass ich auf die Schnauze falle?«

Ich war starr vor Schreck. Noch nie zuvor hatte ein Junge so mit mir gesprochen, geschweige denn Gewalt angewendet. Normalerweise hätte ich bestimmt einen Spruch auf Lager gehabt. Aber nun fühlte ich mich wie taub.

»Machst du dir etwa in die Hosen, Rotkäppchen?« Meine Schockstarre schien ihn nur noch mehr zu provozieren. Er schnappte sich meinen Oberarm und drückte zu.

Einige der anderen Spieler lachten, während der unnütze Schiedsrichter teilnahmslos danebenstand. Wenn ich raten müsste, hätte ich darauf getippt, dass er mindestens genauso viel Schiss vor Jensen Miller hatte wie ich.

»Nimm deine Finger weg von ihm, Jensen.« Plötzlich war Cliff an meiner Seite. Er packte Jensens Handgelenk und bog es gewaltsam von mir weg. Ich rieb mir die Stelle am Oberarm, die inzwischen schmerzhaft pulsierte.

»Oh ... Der heldenhafte beste Freund eilt zu Hilfe!« Für einen Moment wirkte Jensen verunsichert, doch dann gab er ein verächtliches Grunzen von sich, spuckte auf den Rasen und verfehlte dabei nur um wenige Zentimeter Cliffs Schuhe. »Zieh Leine, MacSpießer! Das ist eine Sache zwischen mir und dem elenden Rotfuchs hier. Oder wollt ihr beide eine kassieren?«

»Mann, Hackfresse-Jensen, diese Rothaarigen-Witze sind sogar unter deiner Würde.« Cliff schmunzelte.

»Wie hast du mich gerade genannt?« Jensen ballte die Faust.

Cliff grinste immer noch. »Laut Lexikon ist eine Hackfresse eine hässliche Person mit einem Gesicht wie Hackfleisch. Sag bloß, davon hast du noch nie gehört?«

»Okay, das reicht!« Jensen stürmte auf Cliff zu.

»Nicht!«, schrie ich.

Endlich kam Leben in den Schiedsrichter, doch es war bereits zu spät. Bevor Cliff ausweichen konnte, traf ihn Jensens Faust zwischen Nase und rechtem Auge, mit einer Wucht, die das Publikum aufschreien ließ. Cliff sank zu Boden, während der Schiedsrichter Jensen an beiden Armen packte und von Cliff wegzog.

Einen Augenblick lang war ich wie gelähmt vor Schreck. Doch dann rannte ich zu Cliff und kniete mich auf den kalten Rasen. Seine Nase blutete, das linke Lid begann, sich zu röten und anzuschwellen, und ich konnte nicht fassen, dass das alles meine Schuld war. Normalerweise war ich doch die, die Streite schlichtete. Und nicht die, die wie versteinert rumstand und andere Menschen die Sache regeln ließ, sodass am Ende noch jemand Schläge für mich kassierte. Was war nur los mit mir?

»Schon gut.« Als Cliff sprach, überrollte mich eine Woge der Erleichterung. Er saß nun aufrecht auf dem Rasen und machte Anstalten, aufzustehen, was ihm noch nicht so ganz gelang. »Es ist nur ein kleines Veilchen, nichts Schlimmes. Ich kann spielen.«

»Lass mich lieber mal sehen.« Ich strich ihm die Haare aus der Stirn und betastete die Stelle um sein linkes Auge herum. Es war eine ordentliche Schwellung. »Ich kenne solche Blutergüsse von Maes Boxkämpfen. Ich creme sie dann jedes Mal mit einer großen Portion Arnikasalbe ein und in fünf bis zehn Tagen ist nichts mehr davon zu sehen.«

»Arnikasalbe also.« Cliff lächelte und wippte mit den Augenbrauen. »Wir machen also Fortschritte bei Mae. Wurde auch Zeit.«

Ich erschrak. So ein Mist! Ich war doch Roger. Roger, Roger, Roger. Warum zur Hölle hatte ich das vergessen? Außerdem wusste er, dass Roger in Mae verknallt war. Wussten es eigentlich alle außer mir? Und Mae?

»Wie niedlich, ihr beiden.« Jensen hatte sich aus dem Griff des Schiedsrichters befreit und betrachtete uns. Vor allem meine Hand auf Cliffs Haar schien ihn prächtig zu amüsieren. »Beste Freunde eben. Man könnte fast glauben, ihr habt was füreinander übrig.«

Auch das noch. Zum Glück kamen in diesem Moment zwei Spieler unserer Mannschaft mit dem Notfallkoffer angerannt, somit konnte ich meine Hand unauffällig von Cliffs Stirn nehmen und stattdessen nach dem Kühlbeutel greifen.

»Danke«, flüsterte er mir zu.

»Schwillt so bestimmt schneller ab«, murmelte ich.

»Ich meinte nicht den Kühlbeutel.« Cliff sah mich aus einem Auge an.

»Nicht?«

»Du weißt, wovon ich spreche.« Er deutete mit dem Kinn in Richtung des Tors, auf das ich zugestürmt war, bevor Hackfresse-Jensen-Miller über mich gestolpert und meinen Moment des Trumpfs ruiniert hatte. »Du warst echt gut.«

»Ach, das hättest du doch genauso hinbekommen.«

»Ohne dich bestimmt nicht.« Cliffs Miene war ernst.

Das Gespräch von vorhin auf dem Rasen fiel mir plötzlich wieder ein. Da war etwas, was Cliff angedeutet hatte, was aber noch nicht recht Sinn ergab. »Ist das wahr, was du vorhin gesagt hast? Dass du Roger, also mich, brauchst, um gut spielen zu können?«

»Später, okay?« Cliff richtete den Blick auf Trainer Cartman, der auf uns zulief und sich über den Bart kratzte, der mir erst vor wenigen Tagen selbst im Gesicht gewachsen war.

»Okay, MacAllister, du bist raus«, erklärte der Trainer ohne Umschweife.

»Was? Aber …«

»Jensen Miller auch. Der hat die Rote Karte kassiert.«

Ich wollte dem Trainer anbieten, das Spielfeld ebenfalls vorzeitig zu verlassen, um Cliff zu versorgen (und dabei das Gespräch von eben fortführen), aber das hätte wohl merkwürdig gewirkt. Und weil es immer noch Stunden dauern würde, bis der Leprechaun den echten Roger wieder zurückbringen würde, blieb mir nur eine Wahl. Ich musste es zu Ende bringen.

Trainer Cartman klopfte mir auf die Schultern. »Und du, O'Malley, versohl diesen Schwächlingen den Hintern für das, was sie MacAllister angetan haben, ja?«

Dreizehn

Leider hatte ich diesen »Schwächlingen« nicht den Hintern versohlt. Ganz im Gegenteil – der Zwischenfall mit Hackfresse-Jensen-Miller hatte unser Team dermaßen aus dem Takt gebracht, dass kein einziger Ball mehr in die Nähe des Tors vorgedrungen war. Doch ich hätte eh jede weitere Chance vergeigt, denn die restliche Spielzeit konnte ich nur an Cliffs seltsames Verhalten auf dem Platz denken.

Warum war jemand, der so selbstbewusst und sportlich wirkte, auf seinen besten Kumpel Roger angewiesen? Nach dem, was man sich erzählte, spielte Cliff so gut, dass er es alleine mit einer ganzen Mannschaft aufnehmen könnte. Gab er sich bloß bescheiden? Oder konnte er wirklich nicht so gut spielen, wie alle dachten, und war bloß Kapitän, weil er den Rest des Teams ausgezeichnet motivieren konnte? Ich hatte noch keine Antwort darauf gefunden, als der Schlusspfiff ertönte und die Spieler in die Umkleidekabinen geschickt wurden.

Die Umkleidekabinen! Gerade als ich dachte, ich hätte das Schlimmste überstanden, fiel mir siedend heiß ein, dass jetzt die gesamte Mannschaft aus ihren Trainingsklamotten schlüpfte und in der Gemeinschaftsdusche verschwand. Äh, ja. Das war dann wohl der Teil, an dem ich mich am besten aus dem Staub machte.

Also nutzte ich das betretene Schweigen, als Trainer Cartman das Team wegen der »mädchenhaften Leistung« in die Mangel nahm (Ernsthaft? Wer hatte denn hier die einzige Torchance gehabt? Ein Mädchen!), und verdrückte mich aufs Klo. Natürlich nicht, um das stille Örtchen tatsächlich zu benutzen. Bei dem Gedanken daran, an Rogers Sportshorts rumzufummeln, nahm ich mir gleich vor, als Roger nichts mehr zu trinken. Stattdessen war es an der Zeit, den letzten Teil meines Plans in die Tat umzusetzen. Die Verwandlung in Cliff.

Zum Glück war auf dem Jungsklo rein gar nichts los, also stellte ich mich vor den Spiegel und betrachtete mein Spiegelbild. Nachdem ich gesehen hatte, wie Roger und Cliff füreinander einstanden, musste ich meine Meinung zu Roger vielleicht anpassen. Auch wenn er oft unverschämt und frech war und eine seltsame Art hatte, Mae seine Gefühle zu zeigen – er stand täglich für seinen Freund Cliff ein, also war er wohl kein übler Kerl. Vielleicht wurde es Zeit, dass Mae diese Seite an ihm auch mal zu sehen bekam.

Zuerst musste ich allerdings die Verwandlung in Cliff hinter mich bringen. Ich schloss also die Augen und versuchte, mir alles, was ich inzwischen über Cliff wusste, ins Gedächtnis zu rufen. Einige meiner Vermutungen vom Anfang hatte ich wieder streichen müssen, stattdessen war meine Liste um neue Punkte ergänzt worden. Inzwischen war es ein ziemliches Durcheinander von widersprüchlichen Annahmen.

Cliff war beliebt, stand gerne im Mittelpunkt, aber dann auch wieder nicht, weil er ziemlichen Bammel hatte, vor vielen Menschen zu sprechen. Er war groß, breitschultrig und sportlich, überließ beim Fußball aber lieber seinem Kumpel Roger die Show. Er zählte loyale Jungs wie Roger zu seinen Freunden, war aber andererseits mit dieser unsensiblen Dampfwalze Amalia liiert. Wie passte das zusammen?

»Da bist du ja. Alle suchen dich schon«, unterbrach mich eine männliche Stimme.

Eilig fuhr ich herum. Zwei Jungs mit nassen Haaren und nacktem Oberkörper standen neben mir am Waschbecken. Einer von ihnen war ein ziemlich selbstbewusster Junge namens Nicky. Und der zweite war Adrian.

Obwohl ich mir Mühe gab, nicht hinzustarren, musste ich einen kurzen Blick auf Adrian riskieren. Meine Wangen wurden ganz warm und ich musste wieder an den Bühnenkuss neulich bei der Probe denken. An die Lichter, die alle Zuschauer verschluckt hatten. Und an dieses Gefühl, als hätten wir nicht geschauspielert. Auf meiner Haut begann es zu kribbeln.

»Alles okay mit dir?«, fragte mich Nicky.

Oje. War ihm aufgefallen, dass Roger gerade bis über beide Ohren rot geworden war? Oder kribbelte es ... wegen der Verwandlung in Cliff, die ich eben probiert hatte? Ich warf unauffällig einen prüfenden Blick in den Spiegel, und, Gott sei Dank, da war nichts *Cliffiges* an mir. Ich war immer noch von Kopf bis Fuß Roger. »Klar. Warum fragst du?«

»Na, weil du nach dem Spiel so schnell aufs Klo gerannt bist.« Nicky grinste und deutete zur Kloschüssel. »Ich kenne das, wenn man während des Spiels muss und nicht darf. Alles erledigt?«

Würg. Waren das wirklich die Themen, über die Jungs sich unterhielten? Toilettengänge? Wenigstens fiel Nicky nicht auf, dass ich eben ziemlich offensichtlich Adrian abgecheckt hatte.

»Äh, ja.« Mitspielen, Ophelia. Nicht hinterfragen, einfach mitspielen.

»Keine Sorge, Kumpel, ein wenig Bier bringt deine Verdauung wieder in Schwung.« Nicky legte den Arm um mich, und ich gab mir Mühe, nicht die Nase zu rümpfen. Er war noch nicht geduscht. Dann begann er, seinen Bizeps anzuspannen und sich dabei im Spiegel zu betrachten. »Was sagt ihr eigentlich zu meinen Muskeln? Beim Fußball trainiert man die ja nicht so wirklich, aber seit ich regelmäßig ins Fitnessstudio gehe, kann sich mein Oberkörper sehen lassen. Wollt ihr mal anfassen?«

»Nein, danke«, sagten Adrian und ich gleichzeitig. Nicky war noch vor einem Jahr schmächtig wie eine Bohnenstange gewesen, und nun, nach ein paar Wochen Kraftraum, hielt er sich für Arnold Schwarzenegger? Ich war heilfroh, dass Adrian diesen Hampelmann offenbar genauso lächerlich fand.

»Die Ladys würden bestimmt gerne mal kneifen«, prahlte Nicky weiter.

»Wer's glaubt«, rutschte mir unabsichtlich raus.

»Ach, halt's Maul, Roger, du bist kein Mädchen. Du kannst das doch gar nicht beurteilen«, brummte Nicky und boxte mir fest gegen den Oberarm.

»Autsch.« Ich rieb mir die schmerzende Stelle.

»Ach, sind wir jetzt unter die Weicheier gegangen?«, lästerte Nicky. Jungs schienen solche Hiebe offenbar nicht böse zu meinen, er machte sofort weiter mit der Spiegel-Muskelschau. »Wisst ihr, diese Muckis hier, meine Herren, öffnen mir die Herzen zu allen Mädchen der Oberstufe.«

»Diese Muckis öffnen leider keine Mädchenherzen, sondern bloß deren fest zugeschraubte Getränkeflaschen. Das ist nämlich alles, wofür sie je im Einsatz waren«, gab ich zurück und boxte ihm ebenfalls gegen den Oberarm, während Adrian auflachte und mir die Hand zum Highfive hinhielt. Ich schlug ein.

Ha!

Nicky wirkte jetzt ernsthaft beleidigt. »Ihr Schwächlinge habt keine Ahnung. Dann geht ihr eben nächstes Jahr mit euren Schwestern auf den Schulball.« Eingeschnappt machte er sich davon. »In fünf Minuten verschwinden wir auf die Party, falls ihr es euch doch noch anders überlegt«, murrte er noch.

»Party?«, fragte ich Adrian, als wir alleine waren.

»Die Abschlussparty des Fußballvereins für dieses Sommerhalbjahr. Cartman hat die Bowlingbahn schon vor Wochen gemietet. Konnte ja keiner wissen, dass wir haushoch verlieren.« Adrian zuckte mit den Schultern. »Aber ich glaube, ich gehe nach Hause. Ich will noch ein Buch zu Ende lesen.«

Ich starrte auf Rogers Schuhe, während sich Enttäuschung in mir breitmachte. Adrian und ich waren endlich mal alleine, da durfte er nicht gleich wieder abhauen.

»Ach Quatsch. Du brauchst das Stück doch gar nicht üben, du bist schon perfekt«, warf ich ein.

»Ha-ha«, machte Adrian und rollte mit den Augen. Offenbar war er von Roger nur Sarkasmus gewohnt.

»Nein, wirklich«, versicherte ich ihm. Wenn er tatsächlich mit zur Party kam, konnte ich die Zeit, die mir blieb, bis der echte Roger zurückkam, nutzen, um herauszufinden, ob Adrian für nächstes Wochenende schon Pläne hatte. Die warnende Stimme in meinem Kopf, die mir riet, lieber nach Hause zu gehen und es nicht drauf ankommen lassen, doch noch entdeckt zu werden, ignorierte ich einfach.

»Na gut.« Meine Masche zeigte wohl Wirkung. »Ich schätze, das Stück kann warten.«

Ich grinste ihn im Spiegel an und versuchte, nicht zu sehr auf seinen nackten Oberkörper zu starren. Adrian war heute Abend also dabei. Auch wenn das bedeutete, die Verwandlung in Cliff erst mal auf Eis legen zu müssen. Aber mit Tante Helly in den Highlands und dem echten Cliff ganz in der Nähe war das ohnehin zu riskant.

Offenbar hatte Trainer Cartman die ganze Bowlingbahn inklusive des angrenzenden Gasthauses für die Party gemietet. Die Polstermöbel stanken zwar nach Zigarre, in der Ecke stand ein nicht mehr ganz frisch aussehendes Buffet, und über den Bildschirm flimmerte ein Kricketspiel, dafür lief aber laut Musik, zu der man prima tanzen konnte. Als ich einen Stehtisch ansteuerte, hatte ich große Lust mitzuschunkeln, bis mir auffiel, dass keiner der Jungs auch nur annähernd die Hüften bewegte. Mist! Stattdessen versammelten sich die, die nicht sofort bowlen gegangen waren, an der Bar, lachten oder verfolgten das Spiel im Fernsehen. Selbst Adrian wirkte nicht so schweigsam und zurückgezogen wie sonst und unterhielt sich mit einigen Jungs aus dem Team.

Also los, Ophelia ... ähm ... Roger! Ich nahm all meinen Mut zusammen und beschloss, selbstbewusst auf die Gruppe zuzugehen. Dann würde ich wie Nicky vorhin meinen Arm um Adrian legen, ihn einen männlichen Klaps erteilen und fragen, was bei ihm denn am Wochenende so auf dem Programm ...

»Möchtest du was trinken?« Bevor ich loslegen konnte, stand plötzlich Cliff neben mir. Er trug eine gewöhnliche blaue Kapuzenjacke und Jeans und unterschied sich nicht die Spur von den anderen Jungs. Vom blauen Auge mal abgesehen, das langsam tiefdunkel anlief.

Ich verneinte, nahm den Blick von Adrian und spürte, wie mich Cliffs Gegenwart ein wenig entspannte. Getränke waren tabu. Selbst wenn ich vor aller Augen dehydrierte, ich hatte immer noch vor, diese Roger-Verwandlung durchzuziehen, ohne auch nur ein einziges Mal das stille Örtchen besuchen und mich dort mit anatomischen Details beschäftigen zu müssen. Da musste man eben Prioritäten setzen. »Wie geht's deinem Auge?«

»Besser als erwartet. Tut kaum noch weh.«

Das klang nicht sonderlich überzeugend. Vermutlich, weil Jungs untereinander nicht jammerten. »Das hättest du nicht tun müssen. Dich mit Jensen zu prügeln.«

»Ich hab mich nicht mit ihm geprügelt.« Cliff zuckte mit den Schultern. »Hätte ich mich mit ihm geprügelt, wäre das für mich auch eine Rote Karte gewesen und eine Sperre fürs nächste Spiel.«

Ich beobachtete ihn, wie er am Tisch lehnte und mit dem Finger die Ringe auf dem Holz nachzeichnete. Frustriert, genervt, verärgert und ganz anders als der gut gelaunte Cliff, den alle aus der Schule kannten. Mein Gefühl sagte mir, dass seine schlechte Laune nicht nur dem Veilchen geschuldet war.

»Du überlässt am Platz regelmäßig ... *mir* den großen Auftritt? Warum schießt du die Tore nicht selbst und heimst die Lorbeeren ein?«, begann ich vorsichtig. Das war die letzte Chance, als Roger etwas über ihn zu erfahren, was er den anderen niemals anvertrauen würde. Schon gar nicht Ophelia.

»Ich hasse das Rampenlicht, das weißt du ganz gen…« Cliff brach ab und starrte immer noch die Tischplatte nieder. »Weißt du was, eigentlich möchte nicht darüber reden.«

Ich unterdrückte ein Brummen. Sprach er denn mit niemandem? Ich hatte immer gedacht, er hätte eine ganze Wagenladung an besten Freunden. Und jetzt gab er sich zugeknöpft und verschlossen? Als ich gerade noch mal nachhaken wollte, kamen Nicky und Adrian rüber und stellten geräuschvoll vier eiskalte Bierflaschen vor uns ab. Adrian stand so nah, dass ich seine warme Haut spüren konnte, und ich wurde augenblicklich nervös.

»Aus der Bar geklaut. Cartman wirft auf der Bowlingbahn einen Strike nach dem anderen und wird es nicht merken«, grinste Nicky und teilte das Bier auf. »Auf unsere unverdiente Niederlage. Mögen Hackfresse-Jensen-Miller eitrige Pickel am Hintern wachsen.«

»Amen«, sagten Cliff und Adrian, hoben die Flasche und klangen dabei, als hätten sie ihm das schon ein paarmal gewünscht. Ich tat nur so, als würde ich trinken, benetzte die Lippen und stellte die Flasche wieder ab. Damit war ich nicht die Einzige, denn Cliff presste die kühle Bierflasche auch nur auf sein geschwollenes Auge.

»Geht ihr eigentlich auch zu Ophelias und Loras Party am Wochenende? In dieses schräge Hexenhaus?«, begann Nicky unvermittelt. »Habe gehört, ihre drei Tanten haben alle eine ordentliche Klatsche.«

Ich schnappte nach Luft angesichts der überraschenden Wendung des Gesprächs. Meine Tanten waren seltsam. Das war also stadtbekannt. Ich beschloss, lieber nichts zu sagen.

»Lora hat die ganze Schule eingeladen«, antwortete Cliff. Sein Blick war immer noch auf die Tischplatte geheftet. »Also ja, Amalia und ich werden hingehen.«

Damit hatte ich gerechnet. Lora hatte schon vor Wochen verkündet, dass sie ihren Teil der Einladungen ziemlich großzügig verteilen würde, immerhin war unsere Villa riesengroß, und bei Partys zu Hause war es ihrer Meinung nach für den Erfolg zwingend notwendig, dass man wie in der Sardinenbüchse geschichtet nebeneinanderstand und abtanzte.

»Dito«, erklärte Nicky zufrieden. »Adrian?«

Adrian schüttelte den Kopf. Die Art, wie er nachdenklich seufzte und sich auf die Lippen biss, ließ mich innerlich laut aufschreien. Warum zur Hölle hatte ich ihm noch keine Einladung gegeben? Warum, warum, warum?

Adrians Antwort veranlasste Cliff, den Kopf zu heben. »Aber ihr seid doch im selben Stück, du und Ophelia.«

Meinen eigenen Namen zu hören, ließ meine Beine prompt zu Butter werden, und ich musste nach der Tischkante greifen, um nicht hinzufallen. Hoffentlich merkte keiner, dass bei Roger die Schnappatmung eingesetzt hatte.

»Sind wir auch. Ich dachte sogar, wir wären Freunde«, begann er. »Ein paarmal hab ich auch schon gedacht, sie würde mich jetzt auf die Party einladen, aber dann hat sie es doch nicht getan. Vielleicht hab ich mir das auch nur eingebildet. Aber dann, neulich auf der Bühne, da …« Adrian ließ den Satz unvollendet stehen, während mein Herz bis zum Hals klopfte.

Nicky rieb sich die Hände. »Okay, jetzt wird's interessant. Ich hab dich immer für einen Theaterfreak gehalten! Ich hatte ja nicht den leisesten Schimmer, dass du so ein Draufgänger bist,

Huxley! Stille Wasser sind eben tief. Spuck's aus. Was war da auf der Bühne?«

»Da war dieser Kuss«, begann er.

Meine Güte! Ich brauchte einen Schluck Bier, und zwar dringend.

Adrian erzählte von unserem Kuss! Sonst verschlossen wie eine Panzertür, aber hier plauderte er drauflos! Das war wirklich etwas Besonderes. Und anscheinend tat er es nicht, um zu prahlen, sondern um die anderen an seinen Gefühlen teilhaben zu lassen. Ich hätte am liebsten ein Freudentänzchen hingelegt, aber offenbar herrschte unter Jungs striktes Tanzverbot.

»Der Kuss stand im Text«, wandte Cliff ein.

»Ich weiß. Trotzdem. Ich dachte, sie mag mich, aber ... keine Ahnung. Für mich hat es zuerst so ausgehen, als wollte sie mich auf der Bühne gar nicht küssen.«

Am liebsten hätte ich ihn auf der Stelle noch mal geküsst. Als Roger. Und wirklich, ich brauchte alle Beherrschung der Welt, um mich zurückzuhalten. Jetzt hatte ich endlich den Beweis, dass da etwas zwischen uns war. Ich hatte es mir doch nicht eingebildet. Mist, hätte ich damals auf der Bühne nur nicht so getan, als wollte ich den Kuss gar nicht proben. Das war nur blanke Panik gewesen.

»Mach dir nichts draus.« Nicky legte gönnerhaft seinen Arm um ihn. »Wahrscheinlich hat das kleine Täubchen einfach keine blasse Ahnung von solchem Kram. Bestimmt war es ihr allererster Kuss.«

»Unterschätzt sie nicht. Sie ist ziemlich tough«, sagte Cliff plötzlich. Ich fragte mich, warum Cliff das Bedürfnis verspürte, mich zu verteidigen. Und wie er darauf kam, ich sei tough. Dachte er an Ravengirl?

»Ah ja. Und das weißt du woher?«, fragte Nicky.

»Wir sind befreundet«, antwortete Cliff kurz.

»Seit wann?«

»Seit Kurzem.«

»Interessant.« Nickys Augen wurden schmal. »Es kriselt also so zwischen dir und Amalia, dass du dich schon mit anderen Mädchen anfreundest?«

Ich versuchte, jedes Wort aufzusaugen, während ich meine Hände unterm Tisch versteckte, damit keiner merkte, wie meine Handflächen schwitzten. Cliff und Amalia steckten in einer Beziehungskrise? Unweigerlich drängte sich mir der Gedanke auf, dass das nur allzu verständlich war, wenn man Amalia ertragen musste. Im selben Moment hasste ich mich für den Gedanken. Es war nicht okay, so zu denken. Liebeskummer war niemandem zu wünschen, weder Cliff noch Dampfwalze Amalia.

Cliff seufzte. »Amalia hat die besten Absichten, okay? Und was Ophelia betrifft, ich bin mit vielen Mädchen befreundet und das wisst ihr.«

»Vielleicht hat es Amalia einfach satt, dass sie nie zu dir nach Hause eingeladen wird? Und wir übrigens auch! Euer Haus wäre einfach ideal für Partys.« Nicky schien in Streitlaune. »Ihr müsst doch Whisky zum Abwinken haben.«

Moment. Hatte ich richtig gehört? Niemand von seinen Freunden war je bei Cliff zu Hause gewesen? Auch nicht Amalia? Ich wollte nachfragen, was er damit meinte, aber Cliffs Miene ließ keine Fragen zu. Nicht mal von Roger. Ich biss mir auf die Lippe.

»Es reicht, Nicolas«, knurrte Cliff.

»Schon gut, Kumpel. Ich wollte dich bloß aufziehen, war nicht so gemeint. Die nächste Runde geht auf mich. Schieß los, was hättest du gerne?«

»Gar nichts. Ich nehme den Bus und fahre nach Hause. Meine Schwester Penny übernachtet morgen in der Schule und ich muss ihr für ihre Lesenacht noch Bücher leihen. Macht's gut«, sagte er, verließ den Tisch und drückte sich durch die Menge in Richtung Ausgang.

»Die Lesenacht deiner Schwester? Was ist denn das für eine Ausrede?« Nicky hechelte ihm hinterher. »Dass du uns nicht zu dir einladen willst, ist voll okay. Ich würde mich selbst auch nicht einladen, vor allem nicht in ein Haus voller Whisky. Und das mit Amalia war auch nur ein Witz. Amalia ist klasse ... sie hat ganz tolle ... ähm ...« Er zögerte. »Noten.«

»Lass gut sein, Nicolas.«

»Und wunderbare Finger. So elegant. So grazil.«

»Du bist ein echter Poet, Nicky. Schon mal überlegt, Glückwunschkarten zu schreiben?«

»Das war doch nur ein Witz. Jetzt warte doch mal. Cliff! CLIFF!«

Die beiden verschwanden in Richtung Ausgang und Adrian und ich blieben alleine zurück. Ich überlegte kurz, ob Roger den beiden wohl hinterherlaufen würde, um die Wogen zu glätten, aber in genau diesem Moment vibrierte mein Handy. Tante Helly! In all dem Tumult hatte ich sie beinahe vergessen. Sie hatte mir ein Foto geschickt, auf dem der Leprechaun und Roger Arm in Arm vor einem prächtigen Regenbogen standen und Roger den erhobenen Daumen in die Kamera hielt.

Ophelia! Wir haben einen Regenbogen gefunden! Leider denkt Roger immer noch, er wurde vergiftet, und ist deshalb schon ein wenig anstrengend. Ich liefere ihn in zehn Minuten ab.

Ha! Offenbar ging Roger Tante Helly schon gehörig auf den Zeiger, denn jetzt hatte sie ein halbes Dutzend Emoticons mit ausgestreckter Zunge angefügt. »Hör mal, Adrian, ich muss gleich gehen, ähm, ich meine … kurz nach draußen«, erklärte ich. »Ich wollte bloß noch loswerden, dass Ophelia dich ganz bestimmt auf ihre Party einladen wird. Halt dir den Tag also besser frei.«

Adrian starrte ins Leere. »Denkst du?«

Hach. Ich hoffte, es würde niemandem auffallen, wie verliebt ich ihn anschmachtete. Er war auch wirklich umwerfend, mit diesem geistesabwesenden Blick, als würde er gerade über den Inhalt eines Romans oder eines Theaterstücks nachgrübeln.

»Ich finde, ihr seid euch ähnlich. Ihr seid sogar wie …« Die letzten Worte brach ich ab, weil meine Stimme ein wenig seltsam klang. Viel höher als vorher, fast wie meine echte. »Wie füreinander geschaffen«, piepste ich.

Eine dunkle Ahnung machte sich in mir breit.

»Kann sein. Eine Frage hätte ich allerdings noch.«

Ich hielt die lauwarme Bierflasche umklammert. »Ja?«

Adrian grinste. »Warum um alles in der Welt trägst du pinken Nagellack?«

»W…was?« Vor Schreck warf ich die Bierflasche um, deren schäumender Inhalt wie Lava über den Tisch quoll und auf Adrians Hose landete. Ich war kurz davor, ihn mit Servietten abzutupfen, hielt mich aber doch zurück. Das war nämlich für Mädchen *und* Jungs unangebracht. »Oje, das tut mir so leid, Adrian. Ich bin so ein Tollpatsch.«

»Schon gut.« Adrian tupfte sich die Hose trocken. Der misstrauische Blick, den er mir dabei zuwarf, war schwer zu deuten. Meine Fingernägel waren tatsächlich rosa, so wie vor meiner Verwandlung, etwas, was vor wenigen Minuten ganz bestimmt noch nicht der Fall gewesen war. War das ein Zeichen, dass ich mich langsam zurückverwandelte? Weil ständig von Ophelia die Rede war und der Gedanke an mich selbst Rückverwandlungen auslöste? Oder weil ich schon zu lange in Rogers Körper steckte? Oder beides?

»Die Nägel, tja ... Das war eine verlorene Wette. Aber jetzt muss ich los«, erklärte ich Adrian. Ich schnappte meine Stofftasche und gab mir Mühe, dass meine Stimme besonders tief klang. »Bis ... später.«

Adrian starrte mir verwirrt hinterher, während ich aus dem Pub hastete, in eine dunkle Häuserschlucht flüchtete und tief durchatmete. Inzwischen waren auch meine Beine wieder meine alten, und ich trug den gestreiften Rock, den ich vor dem Spiel angezogen hatte. Einen Augenblick später hörte ich Rogers Stimme. Die des echten Roger.

»Und du kannst tatsächlich nicht bleiben?«, jammerte der. »Ich hätte noch so viele Wünsche. Meine letzte Matheklausur war eine Katastrophe, meine Schwester Roberta wünscht sich ein Pony, und dann habe ich da noch so ein ekeliges Furunkel am Zeh, das irgendwie kein Hautarzt behandeln ...«

»Ich kann nicht«, sprach der Leprechaun und klang, als hätte man Tante Hellys Stimme durch eins dieser Stimmenverzerrer-Geräte gejagt. »Es ist wie bei Mary Poppins. Ich muss wieder weiterziehen, zu einem anderen Fußballspieler, der dringend meine Hilfe braucht. Und zwar zu … ähm … Manchester United. Die haben dieses Jahr eine lausige Saison.«

Roger nickte und ich verkniff mir ein Grinsen. Ich bekam gerade noch mit, wie Roger den Kobold zum Abschied umarmte, versprach, bald nach Irland zu reisen, und im Gasthaus verschwand. Blieb zu hoffen, dass er immer noch an die Geschichte mit der Trinkwasservergiftung glaubte und keiner es seltsam fand, dass er keine Erinnerungen an das Spiel und den bisherigen Abend hatte.

Als Roger weg war, wagte ich mich aus meiner Deckung hervor und sah den Leprechaun an einem dunklen Mauereck lehnen. Aus der Nähe betrachtet, konnte die Kreatur tatsächlich als Kind durchgehen, und ich hoffte, dass morgen nicht zu viele Zeitungen über eine merkwürdige Naturgeistergestalt in den Highlands berichten würden.

Der Tante-Helly-Kobold begrüßte mich mit einem Augenrollen. »Gott, war der anstrengend. Ich habe was gut bei dir, Ophelia. Ab nach Hause.«

Ich ging voran, über die Pflastersteine der schmalen Gasse in Richtung unserer Villa. Auf den Straßen war niemand mehr unterwegs, nur ein torkelnder Mann warf uns amüsierte Blicke zu. Mittlerweile hatte ich mich zurückverwandelt, und es tat gut, wieder voll und ganz ich zu sein. »Was hat Roger sich eigentlich gewünscht, als ihr den Regenbogen gefunden habt?«

Sie lachte. »Das wirst du nicht glauben.«

»Hat es was mit Mae zu tun?«, fragte ich und bekam augenblicklich ein schlechtes Gewissen. Ich hatte Maes Nachricht nicht beantwortet.

»In der Tat. Roger hat sich gewünscht, mit Mae zu deiner Party zu gehen. Und ich habe den Wunsch gewährt.«

Mein Kiefer klappte auseinander. »Du hast *was?*«

»Ich dachte, das wäre okay.«

»Oje.« Ich dachte an den unglücklich verliebten Roger, an Cliff, der nicht gern im Mittelpunkt stand, und an Adrian, der auf meine Einladung wartete. Und zu allem Überfluss würde mir Mae den Kopf abreißen, wenn ich ihr davon erzählte. Maes neuer Erzfeind Nummer eins war niemand Geringerer als ich. »Sieht aus, als hätte ich jetzt ein Problem mehr am Hals.«

Vierzehn

In der kommenden Nacht kehrte der Geier zurück.

Und diesmal blieb er. Kurz vor Mitternacht hatte er sich auf der Buche vor dem Haus niedergelassen und starrte seitdem unentwegt durch mein Fenster. Als wollte er überprüfen, ob unser Familiengeheimnis aufflog.

In den Morgenstunden war ich schließlich aus dem Bett gekrochen und hätte vor lauter Wut am liebsten einen Stein, einen Schuh oder etwas anderes ganz und gar nicht Tierfreundliches nach dem Vogel geworfen. Stattdessen hatte ich bloß die Vorhänge zugezogen. Trotzdem spürte ich immer noch seinen Blick auf mir. Der Blick dieser gelben Augen sah aus, als könnte er sich durch meine Bettdecke bis in mein Innerstes bohren.

Als die Sonne aufging, konnte ich es nicht mehr länger ertragen. Stattdessen zog ich mich an, wusch mich, schnappte mir die Liste, die Lora zur Vorbereitung für die Party geschrieben hatte, und beschloss, Punkt für Punkt zu erledigen. Ich entknotete Girlanden, spülte Geschirr, stellte eine Playlist mit Musik zusammen und fütterte auch noch Mr Darcy mit magenschonender Kost, bis schließlich Lora runterkam, die um diese Uhrzeit immer loszog, um Zeitungen auszuteilen.

Offenbar war es Lora nicht aufgefallen, dass ich ihr seit Tagen aus dem Weg ging. Sie begrüßte mich wie jeden Morgen und versprach, alle weiteren Punkte auf der Liste zu erledigen. Ich machte mich wütend und unausgeschlafen auf den Weg Richtung Schule.

Im Bus konnte ich nicht aufhören, nach dem Geier Ausschau zu halten. Natürlich fuhr er nicht im Bus (andererseits, wer wusste das schon so genau), sondern würde mich fliegend bis zur Schule verfolgen, doch leider waren die Gebäude der Innenstadt so hoch, dass ich von meinem Platz aus den Himmel nicht erkennen konnte.

»Du denkst, das ist alles Loras Schuld, oder?«, ertönte eine Stimme.

Vor lauter Schreck hätte ich fast aufgeschrien. Wer war das? *Sprach* der Geier neuerdings? Oder war es Big Mac selbst, in Gestalt eines anderen Wesens? War es der Pudel der alten Dame zwei Reihen vor mir?

»Hier drin, Ophelia«, meldete sich die Stimme erneut. Mein Schulrucksack beulte sich ungleichmäßig aus, wie durch Zauberhand öffnete sich der Reißverschluss und ein haariger Kopf spähte heraus. Es war Tante Helly. Oder eher das Eichhörnchen mit dem rot glänzenden Fell, in das sie sich mit Vorliebe verwandelte. »Entspann dich! Ich dachte, du weißt, wie ich klinge, wenn ich ein Eichhörnchen bin.«

»Tante Helly!« Mein Herz hämmerte immer noch, so hatte ich mich erschrocken. Auch wenn es nur sie war, an sprechende Tiere würde ich mich nie so recht gewöhnen können.

»Wer dachtest du denn?«

»Bic Mac. Er hat mich die ganze Nacht ausspioniert«, flüsterte ich. Um diese Uhrzeit war der Bus allerdings ohnehin beinahe leer, und die alte Dame vorne war schwer beschäftigt, ihren Hund mit Hundekeksen zu füttern.

Tante Helly sah ratlos aus. »Und du denkst, es ist Loras Schuld, nicht wahr?«

»Seit sie mit Paul gesprochen hat, lässt mich der elende Geier kaum aus den Augen. Mein Großonkel hält mich für eine Gefährdung des Familiengeheimnisses. Für eine Schande«, murmelte ich niedergeschlagen. »Dabei sollte ich eigentlich zufrieden sein. Morgen habe ich Geburtstag und heute werde ich Adrian auf die Party einladen. Aber alles, woran ich denken kann, ist diese Verwandlung in Cliff.« Ich spürte, wie mir vor Ratlosigkeit die Tränen in die Augen stiegen. »Mir gehen langsam die Ideen aus. Vielleicht bin ich wirklich so untalentiert, dass diese Experimente in den Highlands meine einzige Rettung sind.«

»Jetzt mal nur nicht nervös werden. Ich habe einen Plan. Einen Plan, wie du es schaffst, dich bis zum Ende des Tages in diesen wunderbaren, bezaubernden, engelsgleichen Jungen ...«

»Verrat mir den Plan«, unterbrach ich sie ungeduldig. Wenn ich jedes Mal, wenn jemand von Cliff schwärmte, einen Penny bekam, wäre ich inzwischen selbst stolze Besitzerin von Big Macs Archiv. »Aber nur, wenn er keinen irischen Kobold beinhaltet.«

»Nope. Koboldfreier Plan.«

»Okay.« Was hatte ich zu verlieren? »Lass hören.«

Das Tante-Helly-Eichhörnchen setzte sich auf mein rechtes Knie und ließ den buschigen Schwanz hinabbaumeln. »Ich breche noch heute bei Cliff zu Hause ein. Als Eichhörnchen. Und dann stelle ich alles auf den Kopf. Seinen Schreibtisch, seinen Schrank, seine geschredderten Dokumente ...«

»Ich glaube nicht, dass Cliff Dokumente schreddert.«

»Nicht? Wie schade. Geschredderte Dokumente zusammensetzen stelle ich mir äußerst entspannend vor. Bisschen wie ein Puzzle.« Sie schüttelte den Kopf. »Egal. Was ich sagen wollte: Es gibt nichts, was dieser Junge vor mir verheimlichen kann.«

Ich schwieg, während Tante Hellys Plan in meinem Kopf Gestalt annahm. Niemand war je bei Cliff zu Hause gewesen. Keine Party wurde jemals in seinen eigenen vier Wänden gefeiert. Nicht mal Amalia hatte er zu sich eingeladen. Dafür musste es einen Grund geben. Warum war ich selber noch nicht auf die Idee gekommen, Cliffs Zimmer zu durchsuchen?

»Okay, sag nichts«, plapperte Tante Helly weiter. »Du findest die Idee doof. Mist, ich wusste es. Aber keine Sorge, ich habe noch einen Plan B. Ich könnte mich in eine seltene giftige Wanderspinne verwandeln und durch den Schornstein bis auf Cliffs Bettdecke krabbeln. Danach verwandele ich mich in den Kammerjäger, stelle das Haus unter Quarantäne …«

»Die Idee ist nicht doof, sondern genial«, unterbrach ich sie. Inzwischen musste ich wispern, weil ein gutes Dutzend Frühschichtarbeiter in den Bus gestiegen war. »Ein geheimes Durchsuchungsmanöver könnte uns den entscheidenden Hinweis bringen. Solange du dich nicht erwischen lässt.«

Das Eichhörnchen strahlte. »Ha! Dann ist es beschlossene Sache! Bei der nächsten Station hüpfe ich aus dem Bus und mache mich auf den Weg in dieses Villenviertel, wo Cliff …« Sie brach ab und starrte auf einen der Männer im Bus. »Verputzt der Typ da vor uns etwa eine Blätterteigschnecke mit Nougatcremefüllung? Da sind ganze Nüsse drin!«

»Tante Helly! Nicht!«, rief ich noch, doch während der Bus in die nächste Haltestelle einfuhr, machte das Eichhörnchen einen Satz, sprang auf die Schulter des Mannes und biss in sein Ohr, worauf die Nussschnecke zu Boden fiel und Tante Helly die Süßigkeit mit mühevollem Ächzen und Stöhnen aus der Tür des Busses und auf den Bürgersteig zerrte.

Der Mann und die anderen Arbeiter stürmten ans Fenster, um einen Blick auf das Tier zu erhaschen, bevor der Bus weiterrollte und an der St. Giles-Kathedrale vorbeifuhr. Die Turmuhr schlug acht Uhr morgens. Von jetzt an waren es noch knapp sechsunddreißig Stunden, bis mein Großonkel mich und mein Können in Augenschein nehmen wollte. Würde er mich unmittelbar danach in die Highlands bringen lassen, wenn ich ihn enttäuschte?

Am späten Nachmittag hatte ich weder von Tante Helly gehört, noch Adrian entdeckt, um ihm die Einladung zu geben. Dafür war allerdings der Geier wieder da, oder noch immer, wer wusste das schon so genau. Diesmal saß das Tier in sicherer Entfernung (So weit konnte niemand einen Schuh werfen. Leider!) auf dem Hausvorsprung eines angrenzenden Schulgebäudes und beobachtete mich durch das Fenster der Cafeteria, während ich mit Mae und Stan Kuchen aß. Es war ein Karottenkuchen, ohne Allergene, Zucker oder sonstigen ungesunden Schnickschnack, der wie Sand mit Kieselsteinen schmeckte und in dem ein Fähnchen mit »Rettet die Schulbibliothek« steckte.

»Na, sieh mal einer an. Amalia hat sich offensichtlich ein neues Herzensprojekt gesucht. Eins, das zur Abwechslung mal Sinn macht«, staunte Mae, nahm einen Bissen und verzog das Gesicht. »Uagh. Wenn dieser Kuchen die Rettung sein soll, ist die Bibliothek so gut wie tot.«

»Trotzdem kein schlechter Plan. Die Mode- und Kunstsektion ist irgendwo im Kalten Krieg stecken geblieben«, überlegte Stan, der währenddessen in seinem Notizbuch vor sich hin zeichnete. »Schau mal, Ophelia, die Fußballtrikots gestern Nachmittag haben mich zu einem Kostüm für Ravengirl inspiriert. Wie findest du es?«

Gespannt zog ich Stans Notizbuch zu mir und betrachtete die Skizze. Stan war total kreativ, und er konnte unheimlich toll zeichnen. Das Mädchen auf dem Papier sah mir nicht nur ziemlich ähnlich, es trug auch ein düsteres, besonderes Outfit: schwarze, enge Leggings, hohe Stiefel und ein enges, dunkelblaues T-Shirt, auf dessen Rückseite im Halbkreis die Buchstaben »Ravengirl« aufgenäht waren, was tatsächlich etwas an Fußballtrikots erinnerte, allerdings viel cooler aussah. Dazu hatte das Kostüm an den Armen angenähte Federn, eine glänzende Maske und ein rot schillerndes Halsband.

»Ich finde es fabelhaft«, rief ich begeistert.

»Ja?« Stan strahlte. »Ich habe gestern beim Fußball schon damit begonnen, es zu nähen.«

»Was war das eigentlich für ein Party-Notfall, weswegen du so schnell abhauen musstest?«, wollte Mae wissen und sah mich streng an. Am Abend nach dem Match hatte ich ihr noch geschrieben, dass ich während des Spiels ganz dringend was erledigen musste.

»Ach, du weißt schon, Organisationskram«, murmelte ich ausweichend und starrte auf den Boden. Ich hasste es, sie anzulügen, und hatte gehofft, dass sie mich nicht erneut danach fragen würde. Doch das Glück hatte ich nicht.

»Komm schon. Das ist doch kein Notfall.«

Ich überlegte fieberhaft. »Na fein. Ich wollte dir ein Blind Date organisieren.« Das war im weitesten Sinne sogar die Wahrheit. Auch wenn Mae niemals von den Verwandlungen wissen durfte, ich wollte sie nicht unnötig belügen. »Für meine Party morgen.«

»Was? Ophelia!« Maes Stimme klang zwar überrascht, doch ihre Stirn glättete sich augenblicklich. »Na gut, das klingt ein bisschen aufregend.«

»Nicht wahr?«, murmelte ich verlegen und verfluchte dabei das Versprechen, das der Tante-Helly-Kobold Roger gegeben hatte. Wie würde Mae es finden, wenn sie erfuhr, dass ihr Blind Date Erzfeind Nummer eins war? Nach Lord Voldemort und Donald Trump. Sie würde mich bis in die Unendlichkeit hassen.

»Wer ist es?«, wollte sie wissen.

»Jemand, der dich mag«, redete ich mich heraus. Na, zumindest das stimmte. Und nach dem, was ich dem armen Roger vor seinen Freunden angetan hatte, verdiente er es zumindest, dass ich ihm eine kleine Chance bei Mae verschaffte. »Und zwar schon seit Langem.«

»Ein geheimer Verehrer.« Mae freute sich sichtlich. Genau wie ich hatte sie bisher keine Verabredung zu meiner Party. Bei ihr lag es allerdings nicht an Schüchternheit, sondern weil die meisten Jungs eben nicht den Mut hatten, Mädchen zu treffen, die ihnen mühelos das Nasenbein brechen konnten. »Wer ist es? Bitte nicht Nelson aus der Zwölften! Man sagt, sein Vater ist mit Wilderei in Afrika reich geworden. Der hatte neulich ein Nashorn mit in Bio! Also nur das Horn, nicht das ganze Tier.«

»Nein, der ist es nicht.«

»Und auch nicht Marty aus dem Chemiekurs? Der sich angeblich selbst Tattoos sticht?«

»Auch weit daneben.«

»Okay, das ist gut.« Sie wirkte beruhigt. Aber bestimmt nur, weil sie gar nicht erst auf den Gedanken kam, dass es Roger sein könnte. Ich war die schlechteste Freundin der Welt. Andererseits hatte ich am Tag des Spiels einen ganz neuen Roger kennengelernt. Womöglich würde der Mae sogar gefallen.

»Und was ist mit dir?«, wollte sie wissen. Das mysteriöse Blind Date schien sie zumindest ein bisschen versöhnt zu haben. »Endlich Adrian gefragt?«

»Immer noch nicht«, gab ich zu und stocherte im Kuchen. Adrian war mir heute noch nicht begegnet, außerdem hatte ich den ganzen Tag nur an die anstehende Verwandlung in Cliff gedacht. Und selbst wenn Adrian vermutlich Ja sagen würde, wenn ich ihn fragte – brauchte ich denn wirklich auch noch Liebeschaos auf der Party morgen? Würde Big Macs Auftauchen nicht schon genug Stress verursachen? Vor zwei Wochen hätte ich noch getötet für einen Abend mit Adrian, aber inzwischen war mein Liebesleben mein geringstes Problem.

Stan betrachtete meine grüblerische Miene. Dann schien er innerlich eine Entscheidung zu treffen und sagte: »Vergiss Adrian. Bei dem Kleid, dass ich dir für die Party geschneidert habe, wirst du nach morgen Abend genug Verehrer haben. Das ist mein Geburtstagsgeschenk an dich.«

»Ein Kleid?«, rief ich aufgeregt. Ich machte mir zwar nicht viel aus Klamotten, aber ein selbst geschneidertes Kleid, noch dazu eins von Stan, munterte mich auf der Stelle auf. Damit fühlte man sich bestimmt wie ein Star bei der Oscar-Verleihung. »Darf ich es sehen?«

»Noch nicht. Erst morgen vor der Party. Ich muss noch ein paar Details nähen. Aber eins kann ich dir sagen: Du wirst fabelhaft aussehen! Besser noch als Lora!«

Es ging mir nicht darum, morgen hübscher auszusehen als Lora. Eigentlich wollte ich nur, dass zwischen uns wieder Frieden einkehrte. Trotzdem konnte ich ihren Verrat nicht einfach so vergessen. Deswegen zog sich mir auch wieder mal fest der Magen zusammen, als mir Lora nach der letzten Stunde auf dem Schulflur entgegengeschlendert kam. Gemeinsam mit Adrian.

Als sie mich entdeckte, lief sie auf mich zu und nahm mich fest in den Arm. Ich wollte mich gerade losmachen, da flüsterte sie mir ins Ohr: »Hör zu, Schwesterherz. Ich kann deine ständigen traurigen Blicke nicht länger ertragen. Das ist deine letzte Chance. Ich weiß doch, was mit dir los ist. Hier ist er, frag ihn.«

Ich starrte sie mit offenem Mund an. Das, dachte sie, war der Grund, weswegen wir kaum miteinander sprachen?

»Lora sagt, du wolltest mich sprechen«, begann Adrian. Natürlich hatte er mitbekommen, dass wir vor seiner Nase miteinander flüsterten, was nicht nur total peinlich, sondern absolut unangebracht war. »Das trifft sich echt gut, ich habe dich heute auch schon gesucht.«

»Oh«, machte ich und versuchte, entspannt zu klingen. Wie immer hatte ich mich in seiner Gegenwart in ein Nervenbündel verwandelt. Heute war es nur noch schlimmer, weil ich jetzt wusste, dass ich ihn gleich auf die Party einladen würde. Und weil Lora keine Anstalten machte, abzuhauen. Stattdessen betrachtete sie die Aufkleber auf den Spinden – wie um zu überprüfen, ob ich es auch wirklich durchzog.

Ich deutete ihr mit dem Kinn den Weg. »Wir sehen uns zu Hause, Lora.«

»Och, lasst euch von mir nicht stören.« Lora stemmte die Beine in den Boden, als würde sie keinen Schritt tun, bis ich die Einladung endlich ausgesprochen hatte. »Ich warte hier nur auf ...«

»Bis. Später. Lora!«, zischte ich noch eindringlicher und deutete mit dem Zeigefinger um die Ecke. Da zuckte Lora mit den Achseln und schlenderte endlich weg. Ich atmete tief durch und wandte mich Adrian zu. »Du wolltest etwas sagen?«

Seine dunklen Augen waren warm und freundlich, als er sich an den Spind daneben lehnte. »Señora Garcia hat die letzte Szene des Stücks geändert. Nur, wie ich finde, nicht gerade zum Besseren. Es ist jetzt total ... schwülstig und kitschig geworden.«

Enttäuschung machte sich in mir breit. »Hat ihr Ravengirl etwa doch nicht gefallen?«

»Keine Sorge, deine Idee mit Ravengirl ist drin. Aber es ist ...« Er rieb sich die Stirn. »Lass uns den Text einfach bald mal gemeinsam durchgehen, wenn du nach deiner Party den Kopf wieder frei hast.«

Stille. Das war eindeutig mein Stichwort. Beinahe so, als wollte er mir die perfekte Gelegenheit geben, um zu fragen. Noch mehr Ermutigung konnte sich kein feiges Hühnchen dieser Welt wünschen. Ich nahm all meinen Mut zusammen. Das war der Moment aller Momente. »Hör mal, Adrian, was meine Party betrifft, ich habe mich gefragt, ob du morgen ...«

In diesem Moment bog Blanka, die Küchenhilfe, um die Ecke

und schob einen Rollwagen an uns vorbei. Dabei hing ihr Blick schon beinahe penetrant an Adrian und mir, und ich konnte spüren, wie mein Ärger überquoll. Ha! Loras Lieblingsverwandlung! Die hielt sich wohl für besonders schlau.

»Ja?« Adrian spürte, dass ich abgelenkt war.

»Sekunde«, brummte ich, schritt auf Lora-Blanka zu, nahm sie am Handgelenk, führte sie um die Ecke und baute mich vor ihr auf. »Schon mal was von Privatsphäre gehört, Schwesterherz?« Ich funkelte sie an. »Als Nächstes verwandelst du dich noch in eine Küchenschabe und spionierst uns ...«

»Bitte«, stotterte Blanka und starrte mir voller Schreck in die Augen. Dann griff sie in den Rollwagen und drückte mir mit zitternden Händen eine Quarktasche in die Hand. »Hier! Nimm! Bitte nicht schimpfen!«

Vor Scham drehte sich mir den Magen um. »Du bist gar nicht Lora?«

»Ich bin Blanka. Blanka Kowalski«, wisperte sie mit einem polnischen Akzent, der viel zu gut war, um von Lora zu stammen. Jetzt hatte sie außerdem ihren Mut wiedergefunden, wand sich unter meinem Arm hervor und griff nach dem Speisewagen. »Keine Schülerin. Zu alt. Ich bin Küchenhilfe.«

»Oh«, wisperte ich. Rot vor Scham legte ich die Quarktasche zurück auf den Wagen. »Tut mir leid, ich habe Sie verwechselt. Ich bin so ein Dummkopf!«

Sie warf mir einen argwöhnischen Blick zu und setzte ihren Wagen in Bewegung. Ich musste ihr nächstes Mal an der Kasse unbedingt ein paar Pfund Trinkgeld geben.

»Tut mir wirklich unendlich leid, Blanka«, rief ich ihr hinterher, während sie viel schneller als vorhin um die Ecke vor mir flüchtete. »Ihre selbst gemachten Croissants sind absolute Spitzenklasse.«

Adrian tauchte neben mir auf. Eilig drehte ich mich um und betete, dass er nicht das ganze Gespräch gehört hatte.

»Du wolltest mich was fragen, bevor wir unterbrochen wurden?«, begann Adrian erneut. Er lächelte, und mir wurde klar, dass er ahnen musste, was ich ihn fragen wollte. Ob Rogers Zuspruch sein Selbstvertrauen gestärkt hatte?

Was soll's. Jetzt oder nie. Ich holte tief Luft. Nach der Blanka-Peinlichkeit würde es auch keinen Unterschied machen, wenn ich mich erneut blamierte. »Okay. Ich wollte dich fragen, ob du morgen auf die Party kommen möchtest. Lora und ich feiern unseren sechzehnten Geburtstag.«

Adrian schaute mich an, doch er sagte nichts. Sein Blick wanderte zu seinen Füßen, und für einen Moment befürchtete ich, er würde nun den Mut sammeln, mir eine Absage zu servieren. Doch dann blickte er auf.

»Als deine Begleitung?«

Ich spürte, wie mir heiß wurde. »Ja, als meine Begleitung«, sagte ich schnell und lächelte schüchtern.

»Na klar.« Er zögerte keine Sekunde mehr, und ich dankte Lora stumm, weil sie mich doch noch dazu gebracht hatte, etwas zu tun, was ich beinahe links liegen gelassen hätte.

»Wann geht's los?«

»Um neun.« Mit Herzklopfen griff ich in meinen Rucksack und gab ihm die Karte, die ich schon seit Wochen mit mir herumtrug. Die Ecken waren ganz zerknautscht und umgeknickt, doch Adrian nahm sie lächelnd entgegen. »Da steht die Adresse drauf.«

Als sich Adrian schließlich verabschiedet hatte und gegangen war, steckte ich den Kopf in meinen Spind und lächelte zufrieden. Jetzt hatte ich für morgen also auch noch eine Verabredung. Mit Adrian, der sich, und das wussten alle hier, so gut wie nie verabredete. Für einen kurzen Augenblick wollte ich einfach nur mitten auf dem Schulflur vor Glück schreien und umhertanzen. Doch dann schoben sich die durchwachte letzte Nacht und der Geier in meinen Kopf und meine Vorfreude verpuffte. Big Macs Ultimatum. Alle meine Hoffnungen lagen auf Tante Helly und ihrem kleinen Einbruch bei Cliff. Ob sie schon zurück war?

»So schüchtern kam er mir gar nicht vor«, plapperte eine bekannte Stimme dicht neben meinem Ohr. »Wenn du ihn nicht eingeladen hättest, hätte Prinzessin Stupsnase sich garantiert selbst eingeladen.«

Ich riss die Augen auf. »Tante Helly. Du bist wieder da.«

»Wobei mich die haarigen Arme viel eher an Sven, das Rentier, erinnern«, machte Tante Helly weiter, als hätte ich nichts gesagt. Dabei saß sie auf einem Stapel Bücher im Spind und pulte gedankenverloren ein paar Krümel aus ihrem Fell. »Hmm ... Knifflig, ihm einen geeigneten Spitznamen zu verpassen. Wie wär es mit Prinzessin Sven?«

Hektisch glitt mein Blick über meine Schulter. Ausgerechnet jetzt trampelte eine Horde Unterstufenschüler mit Schlafsäcken auf dem Weg zu einer Lesenacht in Richtung der Sporthalle, sonst hätte ich Tante Helly gerne mal ordentlich ins Ohr gezwickt, weil sie über Adrian lästerte. Zum Glück schien es die Kinder nicht besonders zu interessieren, dass eine Verrückte aus der Oberstufe mit ihrem Spind sprach. »Sag mir lieber, ob du bei Cliff zu Hause etwas herausgefunden hast.«

»Und wie ich das habe.« Tante Helly zog ein gefaltetes Stück

Papier hervor, dessen Rückseite über und über mit Glitzer bedruckt war, und gab es mir. Es sah aus wie eine Seite aus einem Kätzchen-Notizblock. »Das hier stammt direkt aus Cliffs Zimmer und verändert alles. Du wirst dich sofort in ihn verwandeln können. Allerdings verlief mein Einbruch nicht ganz problemlos. Auf dem Rückweg hätte mich fast eine kleine Göre eingefangen, die mich am Schwanz ziehen wollte und bei sich als Haustier ... Oh, Mist! Da kommt sie!«

»Hey, du!« Ich konnte das Papier noch nicht mal auseinanderfalten, da war Tante Hellys Verfolgerin auch schon neben mir aufgetaucht. Sie hatte blonde Zöpfe, eine Zahnspange und einen glitzernden Rucksack mit Kätzchenmotiv. Trotz des niedlichen Outfit funkelten mich ihre Kulleraugen an, und ich musste unweigerlich an diese gruseligen Mädchen aus den Horrorfilmen denken, die man zuerst adoptierte und die sich dann als die Brut Satans entpuppten. »Gehört das Eichhörnchen dir? Darf ich damit spielen?«

Ich schluckte. War ja klar, dass Tante Helly Aufsehen erregte. Hätte sie mir nicht als Postbote den Zettel überreichen können? Vermutlich war sie bloß ständig Eichhörnchen, weil sie Disney-Filme so mochte. »Äh, nein, tut mir leid. Das Tier ist bissig.«

»Oh ...« Sie wollte schon enttäuscht kehrtmachen, da fiel ihr Blick auf den Zettel in meiner Hand. Ihre Miene verfinsterte sich. »Warte mal! Dieses Stück Papier da gehört mir! Du bist eine elende Diebin. Gib es mir sofort zurück.«

»Wie bitte?«, erwiderte ich. Vor lauter Schreck drohten meine Beine nachzugeben. Einige andere Mädchen aus der Unterstufe sammelten sich um uns.

»Das, was du da in der Hand hältst, gehört mir.« Jetzt hüpfte

Miss Satansbraten auf und ab und versuchte, das Stück Papier aus meiner Hand zu schnappen, was ihr zum Glück nicht gelang, weil sie kleiner war als ich. Dabei fiel mir auf, dass sie ein ähnliches Holzperlenarmband ums Handgelenk trug, wie es mir neulich auch bei Cliff aufgefallen war. Auf ihrem stand allerdings der Name Penelope. »Wenn du es mir nicht auf der Stelle wiedergibst, hole ich meinen großen Bruder!«, giftete die Kleine.

Wie von Sinnen starrte ich sie an. Das hier musste Cliffs Schwester sein.

Fünfzehn

So schwierig es auch war, Cliff einzuschätzen, bei seiner Schwester fiel mir das bedeutend leichter: Penelope war ein quengelndes Biest, das geradewegs aus den Tiefen der Hölle stammen musste. Mit teuflischem Blick, gefletschten Zähnen und laufender Nase rang sie um den Zettel, beschimpfte mich mit einem Wortschatz, der selbst abgebrühten Menschen die Schamesröte ins Gesicht getrieben hätte, und ich war plötzlich unendlich froh, dass ich mich zu Hause nur mit Lora abmühen musste.

»Hör zu, Penelope.« Als ich ihren Namen erwähnte, wurde Fräulein Satansbraten für einen Moment lang mucksmäuschenstill. »Das ist nichts als ein großes Missverständnis. Das hier ist gar nicht dein Stück Papier. Sondern … sondern meins.«

»Es ist auch nicht mein Stück Papier«, korrigierte sie und rollte mit den Augen, als wäre ich unendlich doof, das überhaupt angenommen zu haben. »Sondern das von meinem Bruder. Offenbar hat es einer rausgerissen aus dem Kätzchen-Notizbuch, das ich ihm zu Weihnachten geschenkt habe. Aus Disneyland. Und er nimmt es nur für absolut wichtige, supergeheime Dinge. Dinge, die niemand wissen darf. Schon gar nicht eine blöde Hexe wie du.«

Ich schluckte fest und gab mir Mühe, mir nicht anmerken zu lassen, dass ich aufgebracht war – immerhin hatte ich nicht vor, mich von einer Zehnjährigen mit Erkältung und Glitzerschühchen einschüchtern zu lassen. Und was sie gerade über das Notizbuch und die supergeheimen Dinge darin verraten hatte – das passte zu dem, was mir Tante Helly erzählt hatte. Vor lauter Neugierde hätte ich das Stück Papier am liebsten vor ihren Augen auseinandergefaltet und gelesen. Aber zuerst musste ich sie loswerden. »Rein zufällig habe ich nämlich auch eine Vorliebe für glitzernde Kätzchen-Notizbücher aus Disneyland.«

»Dann beweise es.« Sie ließ nicht locker. »Zeig mir, was draufsteht.«

Ich wusste ja noch nicht mal selbst, was auf dem Zettel stand. »Wieso sollte ich?«

»Weil ich es sage!«

»Pah. Zufällig stehen in meinem Kätzchen-Notizbuch auch nur geheime Dinge.«

»Na und? Zeig es mir!«

»Niemals.«

»Dann hol ich Cliff. Mal sehen, was der dazu sagt.«

Mein Herz begann zu hämmern. Das würde sie nicht wagen. Wenn diese kleine Göre losrannte, um ihren Bruder zu suchen, war ich geliefert. Denn wenn das Stück Papier wirklich aus einem Notizbuch in seinem Zimmer stammte, würde er es sofort wiedererkennen. Und ich würde mächtig in Erklärungsnot geraten.

»Warte.« Ich klimperte mit den Wimpern und setzte meinen kinderfreundlichsten Blick auf. »Können wir das nicht anders regeln? Mit Bonbons? Oder Spielzeug?«

Sie verschränkte die Arme und überlegte. »Ich will Geld! Einen Koffer voll Schweigegeld.«

War sie irre? Hatte sie zu viele Krimis gesehen? Jemand musste Cliff dringend raten, sein Netflix-Passwort zu ändern. »Auf keinen Fall.«

»Na dann …«, erklärte sie unheilvoll und sah sich um. Ausgerechnet jetzt entschied sich offenbar das leibhaftige Böse, Penelope mal kräftig unter die Arme zu greifen, denn in diesem Moment schlenderten Cliff und Amalia aus der Cafeteria. Vermutlich wären sie in die andere Richtung abgebogen, hätte Penelope nicht die Beine in den Boden gestemmt und so laut nach ihrem Bruder gerufen, dass die Wände wackelten.

»Schscht«, zischte ich, leider aber war es schon zu spät. Cliff und Amalia machten kehrt und steuerten auf uns zu. Cliff lächelte, Amalia guckte angesäuert (weil ich nach dem Zirkus-Debakel wohl zu nichts mehr nützlich war), während Penelope aussah, als sollte ich mal besser mein Testament machen.

»Ihr kennt euch?«, fragte Cliff amüsiert, als er uns erreichte. Ein Sonnenstrahl vom Dachfenster fiel auf sein Haar, was ihn noch makelloser aussehen ließ, wäre da nicht immer noch das Veilchen an seinem rechten Auge gewesen. Ohne es zu wollen, musste ich daran denken, wie er im Gras gelegen hatte. Und wie sich seine Haut unter meinen Fingern angefühlt hatte.

»Ja, äh … gerade kennengelernt«, flötete ich. Mit pochendem Herzen schloss sich meine Faust um das Stück Papier, damit Cliff es nicht sehen konnte. »Eine reizende kleine Schwester hast du da. Äußerst … temperamentvoll. Ein richtiges Goldstück.«

»Goldstück?« Amalia verdrehte die Augen.

»Das Mädchen hier ist eine gemeine Diebin«, rief Penelope,

die nicht daran dachte, sich von mir Honig ums Maul schmieren zu lassen. »Ich hasse sie! Ich hasse sie noch viel mehr als diese Giftspinne Amalia.«

»Genug jetzt, Penny«, schimpfte Cliff. »Sonst backt dir Amalia nie wieder Kuchen.«

»Die hat sowieso Knöpfe reingebacken, um mich zu vergiften.«

»Das war Sojagranulat«, schnaubte Amalia.

»Ich hätte ersticken können. Und dann habe ich auch noch die ganze Nacht gekotzt.« Mit feuerrotem Gesicht durchbohrte Penelope Amalia mit Blicken, dann wandte sie sich wieder mir zu und tippte mit ihrem Finger gegen meine Brust. »Und du, gib mir jetzt endlich das Stück Papier zurück.«

»Ich weiß nicht, wovon du sprichst«, flunkerte ich und tat, als würde ich einen Blick auf meine Uhr werfen. »Ach, so spät schon. Leider muss ich jetzt gehen und ...«

»Sie hat dein Notizbuch geklaut, Cliff«, schrie Penelope, bevor ich meinen Spind schließen und verschwinden konnte. »Sie muss es gestohlen haben. Aus deinem Zimmer. Guck, sie hat eine Seite davon in der Hand.«

»Das kann nicht sein. Ophelia war noch nie bei uns«, erklärte Cliff ruhig.

»Doch«, knurrte Penelope, ohne mich aus den Augen zu lassen. Dann machte sie einen Satz auf mich zu und trat mir gegen das Schienbein. »Gib es endlich her!«

Schmerz fuhr mir durchs Bein, ich schrie auf und ließ vor Schreck das Stück Papier zu Boden fallen. Ich bückte mich danach, doch Penelope streckte sich, schnappte nach dem Schnipsel und bekam ihn einen Moment vor mir zu fassen. Ich erstarrte.

Doch bevor Penelope ihn öffnen konnte, zog Cliff seine Schwester an sich. Er schien fuchsteufelswild. »Du hast Ophelia getreten! Zur Strafe gibt's heute keine Lesenacht in der Sporthalle für dich. Du kommst jetzt sofort mit nach Hause!«

Penelope kochte vor Wut. Während Amalia danebenstand und grinste, fletschte Cliffs Schwester wie ein angriffslustiger Pitbull die Zähne, kämpfte sich frei und hielt Cliff das gefaltete Stück Papier vor die Nase. »Die arme Ophelia! Sieh dir zuerst mal an, was sie aus deinem Zimmer ...«

Weiter kam sie nicht. Tante Helly kletterte über meine Jeans bis auf meine Schultern, sprang mit einem Satz auf Penelopes Arm und zwickte fest zu. Penelope schrie auf und versuchte, das Eichhörnchen abzuschütteln, doch Tante Helly ließ nicht locker.

Ich war starr vor Schreck. Das hier war ... wie in einem dieser abgefahrenen YouTube-Videos, in denen Tiere verrückte Sachen machten und niemand so wirklich wusste, ob es echt oder doch nur Fake war. Das hier jedenfalls war absolut real.

»Tante Helly! Lass sie sofort los«, rief ich.

Zum Glück gehorchte Tante Helly. Sie löste sich von Penelopes Arm, riss ihr das Papier aus der Hand und hüpfte mit einem großen Satz in meinen Spind.

»Ahhhhhh ... Habt ihr das gesehen? Das Eichhörnchen hat mich gebissen und das Blatt Papier geklaut!« Penelope war kreidebleich geworden. Tränen kullerten über ihre Wangen, und sie rieb sich die Stelle am Arm, wo Tante Helly zugebissen hatte. »Bestimmt habe ich jetzt Tetanus. Oder Tollwut!«

»Ist es etwa dein Haustier?« Amalia betrachtete mich abschätzig. Nur weil Penelope uns beide hasste, machte sie noch keine Anstalten, sich mit mir zu verbrüdern. »Ein Eichhörnchen?«

»Und du nennst es Tante Helly?«, staunte Cliff.

»Schnappt es euch!«, schrie Penelope und deutete auf meinen Spind, bevor ich auch nur ansatzweise darüber nachdenken konnte, wie ich erklären sollte, dass ich mir ein Eichhörnchen als Haustier hielt. Und es allen Ernstes Tante Helly nannte.

»Wo ist es jetzt?«, wollte Amalia wissen.

Cliff grinste, offenbar schien er das gesamte Affentheater amüsant zu finden. »Ich glaube, es ist in deinen Spind geschlüpft, Ophelia.«

Tatsächlich hockte Tante Helly in meinem Spind. Sie stand mit den Hinterbeinen auf meinen Mathebüchern und hielt das gefaltete Stück Papier hoch, doch kurz bevor Penelope danach greifen konnte, riss Tante Helly es in Streifen, stopfte es sich in den Mund und schluckte es hinunter.

Sprachlos starrten wir sie an.

Penelope war die Erste, die ihre Sprache wiederfand. »Hat das ... Hat das Eichhörnchen gerade das Stück Papier gefressen?«

»Sieht so aus«, murmelte Cliff.

»Verdammt! Jetzt werden wir nie erfahren, was draufstand. Das wird die Giftspinne mir büßen«, fluchte Penelope. Sie löste den Blick von Tante Helly und trat mit feuerrotem Gesicht erneut auf mich ein. Diesmal allerdings konnte ich ihr gerade noch ausweichen.

»Das reicht«, sagte Cliff streng und packte Penelope unter den Achseln, während sie wie besessen mit den Beinen durch die Luft strampelte. »Ich sage Miss Fletcher, dass du heute nicht in der Schule übernachten darfst und sofort mit mir nach Hause kommst. Hast du etwa wieder Kaffee getrunken? Ich sage doch, der ist nicht gut, wenn man so viel Temperament hat wie du.«

Viel Temperament? Das war wohl die Untertreibung des Jahres. Die Kleine hier stellte jeden Schlägertrupp in den Schatten.

»Kommt nicht infrage. Ich bleibe hier.« Trotzig schüttelte Penelope den Kopf, riss sich von Cliff los, schnappte sich ihren Schlafsack und stürmte in Richtung der Sporthalle.

Cliff wollte ihr folgen, doch er hielt einen Moment lang inne und sah mich unglücklich an. »Es tut mir so leid, Ophelia. Ich habe nicht den geringsten Schimmer, warum sie dachte, dass du etwas aus meinem Zimmer …«

»Schnapp sie dir«, brüllte Amalia aus voller Kehle. »Schnapp dir dieses kleine Monster.«

Cliff rannte Penelope hinterher, während ich mich erschöpft gegen die Spindwand lehnte und durchschnaufte. Was für ein Chaos! Mein Schienbein schmerzte immer noch von Penelopes Tritt und fühlte sich seltsam taub und kribbelig an. Gott sei Dank war Tante Helly zur Stelle gewesen und hatte geistesgegenwärtig das Papier gefressen. Blieb zu hoffen, dass sie davon keine üblen Bauchschmerzen bekam. *Ein* Haustier mit Verdauungsbeschwerden war wirklich genug.

»Ich hätte mir niemals träumen lassen, dass dieses kleine Monster jemanden noch mehr hassen könnte als mich«, sagte Amalia. Ich hatte gar nicht gemerkt, dass sie immer noch neben mir stand. Dabei musterte sie mich mit hochgezogener Augenbraue. »Dabei seid ihr euch doch ziemlich ähnlich.«

Ich starrte sie an. Zuerst der Spruch in der Cafeteria über meine Mutter und jetzt der Vergleich mit Penelope. Wie konnte jemand, der Wohltätigkeitsarbeit betrieb, eigentlich so fies sein? »Ähnlich? Das meinst du doch nicht ernst.«

»Na, immerhin tragt ihr die gleichen rosa Glitzerschuhe. Hat dir eigentlich schon mal jemand gesagt, dass du richtig kleine Füße hast? Ich denke, ihr habt sogar die gleiche Größe.«

Mir wurde heiß und kalt. Amalia hatte recht. Ich trug nicht mehr meine Sandalen von vorhin, inzwischen steckten meine Beine in furchtbaren pinken Sportschuhen mit Klettverschluss. Bedeutete das etwa ...

Bevor ich den Gedanken zu Ende denken konnte, hüpfte das Tante-Helly-Eichhörnchen auf meine Schulter und beugte sich an mein Ohr. »Ophelia. Es wäre jetzt langsam an der Zeit, sich aus dem Staub zu machen. Wir haben nämlich ein kleines ... ähm ... Problem.«

»Ist das Tante Helly?«, fiel ihr Amalia ins Wort. »Dein Eichhörnchen? Huch, es sieht fast aus, als wollte es dir etwas ins Ohr flüstern.«

»Das ist ein ... Trick. Das macht es immer, wenn es Hunger hat«, log ich, stopfte meine Tasche in den Spind und entfernte mich langsam von Amalia. Wenn Tante Helly recht hatte und das passierte, was ich befürchtete, würde ich bald in der Klemme stecken. Schon sehr bald. »Deshalb muss ich jetzt auch ganz dringend ... ein paar Nüsse kaufen.«

»Nüsse!«, entfuhr es Tante Helly etwas zu laut.

»Warte mal, hat das Eichhörnchen gerade ...«

»Mach's gut, Amalia«, flötete ich, schnappte mir Tante Helly und flüchtete um die Ecke der Sporthalle, in die entgegengesetzte Richtung von Penelope. Draußen vor dem Schulgebäude ließ ich mich auf eine einsame Bank fallen, betastete meinen Körper und versuchte, so intensiv ich nur konnte an meine Mutter zu denken, doch es half alles nichts. Meine Beine waren inzwischen auf Kinderlänge geschrumpft, dazu trug ich nicht mehr die dunkelblaue Schuluniform von vorhin, sondern einen rosaroten Jogginganzug und das Holzarmband am Armgelenk.

Vor lauter Schreck drehte sich mir der Magen um.

Tante Helly betrachtete mich. »Ich würde dir ja gratulieren zu dieser äußerst flotten, zu hundert Prozent korrekten Verwandlung, Liebes. Aber nachdem noch eine zweite Version des Krümelmonsters hier herumläuft, wäre es wohl besser, du verwandelst dich so schnell wie möglich zurück.«

»Mist. Du hast recht«, fluchte ich und merkte, dass ich jetzt nicht nur mit Penelopes Stimme sprach, sondern auch noch meine Nase zu laufen anfing. Das war wirklich eine perfekte Verwandlung, inklusive ausgewachsener Erkältung. »Das kommt bestimmt, weil mir die Sache vorhin superpeinlich war.«

»Du meinst, weil Penelope die Seite aus dem Notizbuch entdeckt hat?«

Ich schnaubte. »Eher, weil jetzt alle denken, ich hätte eine Schraube locker. Und ein Eichhörnchen namens Tante Helly als Haustier.«

»Na, hör mal! Ich bin ja wohl das coolste Eichhörnchen der Welt. Und ich habe ein Stück Papier gefressen.« Sie rieb sich den haarigen Eichhörnchenbauch. »Mannomann, das Zeug liegt echt wie ein verfluchtes Stück Blei im Magen. Erinnere mich daran, dass ich das nie wieder tue.«

»Was stand eigentlich da drauf?«, wollte ich wissen. »Penelope sagte, dass Cliff nur äußerst wichtige Dinge ...«

»*Da* bist du!« Bevor ich weitersprechen konnte, war Cliff aufgetaucht. Er sah so verärgert aus, dass Tante Helly gleich hinter die nächste Tanne schlüpfte. »Was fällt dir ein, vor mir davonzulaufen? Und dann auch noch Lügenmärchen zu erzählen? Von wegen Ophelia und einer geklauten Seite aus meinem Notizbuch, hm?«

Mist, verdammter! Wie hatte er mich so schnell gefunden? Mit pochendem Herzen starrte ich ihn an, unsicher, ob ich davonlaufen oder lieber Ophelias Kopf aus der Schlinge ziehen sollte. Sicherheitshalber entschied ich mich für Letzteres. »Weil ich eine dämliche kleine Wichtigtuerin mit schlechtem Klamottengeschmack bin?«

»Na, wenigstens siehst du es selbst ein. Die Übernachtung in der Schule kannst du dir abschminken!« Dann drehte er sich um und rief jemandem hinter meinem Rücken zu: »Ich habe Penny gefunden. Sie ist hier.«

Und dann ging alles ganz schnell. Ein Mann hob mich hoch, legte mich über seine Schulter und trug mich über den Schulhof bis zu einer schwarzen Limousine. Dabei konnte ich noch so schreien und strampeln und mich wehren, ich landete schließlich auf dem Rücksitz, kurz bevor Cliff neben mir Platz nahm, der Mann den Wagen startete und die Zentralverriegelung aktivierte. Als ich mich panisch ans Fenster warf, sah ich zwei Dinge: zum einen, weit hinten quer über dem Schulhof, die echte Penelope, die gerade die Tür zur Sporthalle mit einem Grinsen aufzog, das nur Kinder trugen, die im letzten Augenblick ihrem Hausarrest entkommen waren. Und zum anderen das Tante-Helly-Eichhörnchen, das mir entsetzt vom Bürgersteig aus hinterherstarrte.

»Lasst mich sofort raus hier«, knurrte ich und klang tatsächlich nach Penelope. Ihre Stimme aus meinem Mund fühlte sich beinahe noch beängstigender an als die Lage, in der ich mich befand. »Das ist Kidnapping!«

Der Mann am Steuer sah mich streng durch den Rückspiegel

an, und mir fiel auf, dass sein Gesicht auf vielen Whisky-Flaschen abgedruckt war. Das musste Cliffs und Pennys Vater sein. »Wir sind deine Familie, das ist kein Kidnapping.«

»Aber diesmal ist es wirklich Kidnapping!« Vor lauter Verzweiflung purzelten die Worte nur so aus meinem Mund. Am liebsten hätte ich auf der Stelle geheult. »Cliff, ich … ähm … das ist ein großes Missverständnis. Ich habe gar nichts getan, wirklich.«

»Das hättest du dir vorher überlegen sollen.« Cliff beugte sich über mich und schnallte mich an. »Das ist deine gerechte Strafe. Du kannst nicht einfach wahllos Leute treten. Sonst schickt dich Mum wieder zu Dr. Metzger.«

Penelope hatte also schon eine Aggressions-Vorgeschichte. Wunderte mich nicht im Geringsten. »Meinetwegen, dann gehe ich eben zum Arzt. Am besten gleich morgen. Und übermorgen. So oft ihr wollt«, erklärte ich und freute mich insgeheim diebisch, dass ich Penelope einen ganzen Zehnerblock bei einem nervigen Doktor einbrockte, noch dazu einem mit dem Namen Dr. Metzger. »Aber nur, wenn ihr mich rauslasst. Und zwar auf der Stelle.«

»Deine Versprechen kennen wir schon, Prinzessin. Heute Abend wirst du jedenfalls keinen Fuß mehr vor die Tür setzen«, erklärte Cliffs Vater und ließ die Trennwand zwischen Fahrer und Rücksitz hochfahren. Das Gespräch war wohl beendet.

Ich schloss die Augen, rieb mir die Schläfen und versuchte, meine Panik zu unterdrücken, als das Auto schließlich durch ein schmiedeeisernes Tor rollte, das sich unmittelbar hinter uns schloss und viel zu hoch war, um drüberzuklettern. Von irgendwo her hörte ich auch noch einen Hund bellen. Konnte es noch schlimmer kommen?

»Beruhige dich erst mal. Wir sind gleich zu Hause«, erklärte Cliff und klang deutlich freundlicher als vorhin. »Und dann mache ich dir dein Lieblingsgetränk. Heiße Pfefferminzschokolade, die magst du doch. Eine ganze Kanne voll.«

Okay, es konnte.

Sechzehn

Mein Gefängnis sah aus wie eine absurde Mischung aus Spielwarenladen, Vergnügungspark und Schauplatz eines Horrorfilms. Penelopes Zimmerwände waren in Rosa gestrichen, sie schlief in einem riesigen Himmelbett, und ihre Schränke waren zum Bersten voll mit Spielzeug, hauptsächlich Plüschkätzchen in allen Ausführungen. Ich war erleichtert, dass ihr ihre Eltern keine echten Kätzchen anvertraut hatten. Außerdem, und das war das Horrorfilm-Element, gab es unzählige blasse Porzellanpuppen, die auf morbide Art zu Penelopes bösartiger Persönlichkeit passten. Ich konnte mir jedenfalls nur zu gut vorstellen, wie eine davon nachts zum Leben erwachte und ihr befahl, Blut zu trinken, ein Pentagramm zu malen und darauf Haustiere zu opfern.

Inzwischen war es abends, und ich hatte so ziemlich alle Möglichkeiten, von hier zu flüchten, in Betracht gezogen und wieder verworfen. Der Weg übers Fenster schied aus, denn Penelopes Zimmer befand sich im obersten Stockwerk eines spektakulären viktorianischen Anwesen am Stadtrand, das Cliffs Familie ihr Zuhause nannte. Der einzige Weg nach draußen, den man benutzen konnte, ohne sich den Hals zu brechen, führte über die

Marmortreppe ins Erdgeschoss, in dem nicht nur Cliffs und Penelopes Eltern, sondern auch ein Dienstmädchen und ein Koch ihre Kreise zogen. Dieser hatte fiese Blutspritzer auf der Schürze und stand offenbar auf Kriegsfuß mit Penelope. Als ich angekommen war, hatte er mich angesehen, als würde er mich am liebsten zu Sushi verarbeiten.

Aus Mangel an Alternativen lehnte ich mich an Penelopes Fenster und sah nach draußen. Über den Dächern von Edinburgh ging die Sonne unter. Ich hielt aufmerksam nach Tante Helly Ausschau. Sie würde mich finden, oder? Und mit mir gemeinsam einen Schlachtplan entwickeln, um mich zu befreien.

In der Zwischenzeit musste ich eben mit dieser Verwandlung hier klarkommen. Der Verwandlung in eine Zehnjährige, mit Zöpfchen, Kätzchentick und Zahnspange. Letztere scheuerte am Zahnfleisch, und ich begann schon zu verstehen, warum man mit diesem Eisengestell im Mund zum um sich schlagenden Menschenhasser wurde. Trotzdem. Während sich die echte Penelope in diesem Augenblick wohl gerade zufrieden in ihren Schlafsack kuschelte und unerlaubterweise an der Lesenacht teilnahm, war ich hier, in ihrem Zimmer, und hatte nicht nur zu viel Zeit, sondern auch noch eine Rechnung mit ihr offen.

Also entschied ich mich für einen kleinen Rachefeldzug quer durch ihr Reich. Ich machte Kakaoflecken in ihre Kätzchenbücher, vertauschte den Inhalt ihrer DVDs und ließ ein paar Filzstifte austrocknen. Gerade als ich einer der gruseligsten viktorianischen Puppen einen Schnauzbart aufmalte, ging meine Zimmertür auf.

»Was machst du da mit Prinzessin Angelique?«, fragte Cliff in meinem Rücken.

Vor Schreck ließ ich den Edding fallen. »Sie … heißt ab jetzt Mr Cartman.«

Ich konnte hören, dass er grinste. »Ausgezeichnet. Ich fand immer schon, dass sie aussieht, als fühle sie sich nicht recht wohl in ihrer Haut.«

Als ich mich umdrehte, fiel mir auf, dass er sich verändert hatte. Kein aufgekrempeltes, gebügeltes Hemd, keine zurückgegelten Haare und keine Sonnenbrille mehr. Er trug bloß ein ausgeleiertes Shirt, eine dunkelblaue Jogginghose und hatte dazu verstrubbelte Haare. Er sah mit einem Schlag deutlich jünger aus. Und, ich mochte es kaum zugeben, außerdem ziemlich niedlich.

Er lehnte sich gegen den Türrahmen und lächelte. »Hör mal. Wenn du versprichst, dich Montag in der Schule als Allererstes bei Ophelia zu entschuldigen, wartet eine Überraschung für dich in meinem Zimmer. Aber du musst es schwören. Okay?«

Ich nickte gehorsam. Die echte Penelope würde eher ihr Zimmer rabenschwarz streichen, als sich zu entschuldigen. Trotzdem. Ich wollte Cliffs Angebot annehmen. Zum Ersten, weil ich Überraschungen mochte – auch wenn Penelopes Überraschungen vermutlich scheußlich schmeckten, glitzerten oder sonst wie furchtbar waren. Zum Zweiten, weil es süß war, dass er auf einer Entschuldigung bei Ophelia bestand. Und zum Dritten, weil ich, und das wurde mir gerade erst jetzt bewusst, in Sachen Verwandlung in Cliff deutlich weiterkommen würde, wenn ich erst mal sein Zimmer betrat. Das war meine Chance, einen Ort zu besuchen, den kaum jemand kannte. Fast wie den Mond, den auch nur eine Handvoll Auserwählter betreten hatte. Einen Ort, den nur Cliff selbst, seine Eltern, Penelope und das Zimmermädchen jemals …

Okay, das mit dem Zimmermädchen nahm ich zurück. Niemand, ich wiederhole, niemand, dessen Job es war, für Ordnung zu sorgen, hatte jemals einen Fuß in Cliffs Zimmer gesetzt. Es sah aus, als wäre der Raum erst vor Kurzem von bösen Ganoven auf den Kopf gestellt worden. Jeder Zentimeter war mit Klamotten, Büchern, Schulkram und anderem Zeug übersät. Auf dem Lampenschirm baumelten Socken, in der Ecke vertrocknete eine Zimmerpflanze und auf dem Nachtschränkchen standen zwei geöffnete Gläser mit Nougatcreme.

Als wäre ihm das Chaos nicht im Geringsten peinlich, schlüpfte Cliff aus seinem Sweater und warf ihn auf eine Stuhllehne, wo schon unzählige andere Sweatshirts hingen. »Zu sauber für die Wäsche, zu schmutzig für den Schrank, willkommen auf dem Stuhl.«

Ich lächelte matt, während meine grauen Zellen auf Hochtouren arbeiteten. Es war, als würde hier jemand wohnen, der mit Cliff nichts zu tun hatte. In den Regalen standen Bücher zum Thema Naturwissenschaften, Fantasyromane, Computerspiele und sogar ein Mikroskop. Daneben gab es Comichefte und etwas, das aussah wie eine umfangreiche Plastikfigurensammlung aus Star Wars.

»Ziemlich beeindruckend, oder?«, fragte Cliff von der anderen Seite des Zimmers.

Ich schwieg, während meine imaginäre Liste zu Cliff gefühlte zehn Seiten länger wurde. Die Gedanken-Ophelia saß am Schreibtisch und schrieb sich die Seele aus dem Leib. Messie-Syndrom. Fantasy-Nerd, Actionfigurensammler, Hobbyforscher … Erstaunlich, dass jemand mit so speziellen Hobbys es geschafft hatte, der beliebteste Junge der Schule zu werden! Und dann dämmerte es mir. Keiner wusste davon! Er hatte es schlicht und einfach niemandem erzählt.

»Allerdings«, murmelte ich, weil Cliff auf eine Antwort zu warten schien. Einige der Figuren im Regal waren noch eingeschweißt, und es hätte mich nicht gewundert, wenn er den genauen Gegenwert jeder einzelnen davon kannte.

»Oh Mann, Penny, ich spreche nicht von General Grievous, sondern von meiner höchst ausgefeilten Bettenburg hier.« Ungeduldig nahm Cliff mich am Arm und zog mich in eine Ecke des Zimmers. Vor lauter Chaos hatte ich gar nicht gemerkt, dass die aufgespannten Laken und Kissen mit System angeordnet waren. »Ich habe an der Dachkonstruktion gefeilt, die Grundfläche erweitert und die Stützpfeiler stabilisiert.«

Jetzt erkannte ich, was Cliff meinte. Das war die mit Abstand coolste Bettenburg, die ich je gesehen hatte. Ineinandergesteckte Küchenpapierrollen bildeten die Pfeiler, die das Zelt so hoch machten, dass jemand wie Penelope mühelos darunter stehen konnte, und der Boden war mit einem Mosaik bunter Kissen übersät. Noch dazu befand sich Cliffs Bettenburg in Sichtweite zum Fernseher. Alle Achtung!

»Ist das die Überraschung?«, fragte ich.

»Nicht ganz.« Cliff zauberte eine DVD hinter seinem Rücken hervor. »Das hier ist die Überraschung. Ich weiß, wir haben ihn schon zwanzig Mal gesehen, aber ich dachte, er könnte dich aufheitern. Nachdem die Lesenacht für dich ins Wasser gefallen ist.«

Sprachlos starrte ich die DVD an. Das war »Die Schöne und das Biest«. Die Realverfilmung mit Emma Watson. Ich hatte sie schon tausend Mal sehen wollen, doch Tante Helly hatte jedes Mal auf »Die Eiskönigin« bestanden.

»Au ja!« Ich brauchte meine Begeisterung nicht zu spielen, das hier war voll und ganz echt. Jetzt hoffte ich sogar, dass Tante Helly sich noch etwas Zeit ließ, um mich zu retten. Knapp über hundertzwanzig Minuten, um genau zu sein.

Cliff grinste und wies mir den Weg in die Burg. Er knipste den Fernseher an, brachte mir eine rosarote Kätzchendecke und drückte mir eine Portion warmer Mikrowellen-Makkaroni in die Hand.

»Hier noch unser beider Leibgericht, Madam«, sagte er mit verstellter Stimme, nahm sich auch eine Portion und setzte sich neben mich. »Frisch zubereitet von mir und der Mikrowelle. Absolut nicht vegan, dafür mit ganz viel Fett, Geschmacksverstärkern und anderem ungesunden Zeug. Ist das alles zu Ihrer Zufriedenheit?«

»Zu meiner äußersten Zufriedenheit, danke«, antwortete ich, so vornehm ich konnte. Ich bekam den Eindruck, als hätten die beiden all das schon unzählige Male zuvor gemacht. Davon mal ganz abgesehen ... Käsemakkaroni? Ich setzte »Doch nicht Veganer« ganz oben auf meine imaginäre Liste. Am Ende war er noch nicht mal Vegetarier. Vermutlich haute er sich jeden Tag den Bauch mit Haggis voll. Schafsmagen, gefüllt mit Innereien. Das aß noch nicht mal ich.

»Oh. Diesmal gar keine Beschwerden? Scheint, als sollten wir dich öfter kidnappen«, lachte er, lehnte sich zurück und startete seinen Film.

Zufrieden ließ ich mich zurückfallen und tauchte meine Gabel in die Makkaroni, während Cliff näher an mich heranrückte, sodass sich unsere Schultern berührten. Ich wehrte mich nicht. Genau wie neulich im Pub war ich auch jetzt in Cliffs Gegenwart nicht mal annähernd nervös. Gerade war mir, als würden wir uns schon ewig kennen, was auf Penelope und Cliff selbstverständlich zutraf.

Als ich das Essen schließlich verputzt hatte, grub ich mich zufrieden tiefer in die Bettenburg. Cliff schlug die Decke um mich, und ein wohliges Gefühl kroch in mir hoch, das ich nicht ganz einordnen konnte. Verträumt überlegte ich, ob sich so ein Date anfühlte.

Noch während sich dieser Gedanke in mir formte, erschrak ich fürchterlich. Hatte ich das gerade wirklich gedacht? Für Cliff war das hier natürlich alles andere als eine Verabredung. Ich sah aus wie seine Schwester. Außerdem war Cliff nun mal Cliff und nicht Adrian! Aber die Frage blieb: Warum fühlte ich mich plötzlich so wohl mit Cliff? Und, noch viel wichtiger, warum war das auf einmal okay?

Doch nach wenigen Minuten vergaß ich die merkwürdige Situation und folgte dem Film. Er gefiel mir noch viel besser, als ich es erwartet hatte, und bei der Stelle, als sich das Biest endlich dank des Kusses der wahren Liebe in den Prinzen zurückverwandelte, unterdrückte ich vor Rührung ein paar Tränen.

»Na, komm schon, Penny, sag es«, begann Cliff unvermittelt.

»Was sagen?« Nervös schaute ich zu ihm hinüber. Mist. Das musste ein Insiderding zwischen den beiden sein.

»Das, was du an der Stelle immer sagst.« Cliff deutete mit dem Kinn auf den Fernseher und aß die letzten Makkaroni. »Dass ich so aussehe wie der Prinz.«

»Oh.« Wenn man es genau betrachtete, hatte Cliff tatsächlich eine gewisse Ähnlichkeit mit dem Schauspieler in der Flimmerkiste.

»Und dann sage ich das, was ich immer darauf sage. ›Aber ich bin das Biest, zumindest sonntags früh, unrasiert und unausgeschlafen und unglaublich übellaunig‹«, lachte er und blickte mich an, und für einen Moment war mir, als könne er vielleicht die echte Ophelia hinter der Verwandlung sehen. Dabei begann etwas in meinem Innersten aufgeregt zu flattern, und ehe ich mich fragen konnte, was das zu bedeuten hatte, kam Cliff plötzlich näher.

Ich hielt die Luft an, voller Panik. Was ... Was machte er da? Hatte ich mich womöglich vor seinen Augen in Ophelia zurückverwandelt? Und nun beugte er sich näher, um ...

... im nächsten Augenblick ein Taschentuch hervorzuzaubern und es mir an die Nase zu halten. »Wir sollten dir dringend die Nase putzen, Penn. Schnäuzen.«

Das Flattern in meiner Magengrube erstarrte. Ich wollte lieber nicht überlegen, was mir peinlicher war: dass mir gerade Schleim aus der Nase tropfte oder dass mir Cliff ein Taschentuch an die Nase hielt, um ihn zu entfernen. Das einzig Gute war, dass ich zumindest noch Penelope war. Für Cliff war ich immer noch nichts als seine Schwester.

»Los, schnäuzen.«

Oh Gott. Alibihalber tat ich, als würde ich etwas Nasenschleim ins Taschentuch schnäuzen, was dank Penelopes verstopfter Nase jedoch deutlich mehr war, als ich beabsichtigt hatte. Ups.

»Braves Mädchen.« Cliff knüllte das Taschentuch zusammen und warf es in den Mülleimer. Dann gab er ein entspanntes Brummen von sich, verschränkte die Arme im Nacken und widmete sich wieder dem Film, wo Belle und der Prinz gerade durch den Ballsaal tanzten.

»Denkst du, das gibt's wirklich?«, fragte er nach einer Weile, den Blick auf den Bildschirm gerichtet, während die Kamera durch den ovalen Ballsaal des Schlosses fuhr, das alte Gemäuer und alles darin wieder zum Leben erwachte und sich Belle und der blonde Cliff-Lookalike-Prinz in den Armen lagen.

Ich hob meinen Kopf vom Kissen. »Was meinst du? Sprechende Teetassen? Oder verzauberte, haarige Prinzen? Wobei übermäßige Körperbehaarung im echten Leben ganz sicher kein Einzelfall ist und bestimmt einen gewissen Leidensdruck ...«

Er sah mich verblüfft an. »Nein. Ich meine diese Art von Kuss, die man in Filmen sieht. Bei dem alles herumwirbelt und sich dreht.«

Das fragte er mich? Mich? Ich war beinahe sechzehn und hatte nur ein einziges Mal einen Jungen geküsst und selbst das war nur ein Bühnenkuss. »Keine Ahnung. Ich hatte noch nie einen Freund«, sagte ich wahrheitsgemäß und hoffte, dass das in Penelopes Welt der Wahrheit entsprach und Miss Satansbraten nicht nur frech und gemeingefährlich, sondern auch noch frühreif war.

Das schien auch Cliff einzuleuchten. »Ja, ich weiß. Du findest Kätzchen süß und Jungs ekelig, womit du vermutlich recht hast. Aber irgendwann wirst du dich auch mal verlieben, meinst du nicht?«

Pah. In wen würde sich Penelope, das Kätzchenmonster, verlieben? »Oh ja, bestimmt. In einen Kerl, der sich gern quälen und prügeln lässt. Mit einer möglichst großen Knautschzone«, brummte ich, doch als Cliff nicht lachte, sondern mich schon wieder mit diesem sonderbaren Blick anstarrte, als plappere ich im Fieberwahn, sagte ich schnell: »Warum fragst du mich das eigentlich? Du bist doch der mit Freundin.«

Cliff sah weg und betrachtete den Bildschirm. »Bei mir und Amalia ist es nun mal … es ist das echte Leben. Da gibt's nichts, was umherwirbelt und sich dreht. Es ist eben die Wirklichkeit.«

Ich schwieg, überfordert mit dem Geheimnis, das er mir gerade anvertraut hatte. Ich wusste nicht, was Penelope darauf sagen sollte. Oder Ophelia. Oder sonst irgendeine Person auf dieser Welt, die nicht Cliff oder Amalia war.

»Findest du, dass daran etwas falsch ist?«, wollte er wissen.

»Vielleicht«, gab ich zu. Es war eine unverfängliche Antwort auf eine Frage, die ich selbst nicht beantworten konnte.

»Amalia ist großartig, liebevoll, kümmert sich um ihre Mitmenschen und ist außerdem noch äußerst intelligent. Ab und an ist sie eifersüchtig, aber wirklich nur selten. Und trotzdem ist es zwischen uns einfach nicht … das da!«, sagte er und deutete auf die tanzende Teetasse, die sich gerade in einen Jungen aus Fleisch und Blut verwandelte. Aber das war egal, denn ich wusste auch so, dass er eigentlich von Belles magischem Kuss sprach. »Vielleicht bin ich deswegen so unsicher geworden.«

»Bist du das?« Aus irgendeinem Grund hatte ich plötzlich das Bedürfnis, den Pause-Knopf zu drücken.

Cliff rollte mit den Augen. »Mann, Penny! Du hast mir selbst wochenlang in den Ohren gelegen, ihr deswegen den Laufpass zu geben. Du wolltest mich zwingen, sie mit den Worten abzuservieren: ›Sorry, Amalia, aber ich bin in Wirklichkeit ein verzauberter Prinz und unsterblich in Emma Watson verliebt.‹ Dabei ist das totaler Schwachsinn.«

Ich schmunzelte einen Moment lang und stellte dann die Frage, die mir auf der Zunge brannte. Auch wenn es mich eigentlich nichts anging. »Bist du denn überhaupt verliebt in Amalia?«

Cliff seufzte, als hätte er damit gerechnet. »Du weißt, dass ich das nicht sagen kann, solange ich es nicht weiß. Das wäre eine glatte Lüge.«

»Und sie?«

»Sie ist in den Prinzen verliebt und nicht in das Biest.«

»Was soll das bedeuten?«

»Schau dich doch nur mal um. Ich bin nicht besonders gesellig. Kann nicht vor Leuten sprechen. Und auch alle weiteren Nerd-Symptome treffen auf mich zu.« Wie zum Beweis griff er nach einer Brille, die auf seinem Nachtkästchen lag, und setzte sie auf. »Siehst du?«

Ungerechterweise ließ ihn die Brille allerdings ganz und gar nicht schlechter, sondern nur interessant aussehen. Ein bisschen wie Clark Kent.

»Hast du Amalia deshalb noch nie hierher eingeladen?«

»Hierher? Ein Mädchen, das ihr Essen in der Lunchbox nach Farben gruppiert? Unmöglich.« Er seufzte. »Amalia sollte einen Freund haben, der ehrlich zu ihr ist. Wahre Liebe kennt keine Geheimnisse, nicht wahr?«

Mein Herz machte einen Hüpfer. Er zitierte mich. Mich, Ophelia. Die neulich im Theatersaal über Angus MacAlbatroz' und Mary Sues Beziehung gesprochen hatte. Ich hätte nicht gedacht, dass er sich meine Worte merken würde.

»Wollt ihr euch etwa trennen?«, fragte ich.

Cliff malte mit dem Finger Kreise auf das Kissen und gähnte. Seine Augen waren schwer, und er sah aus, als würde er gleich einschlafen wollen. »Vielleicht gibt es für Amalia jemand anderen, wo alles herumwirbelt und sich dreht.«

»Oder für dich«, antwortete ich.

Cliff reagierte nicht. Nach einer Weile legte er den Kopf an meine Schulter. Seine Haare kitzelten in meinem Nacken und er roch ganz wunderbar nach Waschpulver und Käsemakkaroni. »Ist es verrückt, an dumme Dinge zu glauben, Penny?«

»Nicht verrückter, als eine Zehnjährige um Rat zu fragen, die Kätzchen süß und Jungs ekelig findet«, antwortete ich. Doch das hatte Cliff schon nicht mehr gehört. Er lehnte an meiner Schulter und schlief.

Ich musste auch eingeschlafen sein, denn in den frühen Morgenstunden weckte mich ein Poltern am Fenster. Mein erster Blick galt Cliff, der kaum zwanzig Zentimeter von mir entfernt eingerollt wie ein Baby auf dem Kissenmosaik der Bettenburg schlief. Danach schnellte mein Blick ans Fenster, wo das Geräusch hergekommen war.

Tante Helly. Sie saß als Eichhörnchen auf Cliffs Fensterbrett und klopfte gegen die Scheibe. Vorsichtig rappelte ich mich auf und öffnete das Fenster.

»Na endlich!« Ich ließ sie auf meine Handfläche klettern. Es tat gut, sie zu sehen, auch wenn ich längst nicht mehr so verzweifelt war wie gestern Abend, als mich Cliffs Vater hierhergeschleift hatte.

»Guten Morgen, Geburtstagskind! Es tut mir so entsetzlich leid, dass es so lange gedauert hat, Liebes. Gestern war es nahezu unmöglich, dich zu befreien. Ich musste Mildred erzählen, dass du bei Mae schläfst, und die restliche Nacht bin ich vor dem Hund geflüchtet«, wisperte sie und begann sich zu putzen. »Wusstest du, dass die MacAllisters einen Jagdhund namens Napoleon haben? Ich dachte erst, er würde es bloß auf Feldhasen, Rebhühner und Füchse abgesehen haben, aber dann hätte er mich beinahe geschnappt und ich bin gerade noch auf einen Baum geflüchtet ...«

»Schon okay, Tante Helly.« Nervös spähte ich zu Cliff, der ein lautes Schnarchen von sich gab, aber trotzdem keine Anstalten machte, aufzuwachen. »Du musst dir keine Vorwürfe machen. Es war gut, dass ich geblieben bin. Du wirst nicht glauben, was ich alles über Cliff herausgefunden habe. Aber das erzähle ich dir später. Er könnte jeden Moment aufwachen.«

»Einverstanden. Unten ist die Luft rein. Aber nicht mehr lange«, wisperte Tante Helly.

Während ich vorsichtig die Zimmertür öffnete, fiel mir in einem der Regale etwas Glitzerndes ins Auge. Das Kätzchen-Notizbuch! Ohne darüber nachzudenken, griff ich danach.

Als ich es aufschlug, fiel mir die fehlende Seite auf, die Tante Helly gestern herausgerissen haben muss.

Das war also das Notizbuch, das mir helfen würde, mich endlich in Cliff zu verwandeln.

»Interessant, oder?«, murmelte Tante Helly, während ich staunend Seite für Seite umblätterte und mich fragte, was ich eigentlich erwartet hatte, in diesem Buch zu finden. Ein Tagebuch? Die geheimen Abgründe eines Jungen, den keiner kannte? Oder doch Star-Wars-Fanfiction?

Nichts davon traf zu.

Stattdessen hielt ich unser Theaterstück in den Händen. Da waren Dialoge zwischen Angus MacAlbatroz, Mary Sue und den anderen Figuren fein säuberlich notiert. Hier und da war etwas

Text durchgestrichen und korrigiert worden, dazwischen fanden sich Regieanweisungen, zahlreiche Erklärungen und sogar Hinweise für die Gestaltung des Bühnenbilds. Meine Hände begannen zu zittern.

»Du hast doch immer schon heimlich vermutet, dass Señora Garcia das Stück unmöglich selbst geschrieben haben kann, oder?«, begann Tante Helly.

Meine Gedanken fuhren Achterbahn. Bestimmt gab es eine andere Erklärung, warum Cliffs Notizbuch voll mit Dialogen aus unserem Stück war. Auch wenn mir im Moment keine andere einfiel, als dass er selbst der Autor war. »Er kann es nicht geschrieben haben. Cliff würde doch nie ein Theaterstück schreiben und Señora Garcia erlauben, die Lorbeeren zu ernten.«

»Natürlich würde er das, er ist viel zu schüchtern! Und wenn die anderen mitbekämen, dass er heimlich Theaterstücke schreibt, dann kann er gleich zugeben, dass er Spielzeugfiguren sammelt.« Sie hüpfte auf die Kommode und legte ihren Arm um General Grievous. »In dem Maßstab sieht der Kerl echt gruselig aus.«

Gedankenverloren starrte ich vor mich hin, während Tante Helly eins der beiden Lichtschwerter aus General Grievous' Klauen zog und mit ihm ein Duell ausfocht. Sosehr ich die Beweislage drehte und wendete, Tante Hellys Argumentation war unumstößlich! Sie erklärte nicht nur, warum Cliff sein Stück heimlich weitergegeben, sondern auch, warum er bei den Proben immer zugesehen und sich neulich am Mittagstisch so gut mit Superhelden ausgekannt hatte.

»Schau mal, er kann sogar zeichnen. Gar kein schlechter Entwurf für das Kostüm von Angus MacAlbatroz«, sagte Tante Helly.

Inzwischen hatte sie die Actionfiguren links liegen gelassen und starrte über meine Schulter ins Notizbuch. »Sieht Cliff irgendwie ähnlich, nicht?«

Und dann wurde mir plötzlich alles klar. All die Rädchen griffen ineinander, das letzte Puzzleteil fügte sich und ich konnte das ganze Bild sehen. Was da zum Vorschein kam, war so klar und eindeutig, dass ich mich fragte, wie ich die ganze Zeit hatte so blind sein können.

»Cliff ist Angus MacAlbatroz«, murmelte ich.

Nun ja, streng genommen war er das natürlich nicht. Denn er konnte sich mit großer Wahrscheinlichkeit nicht in einen riesigen Vogel verwandeln und die Welt retten, aber ansonsten war die Figur wie das Abbild seiner selbst. Nicht des uninteressanten und glattgebügelten Cliffs, den wir alle aus der Schule kannten. Sondern des Jungen, der nur gemeinsam mit Roger Fußball spielen konnte, nicht gerne vor Menschen sprach und außergewöhnliche Hobbys besaß. Und der nur wenige Menschen an sich ranließ, abgesehen von seiner Familie und seiner großen Liebe, Mary Sue.

Deren Rolle, zugegebenermaßen, überhaupt keine Ähnlichkeit mit Amalia aufwies.

»Du wirkst so überrascht. Ich dachte, du hättest das Notizbuch gestern Abend längst entdeckt?«, murmelte Tante Helly.

»Nein, natürlich nicht. Ich hatte keine Zeit!«

»Womit wart ihr denn beschäftigt?« Tante Helly betrachtete das Chaos rund um unsere Bettenburg. »Schokolade, DVDs, Kissen ... Sieht ja ziemlich gemütlich aus.«

Allein die Vorstellung, was Tante Helly damit andeuten wollte, ließ mich rot werden. »Hallo? Schon vergessen? Ich bin Cliffs Schwester!«

»Nicht mehr, Schätzchen.« Tante Helly musterte mich. »Du bist Ophelia. Von Kopf bis Fuß. In der Schuluniform, die sie gestern anhatte.«

Tante Hellys Worte ließen mich zusammenfahren. Ich war in der Tat wieder die Alte. Sogar der blaue Fleck von Penelopes Tritt ans Schienbein war da. »Aber gestern Abend war ich das noch nicht, okay? Außerdem, wie oft denn noch, Cliff hat eine Freundin.«

Aber wer weiß, wie lange noch, ergänzte eine böse Stimme in meinem Kopf. Die Tatsache, dass er vielleicht nicht in Amalia verliebt war, ließ ein seltsames Gefühl in mir aufsteigen. Ein Gefühl, für das ich mich unmittelbar darauf schämte.

Doch ehe ich es genauer benennen konnte, zwickte mich Tante Helly ins Ohr. »Wir müssen verschwinden. Ich habe unten im Erdgeschoss ein Geräusch gehört.«

»Moment. Ich muss deine Spuren verwischen.« Hastig schlug ich das Buch auf und zog die übrig gebliebenen Papierreste vom Klebestreifen in der Mitte ab, damit nicht auffiel, dass jemand eine Seite entfernt hatte. Vermutlich würde Cliff den Verlust gar nicht bemerken.

Als ich das Buch zurück ins Regal stellte, sah ich aus dem Augenwinkel eine Bewegung. Es war Cliff, der in diesem Moment gegen das Morgenlicht blinzelte.

Vor Schreck hielt ich die Luft an und erstarrte. Hatte er mich erkannt? Ich erwartete beinahe, dass er wie von der Tarantel gestochen hochspringen, mich packen und mich fragen würde, was ich in aller Herrgottsfrühe in seinem Haus trieb, doch stattdessen blinzelte er erneut und schlief einfach wieder ein.

Ich seufzte vor Erleichterung.

»Bist du festgewachsen?«, zischte Tante Helly. »Los jetzt!«

Diesmal brauchte ich keine Einladung. Ich flitzte aus dem Zimmer und folgte Tante Helly über die Marmortreppe bis vor die Eingangstür. Zum Glück steckte der Schlüssel, und so schaffte ich es, sie von innen aufzusperren und Tante Helly übers taunasse Gras zu einer versteckten Stelle des Anwesens zu folgen, wo der Gartenzaun niedrig war und wir hinüberklettern konnten.

Dann erlaubte ich mir zum ersten Mal seit dem Aufwachen, tief Luft zu holen, schlenderte möglichst unauffällig zur nächsten Haltestelle und wartete dort auf den Bus.

Ophelias geheimer Steckbrief:

Name: Clifford Waldo (haha!) MacAllister
Spitzname: Cliff, Cliffey (von Amalia), MacSpießer (von Hackfresse-Jensen)
Alter: 16 ~~(bei dem spießigen Stil vielleicht auch ein altersloser Vampir. Muss mir vornehmen, das in 20 Jahren erneut zu überprüfen.)~~ Nachgelesen. 16. Geboren am 16. September.

Positive Eigenschaften:
Ähm … beliebt?
Ausgezeichnete Tablett-Teller-Blusen-Koordinationsfähigkeit
Mag Improvisationstheater
Kann ordentlich Schläge einstecken!

Negative (???) Eigenschaften:
~~ZU talentiert!~~ Außer beim Fußball
~~ZU schön~~ Nur an Tagen, an denen er keine Einhornsweater oder Veilchen zur Schau trägt
~~ZU nett~~ Ausnahme: zu Hackfresse-Jensen, aber der hat's verdient
~~ZU perfekt~~ (Geheimen Makel entdeckt! Lampenfieber vor Publikum!)
Ernährt sich von ~~Gemüse und Obst~~ Käsemakkaroni

Siebzehn

Mir blieb nicht mehr viel Zeit.

In wenigen Augenblicken würden die ersten Gäste ankommen und mir und Lora zum Geburtstag gratulieren, während ich alles daransetzen musste, dass diese Party ein Erfolg wurde und sich keine meiner Tanten über das vertretbare Normalmaß hinausgehend peinlich benahm. Dazwischen musste ich mich in den geheimnisvollsten Jungen der Welt verwandeln, Big Mac und seiner gruseligen Gang mein Talent beweisen und, nicht zu vergessen, auch meine erste richtige Verabredung überstehen, die möglichst ohne Spontanverwandlung ablaufen und im besten Fall sogar romantisch sein sollte. Aber hey, kein Druck.

Erschwerend kam hinzu, dass ich noch nie zuvor ein echtes Date mit einem Jungen gehabt hatte. Deshalb gab sich Tante Helly auch größte Mühe, mich für heute ordentlich herauszuputzen. Sie glättete meine störrischen Haare, trug mir Lippenstift auf und half mir in das wunderschöne Blümchenkleid, das mir Stan geschneidert hatte. Es hatte in einer knallroten Pappschachtel mit gelb-grün gestreifter Schleife vor der Haustür gelegen und es saß wie angegossen. Ich fragte mich, wie ich jemals ohne persönlichen Schneider hatte überleben können.

»Kopf hoch, Ophelia«, munterte mich Tante Helly auf, während ich zum vierten Mal am heutigen Tag eine Verwandlung in Cliff herbeizuführen versuchte. Auch wenn ich inzwischen herausgeputzt und hübsch aussah, in Sachen Verwandlungen war ich leider immer noch keinen einzigen Schritt weiter gekommen. Nach zahlreichen Fehlversuchen beim Frühstück, beim Mittagessen und nachmittags im Garten war ich schon so verzweifelt gewesen, dass ich mir unzählige Cliff-Fotos aus dem Internet ausgedruckt, den ersten Teil der Star-Wars-Trilogie angesehen (für die ganze Reihe fehlte mir die Zeit, obwohl ich Teil eins ganz spannend fand), Makkaroni gegessen und sogar meine eigene Bettenburg gebaut hatte. Inzwischen sah mein Zimmer aus wie ein Cliff-Schrein, und ich beschloss, es vor der Party abzuschließen, damit keiner dachte, ich hätte einen mysteriösen Kult um ihn gegründet.

»Ich verstehe nicht, woran es liegt«, seufzte ich, als wieder mal rein gar nichts geschah und Tante Helly mir ordentlich Rouge auftrug. Vermutlich, weil ich vor lauter Druck, Stress und Ärger schon ganz blass geworden war. »Ich weiß inzwischen alles über Cliff. Und ich meine wirklich alles. Und trotzdem klappt es nicht. Habe ich etwas übersehen? Oder liegt es an meinen miesen Fähigkeiten?«

»Unsinn. Du bist jetzt sechzehn und deine Fähigkeiten verbessern sich mit jedem Tag. Mach dir keine Sorgen. Die Verwandlung in Cliff wird heute bestimmt klappen.«

Cliff. Die bloße Erwähnung seines Namens ließ den gestrigen Abend wieder lebendig werden. Ich dachte daran, wie wir über die wahre Liebe philosophiert hatten, über Küsse, die alles herumwirbeln ließen, und danach Schulter an Schulter eingeschlafen waren. Obwohl ich dabei in Penelopes Körper gesteckt hatte und nicht in meinem, wusste ich nicht, wie ich ihm heute gegenübertreten sollte, ohne so richtig rot zu werden. So tun zu müssen, als gäbe es nicht den geringsten Anlass für Verlegenheit, war allerdings noch um einiges schlimmer.

»Außerdem bin ich ja auch noch da, um dich zu beschützen«, plapperte Tante Helly weiter, während sie die Haarspraydose zückte. »Selbst wenn dich Adrian den ganzen Abend in Beschlag nimmt. Alles, was du tun musst, ist, entspannt zu bleiben. Wenn du panisch bist, blockiert dich das nur bei deiner Verwandlung …« Die Türklingel unterbrach Tante Helly mitten im Satz. Unmittelbar darauf stiegen zwei Personen die Treppe zu Tante Hellys Stockwerk empor. Adrian und Tante Rose.

Kaum stand Adrian vor mir und sah mir in die Augen, spürte ich die altbekannten Schmetterlinge in meiner Magengrube tanzen. Eins stand jedenfalls jetzt schon fest: Es würde verdammt schwer werden, heute cool zu bleiben.

»Alles Gute zum Geburtstag, Ophelia! Du siehst toll aus«, begrüßte er mich und gab mir einen Kuss auf die Wange. Anders als sonst trug er heute nicht Schwarz, sondern ein hellblaues Hemd und Jeans. »Bin ich zu früh? Ich dachte, ich könnte dir bei den Vorbereitungen helfen.«

»Nicht doch, nicht doch«, wehrte Tante Rose ab und führte uns eins runter in ihr Stockwerk. »Ihr müsst doch nicht arbeiten. Wir haben alles im Griff. Lora macht sich hübsch, ich backe Kuchen und Tante Mildred stülpt Plastikplanen über unsere Inneneinrichtung. Ihr beide macht es euch erst mal auf meinem Balkon gemütlich.« Sie betrachtete Adrian. »Ach, mein Junge, du hast nicht zufällig Interesse an einem hochwertigen Vogelkäfig?«

Meine Wangen wurden heiß. Konnten meine Tanten denn nur ein Mal *nicht* peinlich sein? »Tante Rose! Ich glaube, dein Kuchen verbrennt gerade«, flunkerte ich. »Irgendwas riecht hier komisch.«

Tante Rose winkte ab. »Ach, das ist bestimmt nur Mr Darcy, der wieder pupst. Jedenfalls sind die Vogelkäfige aus Edelstahl, und man kann sie auch prima verwenden, wenn man keinen Vogel hat. Sie sind äußerst dekorativ. Du könntest auch ins Vertriebsgeschäft einsteigen und die Käfige selbst verkaufen. Die Gewinnspanne ist wirklich ...«

»Mach's gut, Tante Rose!«, verkündete ich, schnappte mir Adrian und zog ihn auf Tante Roses Balkon, bevor sie ihm noch das XXL-Starterset andrehen konnte. Sie hätte sich wirklich besseres Zeug für den Heimvertrieb aussuchen sollen. So ziemlich alles wäre weniger peinlich gewesen als riesige Vogelkäfige.

»Tut mir leid, dass meine Tante so merkwürdig ist«, murmelte ich, als wir alleine waren. Draußen war es inzwischen ziemlich kühl, aber an Adrians Seite war ich so aufgeregt, dass die kalte Luft guttat. Warum um alles in der Welt konnte ich in seiner Gegenwart nicht einmal locker sein?

Adrian hingegen schien kein Nervositätsproblem zu haben. Er ließ sich auf einen Stuhl fallen. »Ach Quatsch. Dafür ist dieser Balkon toll. Ich bin froh, dass wir ein paar Minuten alleine haben.«

Unten klingelte es erneut. Stimmen waren zu hören, doch Cliffs war nicht darunter, stellte ich fest und ärgerte mich im nächsten Moment, weil ich an ihn denken musste. Schnell verbannte ich ihn aus meinem Kopf.

»Weißt du noch, was ich dir gestern am Spind erzählt habe?«, fragte Adrian.

Wahrheitsgemäß schüttelte ich den Kopf. Der gestrige Abend war mir gut in Erinnerung, doch das Gespräch mit Adrian davor war ein einziges Durcheinander. Was wahrscheinlich daran lag, dass ich direkt danach von einer Zehnjährigen verprügelt, von Cliffs Vater gekidnappt und von einem sprechenden Eichhörnchen gerettet worden war. Tja, da vergaß man schon mal was.

»Na, das Stück.« Er kramte in seiner Umhängetasche. »Señora Garcia hat es verändert. Ich dachte, du wärst neugierig.«

»Oh, natürlich!«, erwiderte ich und bekam plötzlich Herzklopfen. Denn nicht Señora Garcia hatte das Stück verändert, es musste der echte Autor gewesen sein. Und da war er auch schon wieder, der nächste Cliff-Gedanke. Der war heute aber auch hartnäckig!

»Es ist ... anders.« Adrian wich meinem Blick aus, als wäre es ihm unangenehm, mir die Botschaft überbringen zu müssen. »Sehr anders. Beinahe so, als hätte Señora Garcia beschlossen, dass ihr Stück davor kompletter Bockmist war. Einige Figuren wurden umbenannt, aber das ist noch längst nicht alles. Mary Sue outet sich schon zu Beginn als Superheldin.«

Mit rasendem Blick überflog ich die Seiten – Cliff hatte meinen Vorschlag also wirklich berücksichtigt! Mary Sue belog ihre große Liebe nicht das ganze Stück lang und erzählte ihm von Anfang an von ihrem Superhelden-Geheimnis. Und sie traten den Bösewichtern zusammen in den Allerwertesten. Fabelhaft!

»Und schau mal, da steht eine Notiz. Offenbar hat die Señora neben die geänderte Stelle gekritzelt: ›Wahre Liebe kennt keine Geheimnisse.‹ Oh Mann. Hätte nie gedacht, dass sie eine verkappte Romantikerin ist. Ich dachte immer, dass sie früher in Buenos Aires eine ziemliche ...«

Meine Gedanken schweiften ab, während ich die neue Fassung des Stücks so fest in den Händen hielt, als wollte ich sie nie mehr loslassen. Ich hätte nicht für möglich gehalten, dass meine Meinung für Cliff etwas zählte. Immerhin war ich bloß irgendein Mädchen aus seiner Schule. Und doch hatte ich in letzter Zeit das Gefühl, als wäre da ein unsichtbares Band, das uns verband. Ein starker Magnet, ein magischer Zauber …

Magischer Zauber? Hallo? Hatte ich das gerade wirklich gedacht? Ich verbot mir, auch nur eine Sekunde rumzuträumen, bevor sich in meinem Kopf noch ein Bild aufbaute, in dem ich mit ihm in einem goldenen Kleid durch einen verzauberten Ballsaal tanzte. Nein, nein und nochmals nein.

»… könnten wir doch noch mal hier und jetzt die Szene üben. Weißt du noch?«, sagte Adrian in diesem Moment.

»Was?«, stotterte ich und stellte erschrocken fest, dass Adrian etwas näher gerutscht war. Wie hatte mir das nur entgehen können?

»Na, die letzte Szene. Ophelia, sag mal, hörst du mir eigentlich zu?«

Nein. Leider tat ich das tatsächlich nicht. Zu meiner Verteidigung musste ich allerdings sagen, dass das nicht an der Vorstellung von mir und Cliff in einem Film lag, zumindest nicht ausschließlich, sondern an dem nervtötenden Krächzen des Geiers, der plötzlich um unser Haus seine Kreise zog. Big Mac. Es war erst kurz nach zehn. Was tat der denn schon hier?

»Ja, ähm … Natürlich höre ich zu«, log ich und stand auf. Dass der Geier wieder hier war, und dann noch fast zwei Stunden zu früh, musste ich meinen Tanten erzählen. »Ich bin gleich zurück, ich hole nur schnell Getränke, ja?«

»Gute Idee«, verkündete Adrian, der offenbar immer noch so konzentriert über dem Theaterstück brütete, dass er den Geier gar nicht gehört hatte. »Ich werde inzwischen überlegen, wie ich Señora Garcia davon überzeugen kann, diese Änderungen wieder rückgängig zu machen … Mann, das ist so kitschig.«

Ich hatte das plötzliche Bedürfnis, Cliff verteidigen zu müssen. So, wie es jetzt war, war das Stück perfekt, und niemand hatte das Recht, an etwas herumzumäkeln, das er selbst nicht besser konnte. »Ich finde es nicht kitschig, sondern genau richtig. Jetzt hat es wenigstens Gefühl.«

Adrian starrte zu mir hoch. Dann wurde er bis über beide Ohren rot. »Oh, na gut. Dann ist es wohl okay.«

Ich war von mir selbst überrascht, dass ich Adrian widersprochen hatte. Doch ich hatte keine Zeit, darüber nachzugrübeln. Ich rannte die Treppen hinunter ins Erdgeschoss, immer der Musik hinterher. Gerade als ich Tante Mildred erspähte, die einem Jungen einen Vortrag über Zweck und Verwendung einer Klobürste hielt, schob sich Mae vor mich. Ich erschrak.

»Der Höflichkeit wegen möchte ich dir zuerst zum Geburtstag gratulieren«, brummte sie und überreichte mir einen Strauß Blumen.

»Okay«, sagte ich gedehnt und legte den Strauß auf den Geschenketisch. Das war ja eine komische Begrüßung. Ich wusste nicht so recht, was man darauf sagte, außer vielleicht: »Ähm … danke?«

»Gut. Nun, wo das erledigt ist: Was in aller Welt läuft denn bei dir falsch?«, zischte sie und deutete in die Küche, wo sich Roger gerade an der Bowle zu schaffen machte. »Roger? ROGER? Der Erzfeind Nummer eins, gleich nach Satan und …«

»Es heißt: gleich nach Lord Voldemort und Donald Trump«, korrigierte ich sie schwach, bevor sie noch weitere Vergleiche ziehen konnte, die ihr leidtun würden. Nicht dass Donald Trump nicht schlimm genug gewesen wäre. »Ich weiß, es ist ein Schock, dass ausgerechnet Roger dein Blind Date ist. Aber wie hätte ich dich sonst dazu bringen sollen, ihm eine Chance zu geben?«, versuchte ich zu erklären.

»Warum zum Teufel sollte ich ihm eine Chance geben? Er ist jetzt schon total besoffen. Jedenfalls erzählt er mir die ganze Zeit, dass er unsere Verabredung einem magischen Kobold zu verdanken hat.«

»Tja ... ähm«, stotterte ich verlegen. Das war ja dann wohl meine Schuld. Er war aber auch ein Idiot, das überhaupt zu erzählen! »Er ist nun mal abergläubisch!«

»Pah! Wenn du mich fragst, ist er einfach nur ...«

»Total in dich verliebt«, fiel ich ihr ins Wort und konnte mitansehen, wie Mae überrascht die Augenbrauen zusammenzog. »Er mag dich und das sogar sehr. Weil du ein tolles Mädchen bist. Kannst du nicht einfach nett zu ihm sein?«

»Nope.« Mae blieb hart.

»Nicht mal mir zuliebe?«

»Dir zuliebe? Ganz ehrlich, Ophelia, was ist überhaupt mit dir los? Du erzählst mir nichts mehr, tust ständig geheimnisvoll und sitzt am Tisch von Cliff MacAllister? Und dann schleppst du mich zu einen Fußballspiel und haust einfach ab? Und zu allem Überfluss verabredest du mich ausgerechnet mit Roger? Ophelia, du bist meine beste Freundin, und ich habe dich sehr gerne, aber im Moment bist du eine ziemlich gemeine ...«

»Beziehungszerstörerin.« Ehe ich wusste, wie mir geschah,

drängte sich Amalia zwischen uns und stemmte die Arme in die Hüften.

Vor Schreck fuhr ich zusammen. Ich hatte gar nicht mitbekommen, dass sie schon auf der Party war. »W...was?«

Sie sah furchtbar aus. Wie jemand, der nicht vorgehabt hatte, auf eine Party zu gehen. Eher wie jemand, der nur aufgekreuzt war, um der Gastgeberin ordentlich die Meinung zu sagen. Hatte ich was verpasst?

»Tu nicht so unschuldig.« Sie stieß mir unsanft gegen die Schulter, worauf sich prompt einige aus der Abschlussklasse zu uns umdrehten. Offenbar waren in den letzten Minuten eine Menge Gäste angekommen, und wir waren willkommene Unterhaltung, bis die Party richtig in Fahrt kam. »Ich habe mitbekommen, wo du heute Morgen warst, Ophelia! Ich habe dich gesehen, in Cliffs Garten, auf der Türschwelle. Ist dir klar, dass noch niemand zuvor bei ihm zu Hause war? Niemand?«

Ich brauchte ein paar Augenblicke, um zu kapieren, wovon sie sprach. Aber dann fiel der Penny und schlug dabei so hart auf den Boden, dass er Granit hätte spalten können. Panik durchströmte mich.

»Welchen Grund hat er, ausgerechnet dich zu sich nach Hause einzuladen?« Erneut stieß sie gegen meine Schulter und ich gab wieder nach. Dabei zermarterte ich mir das Hirn nach einer Ausrede, doch es war unmöglich, aus dieser Nummer wieder rauszukommen. Schon gar nicht vor all den Leuten. Meine Tanten waren nicht in Sicht, um mich zu retten, und auf Lora konnte ich auch nicht hoffen, denn die steckte immer noch in ihrem Zimmer, um sich für ihren großen Auftritt hübsch zu machen.

Ich musste mir also selbst helfen. Doch bevor ich einen Plan schmieden konnte, stürmte auch schon Cliff die Bühne. Die anderen machten ihm Platz. »Musst du Ophelia da mit reinziehen?« Er flüsterte, doch jemand hatte gemeinerweise die Musik leiser gedreht, damit man jedes einzelne Wort verstand. »Ich sagte doch schon, du musst dich getäuscht haben. Sie war nicht bei mir zu Hause.«

Amalia wischte sich die Augen. »Das sagst du doch nur so. Erst lädst du sie an unseren Tisch ein, dann hörst du ihr bei den Proben für das neue Theaterstück zu und gestern am Spind, da hast du sie total angehimmelt. Mich hast du noch nie so angesehen.«

Auf einmal war es so leise, dass man ein Staubkörnchen hätte fallen hören. Das einzige Geräusch, das unaufhörlich in meinen Ohren dröhnte, war der Klang meines eigenen rasenden Herzens. War Amalia eifersüchtig auf mich?

»Noch mal: Ophelia war nicht bei mir zu Hause«, antwortete Cliff ruhig. Auf die anderen Vorwürfe ging er nicht ein. »Denkst du nicht, das hätte ich mitbekommen?«

»Aber ich habe sie gesehen!« Sie deutete mit dem Finger auf mich. »Sie war es!«

Jetzt, endlich, richtete Cliff den Blick auf mich. Seine blauen Augen fixierten mich, und mir war, als lägen plötzlich Hunderte ungesagte Dinge zwischen uns. Hatte er mich heute Morgen erkannt? Dieser eine kurze Moment, als er schläfrig zu mir hochgesehen hatte? Daran konnte er sich nicht erinnern. Oder doch?

»Ophelia«, begann er schließlich und nahm mich genau unter die Lupe. »Sie hat sich doch getäuscht. Oder etwa nicht?«

Ich schwieg, während mein Herz mir bis zum Hals hämmerte und ich dabei in die gespannten Gesichter all meiner Gäste sah.

Vor allem Loras Freundinnen guckten, als würden sie es nicht für möglich halten, dass ich Amalia Cliff ausspannen wollte. Und dann auch noch offensichtlich mit Erfolg.

Doch als ich schließlich den Mund aufmachte, eingeschüchtert von Cliffs lauerndem Blick und ohne einen blassen Schimmer, was ich eigentlich sagen wollte, bekam ich unerwartet Hilfe von Mae.

»Ophelia war es nicht, okay?« Sie schob sich zwischen uns und funkelte Amalia an. »Hast du schon mal daran gedacht, dass es Lora gewesen sein könnte? Die teilt doch seit Jahren jeden Morgen Zeitungen aus. Sie liefert auch bis in Cliffs Gegend. Siehst du, da haben wir die Erklärung.«

Ich hätte sie am liebsten umarmt. Für einen kurzen Augenblick klammerte ich mich an diesen letzten Strohhalm, in der Hoffnung, Amalia würde sich täuschen lassen.

»Netter Versuch.« Leider schien Maes Erklärung Amalia noch mehr auf die Palme zu bringen. »Es war eindeutig jemand mit kurzen Haaren. Dunklen, kurzen Haaren. Lora hat ...«

Amalia verstummte und richtete den Blick auf jemand hinter meinem Rücken, genau wie Cliff und die anderen Partygäste. Einige Münder standen offen und ein Mädchen aus der Neunten ließ vor Schreck ihre Cola auf den Teppichboden fallen. Das würde Ärger geben!

»Kurze Haare«, hörte ich Loras Stimme, die gerade aus ihrem Zimmer kam. »Seit gestern Abend. Ich dachte, es wäre Zeit für eine Veränderung. Gefällt euch mein neuer Haarschnitt?«

Und dann, als ich mich umdrehte, traf mich der Blitz. Oder zumindest etwas, das sich wie ein Blitzschlag anfühlte, und vermutlich nur dann auftrat, wenn man sich selbst gegenüberstand.

Lora hatte sich natürlich nicht die Haare schneiden lassen. Sie hatte sich in mich verwandelt.

»Ach du Schande.« Maes Kiefer klappten auseinander, was echt nicht oft passierte. Sie griff nach Stans Hand, der neben ihr stand. »Jetzt gleicht ihr euch wie ein Ei dem anderen. Hab ich nicht recht, Ophelia?«

Ich konnte nicht aufhören, meine Schwester anzustarren. Oder eher mich selbst, von Kopf bis Fuß. Es war beinahe so wie in den verrückten Dokus, wenn Menschen von außerkörperlichen Erfahrungen erzählten. Ich bekam Gänsehaut.

»Äh ja … so … ähm … ist es nun mal bei eineiigen Zwillingen«, sagte ich. Langsam, ganz langsam sank mein Puls wieder auf ein normales Tempo. Was auch daran lag, dass Amalia nun ein Gesicht machte, als wäre ihr der Ausbruch furchtbar peinlich.

»Also warst du es, die ich vor Cliffs Haustür gesehen hab?«, wollte sie wissen.

»Na klar.« Lora legte den Arm um mich. »Alles nur ein großes Missverständnis.«

Die Meute begann aufgeregt zu tuscheln, und Lora nutzte die Gelegenheit, um sich zu meinem Ohr zu beugen. »Du kannst mir später danken.«

»Bist du verrückt geworden, Lora? Warum hast du das getan?«, fragte ich, komplett verwirrt.

»Du meinst, mich in dich zu verwandeln? Weil ich nun mal binnen zwei Minuten keinen so coolen Kurzhaarschnitt wie deinen hinbekomme. Ich hatte die Schere schon in der Hand, glaub mir.«

Ich konnte nicht fassen, was ich da hörte. Lora liebte ihre Haare. Sie pflegte sie täglich mit Balsam. Verwendete Bürsten mit Naturborsten. Sie guckte sich sogar komplizierte YouTube-Videos an, um sich süße Flechtfrisuren in ihr Haar zu machen, die ihr auch jedes Mal gelangen. »Du hast mich gerettet, Lora. Aber jetzt musst du deine Haare tatsächlich schneiden. Sonst fliegt alles auf!«

»Schon okay. Ich sagte ja, du kannst mir später …«

»Uaaaah!« Bevor sie zu Ende sprechen konnte, unterbrach uns ein Schrei. Er kam von draußen und war so markerschütternd, dass alle Gespräche ringsum verstummten und wir alle in den Garten guckten, wo eben noch Partygäste an Stehtischen gelehnt und sich unterhalten hatten. Jetzt allerdings hatte sich um eine Stelle im Rasen eine Menschentraube gebildet.

»Was war das?«, wollte Mae wissen.

Eine üble Vorahnung beschlich mich. Das Gefühl, als ob Loras neuer Look nicht die einzige Überraschung des heutigen Abends sein würde. Doch weil es meine eigene Party war, musste ich nach dem Rechten sehen, nahm meinen Mut zusammen und bahnte mir den Weg durch die Partygäste nach draußen. Cliff, Amalia, Mae, Stan und Lora folgten mir und drängten sich an dem Grüppchen auf dem Rasen vorbei, bis wir schließlich sahen, was den hysterischen Schrei verursacht hatte.

Der Geier. Er hockte inmitten der Partygäste im Gras, unter der Buche, und war gerade dabei, eine tote Ratte zu reißen und die Innereien zu verspeisen. Der Kadaver roch so ekelhaft, dass ich mir die Hand vor die Nase halten musste.

»Wow. Was ist denn das für ein hässlicher Vogel?«, murmelte Mae.

Auch wenn ich mich vor ihm gruselte, ich hoffte, dass der Geier das gehört hatte. Er hätte sich wirklich mal eine hübschere

Verwandlung einfallen lassen. Flamingos wären zur Abwechslung mal ganz nett.

»Ein Geier«, antwortete Cliff. »Haltet Abstand. Normalerweise sind die ziemlich menschenscheu, aber dieses Exemplar hier scheint kein Problem mit uns zu haben.«

»Ist er das?«, flüsterte Lora in mein Ohr.

Und dann, als hätte er uns gehört, breitete der Geier seine Flügel aus, hob sich in die Lüfte und flog direkt auf mich zu. Bevor ich ausweichen konnte, landete das Tier auf meinem Unterarm.

Mae und Stan schrien, während der mächtige Vogel auf meinem Arm saß und ich seine Krallen auf meiner Haut spürte. Ich wagte es nicht, mich zu bewegen. Mein Arm zitterte vor Anstrengung.

In diesem Moment tauchte Tante Helly auf, stülpte mit einem Kampfschrei und einer flüssigen Ninja-Bewegung einen von Tante Roses Vogelkäfigen über das Vieh und verschloss die Riegel. Das Tier flatterte aufgeregt zwischen den Stangen umher, reckte den krummen Hals, und ich erwartete fast, dass es plötzlich in Menschensprache sprechen und uns alle verfluchen würde – doch es gab nur ein heiseres Krähen von sich.

Ich schluckte hart. Wie in Trance machte ich zwei Schritte rückwärts, stolperte über ein Verlängerungskabel und fiel prompt in Cliff hinein.

»Alles okay?«, fragte er und hielt mich einen Moment lang fest.

Zu lange für Amalias Geschmack, die sich zu uns nach vorne drängelte, jetzt, wo sich der Geier im Käfig befand. »Meine Güte! Das sah ja beinahe aus, als hätte es der Vogel auf dich abgesehen.«

»Die Show ist zu Ende«, tönte Tante Hellys Stimme. »Das ist

bloß eins der Tiere, die aus Tante Roses Tiergeschäft in der Innenstadt ausgeflogen ist. Wir bringen ihn morgen wieder dahin zurück, wo er hingehört. Alles ist gut. Die Party geht drinnen weiter!«

Um uns herum wurde gemurmelt und geflüstert, doch nach und nach gingen die Partygäste ins Haus zurück. Als auch Cliff und die anderen schließlich außer Hörweite waren, beugte sich der Geier im Käfig in meine Richtung. Er wandte seinen Kopf, öffnete den Schnabel und ich hörte zum allerersten Mal die gruselige, dumpfe Stimme meines Großonkels. »Es ist bald Mitternacht, Ophelia. Denkst du nicht, es wäre an der Zeit …«

»Ach, halten Sie den Schnabel«, schnitt Tante Helly dem Geier das Wort ab. Dann beförderte sie den Käfig in den Schuppen hinter der Buche, wo Tante Mildred den Rasenmäher aufbewahrte. »Sie haben jetzt Sendepause. Und zwar bis Mitternacht.«

Ich zitterte am ganzen Leib, während Tante Helly die Schuppentür schloss. Der Schock über die tote Ratte und die Attacke des Geiers steckte mir in den Knochen. Und dabei fragte ich mich wieder und wieder, ob mich ein Aufschub überhaupt retten konnte.

Achtzehn

»Ich liebe dich«, säuselte Adrian in mein Ohr, während unter uns die Party in vollem Gange war. Dann nahm er meine Hand und seine Finger schlossen sich um meine. »Ich liebe einfach alles an dir.«

»Meinst du das ernst?«, erwiderte ich.

»Oh ja!«, erklärte Adrian voller Inbrunst und legte sich die Hand aufs Herz. »Und wie! Ich liebe die Art, wie du gehst, wie du lächelst, wie du sprichst ...«

»Wie ich dein Leben gerettet habe?«, antwortete ich. »Und zwar aus den Klauen von Hunter Mac...«

»Warte, Ophelia!« Das Säuseln in Adrians Stimme war weg und er klang wieder so wie immer. Hektisch blätterte er im Skript. »Der Bösewicht heißt jetzt anders. Er ist kein Jäger mehr, sondern ein schottisch-italienischer Pizzabäcker mit Mafia-Vergangenheit namens ... Tony MacAroni. Ich sagte ja, der Text hat in Sachen Qualität nicht besonders zugelegt.«

Tony MacAroni! Wenn ich mir je unsicher gewesen wäre, ob Cliff tatsächlich diese Seiten hier geschrieben hatte, spätestens jetzt war ich davon überzeugt. Adrian und ich waren nach der Geier-Aufregung wieder proben gegangen. Doch entgegen seiner

Meinung fand ich ganz und gar nicht, dass das Stück schlechter geworden war. Die letzte Szene war perfekt und hatte es gar nicht verdient, dass ich sie ständig verpatzte, mich versprach oder sonst irgendwie aus der Rolle fiel. Aber genau das passierte. Und das hatte drei Gründe.

Erstens musste ich andauernd an meinen eingesperrten Großonkel denken, der vermutlich gar nicht mehr lange brauchte, um sich aus dem Käfig zu befreien. Das Ultimatum lief in fünfunddreißig Minuten ab. Zweitens führte Punkt eins dazu, dass ich plötzlich gar nicht mehr so große Lust hatte, das Theaterstück zu proben. Und drittens konnte ich den Streit zwischen Cliff und Amalia nicht vergessen.

»Entschuldigung«, murmelte ich in Adrians Richtung.

»Kein Problem«, sagte er geduldig. »Hör zu, wenn heute nicht der richtige Moment ist, um zu proben, kannst du gerne nach unten zu deinen Freunden gehen, und wir üben ein anderes Mal ...«

»Schon okay.« Ich hatte überhaupt keinen Grund, nach unten zu gehen. Es war zwar nicht so, als wollte ich mich an meinem eigenen Geburtstag vor meinen Gästen verstecken ... aber ... Okay, es war so, dass ich mich an meinem eigenen Geburtstag vor meinen Gästen verstecken wollte. Was hauptsächlich an der Szene mit Amalia lag, die mir immer noch peinlich war.

»Na gut. Ich fange etwas weiter vorne an, bei Angus' Monolog«, schlug Adrian vor.

Als Adrian zu lesen begann, schweiften meine Gedanken wieder ab. Amalia war davon überzeugt gewesen, mich bei Cliff gesehen zu haben, was natürlich auch der Wahrheit entsprochen hatte. Außerdem war ihr aufgefallen, dass er mir bei den Proben zugehört hatte, und sie glaubte, dass er mich neulich am Spind angehimmelt hatte. Spätestens an diesem Punkt war ich mir sicher, dass sie übertrieb, und doch war da ein aufgeregtes Kribbeln in mir, das nicht verschwinden wollte.

Als ich am Ende dieses Gedankens angelangt war, erschrak ich. Das konnte doch nicht sein! Sicherlich hatte dieses Gefühl mit dem ganzen Verwandlungsstress und meiner Aufregung zu tun, nicht mit Cliff. Ich hatte mich in den letzten zwei Wochen einfach nur so viel mit ihm beschäftigt, das konnte man leicht fehlinterpretieren, weil …

Ups! Da kam mein Einsatz!

»Weil ich dich gerade gerettet habe?«, stieg ich in das Stück ein. »Aus den Klauen von … Tony MacAroni?«

»Du bist eine ganz besondere Superheldin«, fuhr Adrian fort und kam näher.

Mein Herz machte einen Satz. In der Szene war immer noch der Bühnenkuss drin. Und Adrian, das wusste ich ja schon, hatte überhaupt keine Skrupel, den mitzuproben. Ein Teil von mir hoffte, dass das der Grund war, warum er genau diese Stelle proben wollte. Passierte das gerade wirklich?

»Lass uns …«, murmelte ich meinen Text, kaum zehn Zentimeter von Adrians Lippen entfernt. *Lass uns die Welt zu einem besseren Ort machen.* Das war der Satz, den ich auf der Bühne improvisiert hatte und den Cliff als letzten Satz mit ins Stück aufgenommen hatte. Nur, dass ich ihn jetzt nicht über die Lippen brachte, weil es in meinem Bauch mit einem Schlag unbeschreiblich wild zu kribbeln begonnen hatte. Das Gefühl zog sich hoch zu meinem Hals, wo es stärker und stärker wurde.

Moment mal. Ein kribbeliges Gefühl im … Hals? Das war doch nicht normal! Verwandelte ich mich etwa gerade? So wie neulich im Theatersaal, bevor ich Adrians Nase und seine Arme übernommen hatte? Wurde ich diese dämlichen Spontanverwandlungen denn nie los?

»Ist alles okay?« Die Romantik war dahin. Adrian rückte von mir ab und betrachtete mich mit seinen braunen Augen.

»Ich weiß nicht …«, murmelte ich, während sich eine böse Ahnung in mir breitmachte. Irgendetwas war mit meiner Stimme nicht in Ordnung. Sie klang plötzlich tief und ungewohnt.

»Hast du einen Frosch im Hals?«, fragte Adrian.

»Nein, schon okay …« Ich entschied mich, zu flüstern, um ihn nicht misstrauisch zu machen, und deutete nach drinnen. Wenn das hier gerade eine sich ankündigende Verwandlung war, musste ich verschwinden – obwohl ich doch Adrian küssen wollte! Und Adrian mich vielleicht auch, so enttäuscht, wie er aussah. Wie viel Pech konnte ein einzelner Mensch haben?

»Ich hol mir schnell ein Glas Wasser.«

Bevor Adrian sich fragen konnte, warum ich in Gottes Namen schon wieder Getränke holen wollte – wirklich, normalerweise war ich in Sachen Ausreden kreativer – kämpfte ich mich an den unzähligen Vogelkäfigen vorbei durch Tante Roses Wohnzimmer zum Spiegel. Auch wenn meine Stimme nicht mehr meine eigene war, optisch sah ich aus wie immer, also rezitierte ich einen von Ophelias Monologen aus »Hamlet«, dem Stück, in dem ich letztes Jahr die Kulisse gespielt hatte, um herauszufinden, wessen Stimme ich angenommen hatte. Bis es mir schließlich dämmerte. Es war die Stimme von Cliff.

Irgendein Spaßvogel hatte ordentlich Whisky in die Bowle gemischt. Dementsprechend dicht war die Menschenmenge rund um die Küche, als ich mich durchs Erdgeschoss drückte, um Tante Helly zu suchen. Ich war schon auf ihrem Stockwerk gewesen, doch dort war keine Spur von ihr. Stattdessen tranken zwei Jungs in ihrem Schlafzimmer Bier und fütterten den armen Mr Darcy mit Kartoffelchips. Zu gerne hätte ich ihnen ordentlich die Meinung gegeigt, aber weil meine Stimme immer noch verdächtig nach Cliff klang, entschied ich mich, das Tier lieber hochzuheben und mitzunehmen.

Inzwischen stand ich, mit einem Schwein im Arm und der Stimme eines Jungen im Hals, im Wohnzimmer, wo die Stimmung am Siedepunkt war. Die Meute tanzte ausgelassen, während Tante Rose munter Vogelkäfige verkaufte und Tante Mildred alles mit Desinfektionsspray einnebelte, Gläser einsammelte, Bierflaschen konfiszierte und dabei aussah, als verfluche sie den Tag, an dem Lora sie zu dieser Party überredet hatte. Nur von Tante Helly fehlte jede Spur.

Dabei brauchte ich ihre Hilfe jetzt mehr denn je. Immerhin hatte ich es zum ersten Mal geschafft, etwas von Cliff zu übernehmen. Und auch wenn ich mich nicht vollständig verwandelt hatte, es war doch ein Anfang. Wenn sie mir verraten würde, was ich jetzt tun musste, damit ich noch mehr von ihm annahm, wäre ich gerettet. Ich würde es schaffen, Big Macs Auftrag zu erfüllen. Knapp fünfzehn Minuten vor dem Ende des Ultimatums.

Da schob sich Amalia in mein Blickfeld. »Hör mal, Ophelia, ich muss dich etwas ganz Wichtiges fragen. Und es kann nicht warten. Es geht um Cliff.«

Ich erstarrte vor Schreck und setzte Mr Darcy ab. Was tat Amalia denn noch hier? Hatte sie mich nicht schon genug gedemütigt? Ich wollte etwas erwidern, doch im letzten Moment fiel mir ein, dass meine Stimme nicht meine eigene war.

»Mag schon sein, dass es tatsächlich Lora war, die ich vor seinem Haus gesehen habe«, begann sie. »Trotzdem. Ich mache mir Sorgen.«

Sie wollte, dass ich sie fragte, warum. Vermutlich hätte ich es auch getan, wäre da nicht dieses Stimmproblem gewesen. So konnte ich bloß nicken – und über ihre Schulter immer wieder nach Tante Helly Ausschau halten.

»Bestimmt wirst du dich fragen, weshalb jemand wie ich sich Sorgen machen sollte. Ich bin Schulsprecherin und Vorsitzende einer Wohltätigkeitsstiftung. Ich bin immerhin ein Vorbild für jede einzelne Schülerin dieser Schule. Kennst du ein anderes Mädchen in meinem Alter, das den Armen und Schwachen hilft wie ich? Hm?«

Ich schüttelte den Kopf. Innerlich verdrehte ich die Augen. Es wollte sich eben nicht jeder von ihr helfen lassen. Tante Mildred hatte mal gesagt, bloß weil man einen Hammer hat, heißt das nicht, dass die ganze Welt ein Nagel ist. Ob Amalia den Spruch schon mal gehört hatte?

»Doch keiner ahnt, dass ich es bin, die Hilfe braucht.« Sie seufzte. »Wie soll ich Cliff nur klarmachen, dass wir füreinander geschaffen sind? Wir ergänzen uns! Seine Familie ist reich, meine hat dafür eine äußerst lange Geschichte. Meine Vorfahren waren seit dem siebzehnten Jahrhundert Clanführer des Hochlands und sind eine Seitenlinie der Stuarts. Ich stamme aus der gleichen Linie wie einige der Könige Schottlands. Ist das nicht beeindruckend?«

Ich schob die Unterlippe vor und nickte. Das funktionierte besser als erwartet. Offenbar erwartete Amalia gar nicht, dass ich tatsächlich mit ihr sprach. Wo zum Teufel steckte Tante Helly?

»Deswegen sollte Cliff in mich verliebt sein. Und mir keinen Grund geben, eifersüchtig zu sein, nicht wahr? Zum Glück würdest du mir nie im Leben in den Rücken fallen. Immerhin passt ihr so gar nicht zusammen. Deshalb musst du mir versprechen, dass du dich niemals in ihn verlieben ...«

Bevor sie zu Ende sprechen konnte, schob sich ein ganzer Trupp grölender Jungs zwischen uns. Ich dankte dem Himmel für das gute Timing, nutzte die Chance, diesem immer schlimmer werdenden Gespräch ... Korrektur ... *Monolog* zu entkommen und huschte ums Eck, ins Badezimmer. Ich verriegelte die Tür, atmete durch und betete, dass ich sie abgeschüttelt hatte.

Doch Amalia war hartnäckig und rüttelte an allen Türen in diesem Flur. Zuerst am Abstellraum, dann am Kellerabgang. »Ophelia? Wo bist du? Du kannst jetzt nicht abhauen! Du musst mir eine Antwort geben, hörst du?«

Dieses Mädchen war total verrückt. Sie würde tatsächlich keinen Frieden geben, bis ich ihr mit Brief und Siegel erklärt hatte, dass Cliff ganz und gar ihr gehörte.

»Bist du im Badezimmer?« Jetzt stand sie vor meiner Tür. »Komm sofort raus und versprich es mir.«

Und dann verlor ich die Fassung. Vielleicht lag es daran, dass ich furchtbar frustriert war, weil die Zeit drängte und mir die Verwandlung nicht gelingen wollte. Vielleicht aber auch daran, dass mich Amalia in die Enge trieb. »Amalia!«, schrie ich, auch wenn ich wusste, dass es eine furchtbar schlechte Idee war, den Mund aufzumachen. »Kannst du mich nicht in Frieden lassen?«

Stille auf der anderen Seite der Badezimmertür. Erst Sekunden später kam schließlich ihre Antwort. »Cliff? Ich ... ich dachte, du wärst Ophelia.«

»Die ... die ist ... gerade durch den Keller nach draußen verschwunden«, erklärte ich und hockte mich auf den Klodeckel. Warum nur hatte ich meine Klappe nicht halten können? »Weiß nicht, ob sie heute zurückkommt. Du kannst ja mal im Garten nach ihr suchen.«

Leider machte Amalia keine Anstalten, in den Garten zu gehen. »Was ist mit dir? Versteckst du dich vor mir?«

»Ach nö. Alles gut. Ich muss mal dringend ... pullern.«

»Pullern?«, wiederholte Amalia schockiert.

Ich schlug mir gegen die Stirn. Pullern! Ich war so ein Dummkopf. Das würde Cliff niemals sagen, schon gar nicht zu Amalia.

»Urinieren.« Okay, das klang irgendwie noch widerlicher.

Anstelle einer Antwort hörte man ein dumpfes Geräusch, so als ob sich Amalia gegen die Tür gelehnt hätte. Offenbar würde sie nicht verschwinden. »Hör mal, Cliff, ich muss dich etwas ganz Wichtiges fragen. Und es kann nicht warten. Es geht um Ophelia.«

Oh Gott. Hatten wir jetzt wieder das gleiche Gespräch, nur umgekehrt? Forderte sie von Cliff, ihr zu garantieren, dass er sich niemals in Ophelia verliebte? Ich konnte nicht glauben, dass ich das noch mal ertragen musste. Als wäre ich in einer Zeitschleife gefangen. Gruselig!

Nur leider hatte ich keine andere Wahl. Denn hier drin gab es keine Fluchtmöglichkeit. »Schieß los!«, sagte ich widerwillig.

»Nun, ich wollte nur sagen, dass ich ...« Sie seufzte tief. »Ich würde verstehen, wenn du Ophelia magst.«

Vor Erstaunen wäre ich fast vom Klodeckel gekippt. Hörte ich schlecht? Oder hatte sie das gerade wirklich gesagt?

»Immerhin ist sie wirklich hübsch und elegant«, machte Amalia weiter. »Auf diese mysteriöse, geheimnisvolle Art. Sie lebt in diesem tollen Haus hier, hat diese süßen, wuscheligen Haare und diese großen grünen Augen und kann auch noch richtig gut Theater spielen. Und ich …«

… stamme von einer Seitenlinie der Stuarts ab. Aus der gleichen Linie wie einige der Könige Schottlands. Kam jetzt wieder Geschichtsstunde mit Amalia?

»Ich bin furchtbar«, sagte sie stattdessen. Sie klang gedämpft und traurig. »Ich bin nur dank deiner Hilfe Schulsprecherin geworden und habe nicht mal viele Freunde. Alle denken doch, ich sollte mir mal lieber eine Zahnspange verpassen und die Haare machen lassen, anstatt Spenden zu sammeln, die keiner will.« Ihre Stimme kippte. »Dabei dachte ich wirklich, ich könnte den Zirkustieren helfen.«

Ich traute meinen Ohren nicht, als sie plötzlich auch noch zu schluchzen begann. Wer hatte Amalia ausgetauscht? Was war aus der selbstverliebten Nervensäge geworden? Jetzt saß plötzlich ein verletzliches Mädchen vor der Tür, und ich war kurz davor, aufzuschließen, sie zu trösten und dabei zu erklären, dass ich weder elegant (Die sollte mal sehen, wie ich regelmäßig auf die Schnauze fiel, wenn ich mir im Stehen meine Jeans anzog!) noch geheimnisvoll war, als mir einfiel, dass das gar nicht möglich war. Amalia hielt mich für Cliff. Also blieb mir nichts anderes übrig, als zu raten, was Cliff an dieser Stelle sagen würde.

»Schon gut«, antwortete ich. In den letzten Wochen hatte ich mich so sehr mit Cliffs Wesen beschäftigt, dass ich mir lebhaft

vorstellen konnte, was er in diesem Moment zu Amalia sagen würde. Fast so, als würde eine Miniversion von Cliff auf meiner Schulter sitzen und mir den richtigen Text soufflieren. »Du bist nicht furchtbar, Amalia. Nicht im Geringsten.«

»Doch, bin ich. Niemand mag mich.«

»Blödsinn«, half mir der imaginäre Mini-Cliff weiter aus der Patsche. »Ich mag dich. Wir wären doch nicht seit über einem Jahr zusammen, wenn du furchtbar wärst.«

»Meinst du das ernst?«

»Natürlich. Du bist großartig, liebevoll, kümmerst dich immer um deine Mitmenschen und bist außerdem noch total intelligent.«

Amalia hörte auf zu schluchzen. »Also bist du nicht Hals über Kopf in Ophelia verliebt?«

Stille. Mini-Cliff auf meiner Schulter löste sich mit einem Puff in Luft auf, ein untrügliches Zeichen, dass ich nicht die geringste Ahnung hatte, wie der echte Cliff darauf reagieren würde. Mir wurde schmerzlich bewusst, dass ich diese Frage nicht beantworten konnte, und das, obwohl ich diesen Jungen inzwischen in- und auswendig kannte. Ich konnte nur die wahrscheinlichste Antwort geben.

»Nein. Ich bin nicht in Ophelia verliebt.«

Stille. Ich konnte hören, dass sie immer noch schniefte. »Das sagst du doch nur so.«

»Aber es ist wahr.«

»Dann sag es.«

»Was denn?«

»Dass ich schöner, klüger und umwerfender bin als sie.«

Oh Mann. Echt jetzt? Spieglein, Spieglein an der Wand, wer

war die Schönste, Klügste und Umwerfendste im ganzen Land? Ausgerechnet in dem Moment, wo ich Amalia einen Deut lieber mochte? Kam ich wirklich nur so aus der Nummer raus? »Na gut. Du bist Ophelia in jeglicher Hinsicht überlegen. Zumindest für mich. Okay?«

»Na gut. Das reicht mir.« Amalia klang zufrieden. »Kannst du jetzt die Tür öffnen? Ich würde dich echt gerne drücken.«

»Ähm, lieber nicht.«

»Aber warum denn nicht?«

»Weil ... ich Angst vor Mr Darcy habe«, entfuhr es mir. Ich schlug die Hand auf meine Stirn. Mist, hatte ich das gerade wirklich gesagt? Welcher normale Mensch hatte Angst vor einem Hausschwein? Wenn, dann galt es, seine Blähungen zu fürchten.

Amalia lachte auf. »Oh. Du hast Angst vor Schweinen? Das wusste ich ja gar nicht.«

»Ja ... äh ... hochgradiger Pigophobiker.« Hoffentlich kam Amalia nicht auf die Idee, das hier und jetzt zu googeln. »Bei Schweinsnasen bekomme ich Angstattacken.«

»Oh, das klingt schlimm. Mein armer Cliffey.«

Uaaagh. Immer diese Spitznamen. »Tja, ich bin wirklich äußerst bedauernswert. Deshalb musst du das Schwein weit wegbringen. Am besten ins Dachgeschoss, vor Ophelias Zimmertür.« Damit wäre sie eine Weile beschäftigt. In unserem Haus gab es eine stattliche Anzahl an Treppen, und Mr Darcy war nicht gerade der Leichteste, deshalb schnauften meine Tanten, Lora und ich jedes Mal wie Dampfloks, wenn wir ihn hochtrugen. Vielleicht wurde es ja irgendwann mal olympische Disziplin?

»Gut. Na, dann komm, mein Kleiner. Was fällt dir nur ein, meinem armen Cliffey so Angst zu machen?« Amalia stöhnte. »Igitt, du stinkst ja. Was haben sie dir denn zu fressen gegeben?« Dann hörte ich, wie sich ihre Schritte entfernten.

Als die Luft rein schien, spähte ich vorsichtig aus dem Badezimmer. Im Flur war niemand zu sehen, also schlich ich ins Wohnzimmer und betete, dass Tante Helly nicht weit sein würde. Gerade, als ich nach draußen flitzen wollte, um sie beim Schuppen zu suchen (vermutlich bewachte sie den eingesperrten Geier), entdeckte ich Mae auf dem Sofa. Und Roger. Dicht aneinandergekuschelt. Knutschend.

Ich traute meinen Augen nicht und starrte die beiden fassungslos an. Glücklicherweise waren sie so damit beschäftigt, sich in den Armen zu liegen und gegenseitig durchs Haar zu fahren, dass sie nicht die geringste Notiz von mir nahmen. Wie um alles in der Welt war denn das passiert? Ich nahm mir vor, aus Mae morgen jedes Detail rauszuquetschen.

»Molto buono, die beiden Turteltäubchen, sì?«, säuselte mir jemand ins Ohr. »Stell dir vor, Ophelia, sie haben sich vorhin gegenseitig mit meinen Antipasti gefüttert! Wie ich immer sage, Amore geht durch den Magen!«

Erstaunt drehte ich mich um. Mit mir sprach ein italienischer Kellner mit Schnauzbart, Silbertablett in den Händen und einem Namensschild am Revers, auf dem »Pepe Roni« stand. Ich wusste nicht, dass Tante Mildred Personal eingestellt hatte. Und woher Pepe Roni meinen Namen kannte.

»Jetzt guck nicht so. Ich bin es doch, Tante Helly«, sprach der Kellner, ganz ohne italienischen Einschlag. »Ich wollte bloß ein bisschen italienisches Flair auf deine Party bringen, während du mit Prinzessin Stupsnase auf dem Balkon rumknutschst.«

»Wir knutschen nicht rum«, erklärte ich entschieden und

schnappte mir zwei Zucchiniröllchen. Cliffs Stimme aus meinem Mund klang so ungewohnt, dass ich dringend etwas Nahrung brauchte, um das nervöse Gefühl im Magen zu betäuben. »Stattdessen bin ich schon die ganze Zeit unterwegs, um dich zu suchen und dir zu sagen, dass ...«

»Dass du mit Cliffs Stimme sprichst.« Vor Überraschung hatte der Tante Helly-Italiener beinahe das Tablett zu Boden plumpsen lassen. Doch jetzt stellte er es auf dem Kaminsims ab, nahm meine Hand und führte mich ums Eck. »Das ist ja ... fabelhaft.«

»Findest du?«

»Absolut. Das kommt uns gerade recht. Du musst dich beeilen, nicht nur seine Stimme, sondern alles zu übernehmen.«

Ich warf einen Blick in Richtung des Treppenaufgangs. »Big Mac hockt also immer noch in seinem Käfig? Ich habe Angst, dass er sich befreit und uns jeden Moment die Hölle heißmacht.«

Der Tante-Helly-Kellner lachte. »Die Vogelkäfige sind echte, deutsche Qualitätsware. ›Hochwertige, rostfreie Ausfertigung aus Edelstahl‹, wie deine Tante Rose immer zu sagen pflegt. Da gibt es kein Entkommen.«

Das beruhigte mich leider nur wenig. »Er könnte sich doch einfach in eine Stubenfliege verwandeln und abhauen? Warum tut er das nicht?«

»Oh, daran habe ich gar nicht gedacht. Tja, das ist tatsächlich äußerst mysteriös. Vielleicht ist sein winziges Geiergehirn nicht auf die Idee gekommen? Oder er hat sich entschlossen, uns die Zeit bis Mitternacht zu geben. Wie auch immer, du musst dich beeilen.«

»Okay. Aber was jetzt? Wie geht es weiter? Was muss ich noch über ihn wissen, um mich endlich in Cliff zu verwandeln?«

»Alles, Ophelia. Er ist kein einfaches Verwandlungsobjekt.«

Ich hatte das Gefühl, als drehte ich mich im Kreis. Je weniger Zeit übrig blieb, desto verzweifelter fühlte ich mich. Trotz Cliffs Stimme. »Aber ich weiß doch schon alles von ihm. Seine Schuhgröße, sein Sternzeichen, seine Hobbys ... sogar seine wahren Hobbys. Ich habe extra eine Liste aufgestellt.«

Der Tante-Helly-Italiener zwirbelte nachdenklich den Schnauzbart, während der Bass der Musik entfernt in meinen Ohren wummerte. »Okay, überlegen wir, woran es liegen könnte. Was war die bisher schwierigste Verwandlung, die du geschafft hast?«

Ich dachte angestrengt nach. »Hmm, wahrscheinlich Cliffs Schwester Penelope?«

Der Tante-Helly-Kellner wackelte mit dem Kopf. »Komm schon, Ophelia. Das war doch nicht gerade knifflig. Penelope ist ein Kind, deren gesamte Welt sich um Kätzchen, Glitzer und die Farbe Pink dreht.«

Ich seufzte. »Okay, dann wahrscheinlich ... Roger?«

Tante Helly hob ihren Blick. »Roger! Ein Junge! Das ist gut! Okay, denk nach, was hast du zuletzt über Roger erfahren? Bevor du dich endgültig in ihn verwandeln konntest?«

»Dass er einige Groupies aus der Unterstufe hat, die bei seinen grünen Augen Schnappatmung bekommen?«

Meine Tante schüttelte entschieden den Kopf. »Aber das hat ja nichts mit seinem Innenleben zu tun. Es muss was anderes gewesen sein. Was weißt du noch über ihn?«

Ich vergrub das Gesicht in den Händen. Was sollten diese Fragen bringen? »Dass Roger Cliffs bester Freund ist?«

»Das wusstest du doch schon längst.«

»Dass er gut Fußball spielt? Und so abergläubisch ist, dass er einem Kobold ans Ende des Regenbogens folgt?«

»Auch nichts Neues.«

Nervös kaute ich an meiner Lippe herum, bis ich plötzlich an die heftige Knutscherei auf dem Sofa denken musste. Dann ging mir ein Licht auf. Und ich fragte mich, warum mir das nicht früher aufgefallen war. »Roger … Roger ist in Mae verliebt!«

Tante Helly ballte die Faust. »Volltreffer!« Sie lächelte. »Du musst rausfinden, was in Cliffs Gefühlsleben vor sich geht.«

Ich schloss die Augen und ließ Tante Hellys Worte auf mich wirken. Wenn das mal so einfach wäre. »Ich glaube, das weiß er selbst nicht. Cliff bezweifelt, dass Amalia seine große Liebe ist, Amalia wiederum befürchtet, dass er … Oh Mann, Tante Helly, es ist kompliziert!«

»Dann sorge dafür, dass es nicht länger kompliziert ist.« Sie sah auf das Zifferblatt der Pendeluhr. Es war kurz vor zwölf. »Finde die Wahrheit heraus.«

»Aber wie? Mit dieser Stimme kann ich ihm unmöglich gegenübertreten.«

»Schon vergessen, dass du dich verwandeln kannst? Ich habe Cliff vorhin unten am Treppenaufgang gesehen. Finde ihn. Und ich sorge inzwischen dafür, dass Adrian nicht nach dir sucht und diese Nervensäge Amalia dir nicht dazwischenkommt.«

»Ach, so nervig ist Amalia eigentlich gar nicht«, gab ich zu. »Inzwischen kenne ich sie viel besser. Sie ist zwar immer noch selbstverliebt, aber auch unsicher. Und bis über beide Ohren in Cliff …«

In diesem Moment schlug es Mitternacht. Neben der Pendeluhr konnte man die Schläge trotz lauter Musik deutlich hören, und kaum dass der letzte Schlag verhallt war, öffnete sich plötzlich die Haustür, und Patricia, Olaf und Paul standen auf der Matte. Mir gefror das Blut in den Adern.

»Na, das ist ja mal ein Auftritt«, hauchte der Tante-Helly-Kellner und starrte auf die drei Gestalten im Türrahmen. »Fehlt nur noch ein Gewittereffekt und Hitchcock hätte seine Freude.«

»Was jetzt?«, stotterte ich und heftete meinen Blick auf die drei. Während Paul in die Küche abbog, drängten sich Olaf und Patricia durch die Menge, wahrscheinlich auf der Suche nach meinen Tanten, Lora ... oder mir. Mit ihrem starren Blick und den weißen Laborkitteln zogen sie alle Blicke auf sich. Einige Jungs hielten sie offenbar für Undercover-Polizisten und versteckten Bierflaschen unter den Sofakissen.

Tante Helly atmete tief ein. »Okay. Kein Grund, nervös zu werden. Du findest heraus, wie es um Cliffs Herz steht. Und ich halte dir inzwischen den Rücken frei. Ich lenke die drei ab, kümmere mich um Adrian oben auf dem Balkon und erzähle Amalia, dass ich eine neue Idee für ein Wohltätigkeitsprojekt habe. Zum Thema Darmgesundheit von Schweinen.« Sie lachte. »Und teile weiterhin Häppchen aus, damit keiner etwas merkt. Hach, was für ein Stress!« Dann nahm Tante Helly das Tablett, steuerte auf Olaf und Patricia zu und trällerte dabei amüsiert »O sole mio«.

Neunzehn

Ich hatte einen Plan.

Einen Plan, der Cliff, Amalia und Tante Mildreds leer stehendes Badezimmer mit einschloss und so verrückt war, dass ich kaum glauben konnte, dass ich ihn tatsächlich in Erwägung zog. Aber weil keine Zeit mehr blieb, hatte ich vor allem keine andere Wahl. Ich musste es riskieren.

Also sperrte ich mich im Badezimmer ein, schloss die Augen, konzentrierte mich auf Amalia und betete, dass sie nicht allzu kompliziert gestrickt war. Wie neulich bei Madame Rieux und Roger ging ich Schritt für Schritt in Gedanken jedes Detail durch, das ich über Amalia Sanders wusste. Ich dachte nicht nur an ihr Äußeres und ihre Zahnlücke, sondern auch an ihren Sinn für Ordnung, ihre Strebsamkeit in der Schule, ihre Begeisterung für Wohltätigkeitsarbeit und ihre Gefühle für Cliff.

Zwei Minuten später war es vollbracht. Die Verwandlung in Amalia war perfekt geglückt, inklusive der Jeans und der Bluse, die die echte Amalia heute auf der Party anhatte. Nach einer Sprechprobe vor dem Spiegel hatte ich auch Gewissheit, dass ich nicht mehr mit Cliffs, sondern mit Amalias Stimme sprach. Womöglich war ich doch gar nicht so schlecht.

Also los.

Ich verließ das Badezimmer, tauchte in der Menge unter und schob mich weiter in die Richtung, in der Tante Helly Cliff vermutet hatte. Im Wohnzimmer gab es fast kein Durchkommen mehr. Ich drückte mich durch die Menge und stand plötzlich direkt vor Olaf und Patricia. Olafs Augen wurden schmal und er kam auf mich zu.

Mir wurde eiskalt. Hatte er mich entdeckt?

»Bist du eine Freundin von Ophelia?«, fragte er. »Könntest du mir sagen, wo wir sie finden?«

Ich atmete erleichtert auf. Er erkannte mich nicht. »Oh, ja, natürlich. Sie … ähm … ist im Badezimmer und kümmert sich gerade um das Hausschwein. Das hat leider furchtbare Blähungen. Und musste sich außerdem übergeben, weil die Jungs es mit Bier gefüttert haben.«

»Ugh.« Patricia sah aus, als wäre ihr auch plötzlich übel geworden.

»Soll ich Sie zu ihr führen? Aber nur damit sie es wissen, es stinkt fürchterlich.«

»Nein, danke.« Olaf schüttelte den Kopf. »Wir warten.«

Puh. Das war knapp. Eins zu null für mich und meine neu entdeckte Fähigkeit zu bluffen! Ich wandte mich ab, lief weiter und nickte den anderen Partygästen fröhlich zu, unter ihnen Paul und Lora, die sich gerade ein Glas von der Bowle nahmen, während Olaf und Patricia in die entgegengesetzte Richtung steuerten. Dabei fiel mir auf, dass viele der Gäste mich als Amalia keines Blickes würdigten. Andere starrten mich sogar böse an, und ich begann, mich richtig unwohl zu fühlen. War sie tatsächlich so unbeliebt?

Nur Cliff lächelte, als ich ihn am Treppenaufgang fand. Er stand unter dem Kronleuchter und sah mir dabei zu, wie ich die Stufen nahm. Auch er hielt mich für Amalia. Mein erster Eindruck hatte mich also nicht getäuscht. Diese Verwandlung saß.

»Musst du schon los?«, erkundigte ich mich.

»Ich fürchte, ja.« Er ließ seine Haare in die Stirn fallen und seufzte. »Ich will noch nach Hause zu Penny. Irgendetwas stimmt nicht mit ihr. Heute Morgen saß sie beim Frühstück und meinte, sie hätte ein schlechtes Gewissen und wir würden sie jetzt alle hassen. Gestern Abend schien sie noch in Ordnung.«

Ich schluckte. Mist! An die echte Penny hatte ich keinen einzigen Gedanken mehr verschwendet. »Weißt du … ähm … Kinder fantasieren manchmal. Bilden sich Dinge ein, die nie stattgefunden haben. Das gibt sich von selbst.«

»Vielleicht. Sagst du Ophelia und Lora Tschüss von mir?«

»Warum verabschiedest du dich nicht selbst?«, fragte ich, auch wenn die echte Amalia das bestimmt niemals vorgeschlagen hätte. Zumindest nicht bei Ophelia.

»Geht nicht.« Cliff starrte auf seine Schuhspitzen. »Lora klebt an irgendeinem blassgesichtigen Typen, den keiner kennt, und Ophelia hat schon den ganzen Abend ein Date mit Angus MacAlbatroz.«

Ich starrte ihn an. Hätte ich es nicht besser gewusst, hätte ich darauf getippt, dass er verärgert war. Während ich darüber nachdachte, hatte Cliff schon seine Jacke angezogen, öffnete die Tür, um zu gehen, und ich vergaß beinahe, warum ich eigentlich hergekommen war. Wegen eines waghalsigen Plans, der mein Herz zum Explodieren brachte, wenn ich nur daran dachte. Aber jetzt war es zu spät, um einen Rückzieher zu machen.

»Warte.« Ich zog ihn am Ärmel.

Dann nahm ich all meinen Mut zusammen, legte meine Hand in seinen Nacken und küsste ihn, mit Amalias Lippen. Aber mit Ophelias ganzem Herzen. Denn es geschah etwas Merkwürdiges: Ich spürte ein Brennen in meinem Herzen. Ein seltsames, warmes Kribbeln in meinem Magen. Fühlte es sich so an, wenn man den Verstand verlor? Dieses Gefühl war schlimmer, grausamer und wunderbarer, als ich es mir vorgestellt hatte, wenn ich davon in Büchern gelesen oder Filme darüber gesehen hatte.

Oder als ich an Adrian gedacht ... oder ihn geküsst hatte.

Irgendwann löste sich Cliff von mir, lehnte seine Stirn an meine und murmelte leise: »Bis alles herumwirbelt und sich dreht.«

Hitze durchströmte mich, mein Herz pochte. »Was hast du gerade gesagt?«

Weil mein Gehirn weich wie Butter war, konnte es nicht weiter nachbohren. Und auch sonst war ich nicht zu besonders viel imstande, außer Cliff noch mal küssen zu wollen. Noch länger. Aber Cliff rückte ein Stückchen von mir ab. Dann lächelte er mich an, und mir war, als ginge dabei die Sonne auf.

»Nichts. Alles ist bestens, Amalia.«

Amalia. Vor Schreck hätte ich beinahe laut aufgeschrien. Ich war Amalia. Natürlich. Schon die ganze Zeit über. Warum hatte ich das während des Kusses vergessen? Wann hatte mein Gehirn aufgehört zu funktionieren? Alles um mich herum begann sich zu drehen. Diesmal allerdings nicht auf die gute Art.

»Hör mal, ich möchte ehrlich sein«, sprach Cliff weiter. Seine Stimme drang von irgendwo weit weg an mein Ohr. »Ich habe ganz schön an uns gezweifelt. Ich war mir nicht sicher, ob wir zusammenpassen. Aber jetzt, dieser Kuss ...« Er wurde plötzlich rot.

Ich hielt die Luft an.

Er lächelte verlegen. »Das war anders als zuvor, findest du nicht? Wunderbar anders.«

Ich schloss die Augen und versuchte, meine wirren Gedanken zu ordnen. Ich war Amalia. Und als Amalia hatte ich gerade das letzte Puzzlestück, das ich brauchte, gefunden: Er empfand etwas für seine Freundin. Und zwar sehr viel. Sonst hätte er sie niemals so geküsst. Ich war mir absolut sicher, dass ich mich nun in ihn verwandeln konnte. Ich hatte mein Ziel erreicht. Doch warum konnte ich mich nicht darüber freuen? Warum um alles in der Welt wünschte ich mir, ich hätte es niemals herausgefunden?

»Mir tut es leid, dass ich in letzter Zeit so abwesend war«, fuhr Cliff fort, und jedes seiner Worte fühlte sich an wie aus Blei. »Und es tut mir leid, dass ich dir das Gefühl gegeben habe, Ophelia zu mögen. Du hast es dir nicht eingebildet. Ehrlich gesagt mochte ich sie wirklich ein kleines bisschen.«

Ophelia mochte ihn auch. Nicht nur ein kleines bisschen. Sondern ein viel, viel zu großes bisschen. Warum hatte ich so lange gebraucht, um das zu kapieren? Warum musste ich mich mit diesen Verwandlungen herumschlagen, die alles so kompliziert machten?

»Ich verstehe, dass du schockiert bist«, setzte er hinterher. »Das mit Ophelia, das war einfach da. Aber glaub mir, es ist wieder weg! Und es kommt nie wieder.«

Mir war, als fiele ich in ein schwarzes Loch. Tiefer und tiefer, bis ich schließlich den Gedanken nicht mehr ertragen konnte, in Amalias Körper zu stecken. Und als ich auch noch spürte, wie mir die Tränen in die Augen stiegen, galt für mich nur noch eins: Ich musste wieder Ophelia werden.

»Hey.« Cliff griff nach meiner Hand. »Amalia! Ist … alles in Ordnung?«

Amalia. Schon wieder dieser Name.

»Nichts ist in Ordnung«, schluchzte ich. Für einen Moment überlegte ich, ihm alles zu erzählen. Wer ich war. Was für eine besondere Gabe ich hatte. Und in was für einer bescheuerten Lage ich war. Doch ich hielt mich zurück. »Es wäre besser, du gehst jetzt.«

Cliff sah zerknirscht aus. »Ist es wegen dem, was ich über Ophelia gesagt habe? Vielleicht hätte ich es dir gar nicht sagen sollen, aber ich wollte ehrlich sein.«

Statt einer Antwort öffnete ich ihm die Tür. Ich war nicht nur unendlich traurig und verletzt, ich war auch stinkwütend. Nicht auf Cliff, sondern auf mich selbst, weil ich diesen Plan geschmiedet hatte. Und weil ich mich in ihn verliebt hatte. Wann war das eigentlich passiert? Jemand sollte wirklich Warngeräte für plötzliche Verliebtheit erfinden, damit man seinen Kopf schnell in Eiswasser tunken konnte. Das wäre doch mal was für Tante Roses Heimvertrieb!

Cliff kratzte sich im Nacken. »Okay. Dann lass uns morgen telefonieren, ja?« Er nahm seine Jacke, ging über den Schotterweg bis zu unserem Gartentor und verschwand.

Ich machte ein paar Schritte in die kühle Nacht, sah ihm von der Hausmauer aus hinterher und ließ die Tränen über meine Wangen laufen. Warum hatte ich gedacht, dass ich mit einem gestohlenen Kuss herausfinden könnte, was in Cliff vor sich ging? Jetzt hatte ich den Salat. Jetzt wusste ich, wen er liebte. Ich war es nicht. Und seit Neuestem störte mich das ungemein.

Und dann sah ich aus verheulten Augen zu, wie die Rückver-

wandlung einsetzte. Amalias Jeans verschwamm vor meinen Augen, bis sich meine Beine in Stans Kleid materialisierten.

»Ophelia, da bist du ja! Was machst du denn hier draußen?« Nur einen Augenblick später steckte Adrian den Kopf aus der Haustür. »Wir suchen dich schon.«

»Oh. Ich bin hier«, murmelte ich und wischte eilig meine Tränen weg. Großartig.

Adrian kam näher und lehnte sich zu mir gegen die kalte Hauswand. »In der Zwischenzeit hat mir deine russische Cousine Olga Gesellschaft geleistet.«

»Hä? Cousine?«, fragte ich, bis es mir dämmerte. Tante Helly. »Ach so, diese Cousine. Tja.«

Neben uns ging die Tür auf. Es waren Patricia und Olaf.

»Schscht«, machte ich und drückte Adrian an die Wand. Mein Herz raste. Die beiden hatte ich ja fast vergessen!

»Was ist?«, wisperte er. »Versteckst du dich etwa vor den komischen Typen, die vorhin aufgekreuzt sind? Wer ist denn das? Und warum tragen die auf einer Party weiße Kittel?«

»Hör zu, du musst mir helfen«, zischte ich ihm zu. »Lauf zum Hintereingang und hol meine Tanten. Es ist dringend.«

Zum Glück stellte Adrian keine weiteren Fragen. Er nickte bloß und huschte ums Eck, während Olaf und Patricia aus der Haustür traten und sich im dunklen Garten umblickten.

»Siehst du das Mädchen?«, fragte Olaf.

»Sie muss hier irgendwo sein.« Patricia machte ein paar Schritte übers Gras, an den hohen Bäumen vorbei.

»Vielleicht hat sie sich versteckt, weil sie die Verwandlung in diesen Jungen nicht hinbekommen und nun Angst vor den Konsequenzen hat.«

Patricia zog eine Taschenlampe aus ihrem Laborkittel. Der Lichtkegel tanzte zwischen den Hecken umher. »Sie kann nicht weit sein. Ich frage mich nur, wo Dr. MacBiggs steckt. Er müsste längst hier sein.«

Ich presste mich wieder gegen die Hauswand und spürte den kalten Schweiß auf meiner Stirn. Auch wenn ich wegen Cliff ein Nervenbündel war, ich würde dem Ganzen bestimmt nicht noch die Krone aufsetzen und mich von denen einfangen lassen, damit sie an mir herumexperimentieren konnten, bis ich meine Verwandlungen perfektioniert hatte. Ich würde nicht mit ihnen gehen. Da würde ich eher noch davonlaufen. In eine fremde Stadt, ohne Cliff und ohne Amalia. Irgendwo, wo mich niemand finden konnte, noch nicht mal der …

»Der Geier!«, rief Olaf in diesem Moment.

»Was?«, fragte Patricia. Der Lichtschein der Taschenlampe wanderte in Richtung des Schuppens.

»Ich hab da was gehört. Komm mal her.« Olaf stemmte sich gegen das Tor des Schuppens, das sofort nachgab. Kurz darauf kam er zurück, den Käfig in den Händen, der im Mondlicht funkelte, während der Geier den Schnabel gegen die Stangen rieb, sodass ein schaurig-metallenes Geräusch ertönte. »Sie hat ihn allen Ernstes im Schuppen eingesperrt. Wie kann sie es wagen …«

»Heb dir das auf, bis wir sie erst mal in den Highlands haben.« Olaf öffnete die Tür des Käfigs und mit einem kraftvollen Schlag seiner Flügel schwang sich der Geier in die Luft.

Okay, das reichte. Blanke Angst schnürte mir die Kehle zu, und ich wollte nur noch weg. Immerhin waren die drei daran schuld, dass alles so gekommen war. Sie hatten Cliff ausgesucht. Und nun, nach zwei Wochen, kannte ich jede Seite von ihm. Ich wusste, dass er in Wahrheit ein Außenseiter war, der Theaterstücke schrieb, gerne mit seiner Schwester rumhing – und in seine Freundin verliebt war. Der bloße Gedanke, dass Cliff jetzt vermutlich daheim im Bett lag und von Amalia träumte, ließ mich schniefen. Wann war ich eigentlich so eine Heulsuse geworden?

»Da ist jemand«, wisperte Patricia in diesem Moment.

Ich hielt die Luft an und verbot mir, noch mal zu schniefen.

»Ist sie das?« Olafs Stimme kam näher.

Jetzt oder nie. Das war meine letzte Chance, abzuhauen. Ich hatte ein Ass im Ärmel, denn ich kannte den Garten besser als die beiden. Ich wusste, dass es Stellen gab, wo kein Zaun war und man durch die Hecken einfach vom Grundstück verschwinden konnte. Außerhalb gab es unzählige verwinkelte Gassen, in denen man sich ausgezeichnet verstecken konnte.

Doch kaum war ich losgelaufen, hörte ich eine donnernde Stimme. »Ophelia, hiergeblieben! Wir hatten eine Abmachung.«

Voller Panik erstarrte ich im Schein der Taschenlampe. Vor mir stand Rufus, der Highlander, der sich die Ärmel aufkrempelte, als hätte er kein Problem damit, mich auf meiner eigenen Geburtstagsparty zu knebeln.

Und hinter mir, mit dem gleißend hellen Licht der Taschenlampe, erkannte ich nicht nur Olaf und Patricia, sondern die dunklen Umrisse meiner drei Tanten.

Aber aus irgendeinem Grund rührte sich keiner vom Fleck. Weder Rufus vor mir noch Patricia, Olaf oder meine Tanten hinter mir. Nur der Geier kreiste im Mondlicht über den Baumkronen und krächzte, als würde er sich jeden Moment auf mich niederstürzen. Als er schließlich zum Sturzflug ansetzte, hob ich schützend die Arme vor das Gesicht. Doch der Vogel landete nicht auf mir, sondern neben Patricia. Langsam richtete ich mich wieder auf, und als mir eine blonde Haarsträhne in die Augen fiel und ich im Schein der Taschenlampe einen schnellen Blick auf meine Arme und Beine riskierte, erkannte ich den Grund für ihr Zögern.

Ich war Cliff.

Hier, in dieser dunklen, uneinsichtigen Ecke des Gartens, im Schatten von zwei Trauerweiden und ohne Spiegel konnte ich zwar nicht erkennen, wie viel ich von ihm übernommen hatte, aber rein vom ersten Eindruck her musste die Verwandlung ziemlich gelungen sein.

»Ist sie das?«, wisperte Patricia in Richtung des Geiers.

Wow. Die Verwandlung musste phänomenal gut sein. Ich spürte, wie mein Selbstvertrauen zurückkam. »Jupp, das bin ich. Seid ihr jetzt endlich zufrieden?«, fragte ich. Ich sprach wieder mit Cliffs Stimme, wenn auch noch ziemlich wackelig.

»Du hast es geschafft, Liebes.« Tante Helly trat ins Licht der Taschenlampe und machte Anstalten, auf mich zuzustürmen. Doch Patricia hielt sie zurück. Dann erhob sich der Geier erneut und landete zu meinen Füßen im Gras.

»Du bist gut«, erklärte er mit seiner krächzenden Stimme. Allein schon der Klang ließ mich frösteln. Seine Augen leuchteten bernsteinfarben in der Dunkelheit. »Viel besser, als wir es je für möglich gehalten haben. Deshalb solltet du das hier sehen.«

Tante Rose trat nach vorne und hielt etwas in den Händen.

Ich schnappte nach Luft. Obwohl es von der Größe her stimmte und auch der Rahmen der gleiche war, das hier war nicht mein Bild. Zumindest sah es nicht danach aus. »Frau mit Glatze, Doppelkinn und mächtiger Warze« hatte sich so stark verändert, dass kein bisschen Ähnlichkeit mehr zu vorher übrig war. Sie hatte weder Glatze noch Doppelkinn oder Warze und war inzwischen ein beinahe perfektes Abbild von mir. Kurz gesagt – es war verdammt gut.

Olaf setzte sein Joker-Grinsen auf. »Das sind locker über achtzig Prozent, Ophelia, wenn nicht mehr. Was erstaunlich ist, da du bis dato überhaupt keinen Verwandlungsgrad hattest. Anscheinend ist das nicht immer gleichbedeutend mit schlechter Leistung. Auch wenn dein Bart-Debakel in diese Richtung gedeutet hat.«

»Manchmal kann es auch in die andere Richtung gehen«, unterbrach ihn Patricia. »Wenn jemand ganz besonders talentiert ist, zeigt die Skala ...«

»Genug mit den Schmeicheleien«, fuhr der Geier Patricia ins Wort. Sie verstummte augenblicklich. »Ophelia. Wir müssen reden.«

Wütend starrte ich das Tier an. Äh ... Nein, danke! Selbst wenn sich mein Bild auf wundersame Weise verbessert hatte und ich jetzt womöglich sogar einen definierten Verwandlungsgrad besaß, mir reichte es endgültig. Ich hatte keine Lust mehr auf das Familiengeheimnis. Diese Verwandlungen. Und wenn ich jetzt talentierter war, bedeutete das bloß, dass Big Macs Trupp mich erst recht nicht in Frieden lassen würde. Ich wollte nur noch weg von diesem Geier, dessen Atem immer noch nach toter Ratte stank. Ob er auch als Mensch gern Ratten aß?

»Ich habe mich in Cliff verwandelt, könntet ihr mich jetzt endlich in Ruhe lassen?«, zischte ich.

»Dieses Ergebnis ändert alles«, erwiderte der Geier kühl.

»Tut es nicht.« Mit Cliffs Stimme wirkte mein Wutausbruch fast noch eindrucksvoller. Vermutlich hatte er auch eine kräftigere Linke, um dem blöden Vogel eine zu verpassen. »Ich habe Ihre Aufgabe erfüllt. Es ist vorbei.«

Niemand antwortete, und ich nutzte die Chance, um in Richtung unseres Hauses an ihnen vorbeizustapfen. Sie hatten kein Recht, mich mitzunehmen. Ich war Cliff, verdammt noch mal. Ich war frei!

Gerade als ich auf der Höhe des Geiers war, reckte der seinen krummen Hals in meine Richtung. Er saß nun auf Patricias Schulter, und sein Schnabel streifte meine Wange, als er wisperte: »Es ist längst noch nicht vorbei, Ophelia. In Wahrheit hat es gerade erst begonnen.«

Zwanzig

Als ich sicher sein konnte, dass mir niemand gefolgt war, hielt ich an und betrachtete mein Spiegelbild in einem der beleuchteten Schaufenster. Ich war nicht nur deutlich größer, mein Körperbau war sportlicher, mein Kinn kantig und mein Haar dunkelblond.

Es war ein seltsames Gefühl, in Cliffs Körper zu stecken. Als hätte ich ungefragt Besitz von ihm ergriffen, etwas, das ihm unmöglich gefallen konnte. Von diesem moralischen Dilemma mal abgesehen, sollte ich allerdings stolz sein. Ich hatte eine perfekte Verwandlung hingelegt. In einen Jungen, der kein einfaches Verwandlungsobjekt gewesen und bestimmt auch Verwandlungsprofis vor Herausforderungen gestellt hätte. Doch Stolz fühlte ich leider nicht. Eher das komplette Gegenteil. Enttäuschung. Denn eine vollständige Verwandlung in Cliff bedeutete nur eins: Ich hatte ihn durchschaut. Ich hatte seine Gefühle erkundet und recht behalten. Er empfand nicht das Geringste für Ophelia.

Und dann, als ich schon am Schaufenster vorbeigehen wollte, fiel mir ein kleines Detail an meinem neuen Ich auf, das mich bitter auflachen ließ. Weil es Patricia, Olaf und selbst dem Geier offensichtlich nicht aufgefallen war. Denn das hier war gar keine perfekte Verwandlung.

Mein Muttermal war noch da. Das kleine Muttermal, das auf meiner Wange saß und das sich an meinem Gemälde zuallererst verändert hatte, vor zwei Wochen, als alles angefangen hatte, was sich anfühlte, als sei es eine Ewigkeit her. Cliff hatte an dieser Stelle keins, dessen war ich mir sicher. Das konnte nur eins bedeuten: Da war noch etwas in ihm, was ich noch nicht durchschaut hatte. Versteckt, im hintersten Winkel seines Herzens. Etwas, das mich hoffen ließ.

Danksagung

Liebe Leserinnen und Leser, eins mal vorab: Das hier ist nicht das Ende! Nein, auf keinen Fall! Das hier ist der Beginn einer Trilogie, um genau zu sein! Während ich an dieser Danksagung arbeite, schreibe ich schon am zweiten Band, in dem viele, viele Fragen beantwortet werden: zum Beispiel, warum der geheimnisvolle Großonkel MacBiggs sich immer nur in einen Geier verwandelt, wenn es doch viel schönere (und flauschigere!) Tiere gäbe. Wie Kätzchen! Oder Flamingos! Oder Einhörner! Im zweiten Band erfahrt ihr außerdem, ob Ophelia ihren Liebeskummer loswird. Wie ihr Gemälde auf dem Dachboden jetzt heißt, nachdem die Lady darauf keine Glatze, kein Doppelkinn und keine Warze mehr hat. Und nicht zuletzt: was das eigentlich für mysteriöse Aufträge sind, die Großonkel MacBiggs Ophelias Tanten erteilt. Eins sei jetzt schon mal verraten: Es wird spannend!

Aber nun genug der Spoiler und zurück zum eigentlichen Zweck dieser Seite: der Danksagung. Mein größter Dank gebührt, wie könnte es anders sein, euch! Eure vielen Briefe, eure Nachrichten auf Facebook und Instagram sowie euer Feedback bei Lesungen motivierten mich, überhaupt erst zu schreiben! Danke, dass ihr meine Bücher lest!

Und dann gilt es natürlich noch, den Menschen zu danken, die dieses Buch erst möglich gemacht haben. Dem Team des Dressler Verlags! Vom ersten Moment an habe ich mich bei euch sehr wohl und bestens betreut gefühlt. Vor allem gilt mein Dank meiner unermüdlichen Lektorin (und schottischen Einhorn-Expertin) Anna Herberhold sowie der liebenswerten Katrin Weller! Danke, dass ich bei euch sein darf!

Ebenso noch ein großes Dankeschön an Christiane Düring, die das alles möglich gemacht hat!

Zuletzt noch ein paar Dankeschöns an meinen Freundeskreis: an Vera, die einer meiner Hauptfiguren, Cliff, zum ersten Mal Gestalt verliehen hat, als sie meinte, die Welt braucht einen Schulschwarm, der heimlich Supernerd ist. Dann an Petra, die mich mit Fußballwissen versorgt hat, sowie an meine bessere Hälfte Thomas, der immer nach Schottland mitreist, obwohl es ihm da eigentlich gar nicht so gefällt. *hüstel* ... unfassbar ... *hüstel*!

So. Das war's nun wirklich!

Macht's gut und seid gespannt, wie es weitergeht, denn wie der Geier schon sagte: Das hier ist erst der Anfang!

Eure Sonja Kaiblinger

Sonja Kaiblinger wurde 1985 in Krems/Österreich geboren. Sie hat als Eisverkäuferin, Moderatorin, Museumsführerin, Werbetexterin, Nachtwächterin, Flughafenmitarbeiterin und Werbespot-Darstellerin gearbeitet, bevor sie als Lehrerin ihre Brötchen verdiente. Seit einigen Jahren ist sie Vollzeitautorin und bringt in jeder freien Minute die Geschichten zu Papier, die ihr im Kopf herumspuken. Sie lebt in Wien und in Traismauer.